KB267742

ORIENTAL FANTASTIC STORY

김대산 新무협 판타지 소설

# 心劍誌

심 검 지

꼬물거리는 새끼 용(龍) 한 마리!
작고 희미한 검 한 자루!
순박한 산골 소년의 마음속에 심어지고 만 그것들이
지금 조금씩 자라나고 있다!

김대산! 그의 아홉 번째 이야기!

"한 자루 마음의 검을 다듬어내니
천지간에 베지 못할 것이 없도다!"

Book Publishing CHUNGEORAM

유행이 아닌 자유추구 -
WWW. chungeoram.com

신풍기협

윤신현 新武협 판타지 소설

Fantastic Oriental Heroes

신풍기협 1

윤신현 新무협 판타지 소설

초판 1쇄 찍은 날 § 2012년 9월 21일
초판 1쇄 펴낸 날 § 2012년 9월 28일

지은이 § 윤신현
펴낸이 § 서경석

편집부장 § 권태완
편집책임 § 박우진

펴낸곳 § 도서출판 청어람
등록번호 § 제1081-1-89호
등록일자 § 1999. 5. 31
어람번호 § 제2-2261호

주소 § 경기도 부천시 원미구 심곡2동 163-2 서경B/D 3F (우) 420—822
전화 § 032-656-4452  팩스 § 032-656-4453
http://www.chungeoram.com
E-mail § chungeorambook@daum.net

ⓒ 윤신현, 2012

ISBN 978-89-251-3015-6 04810
ISBN 978-89-251-3014-9 (세트)

神氣

신풍기협

윤신현 신무협 판타지 소설

FANTASTIC ORIENTAL HEROES

① 俠

도서출판 청어람

# 목차

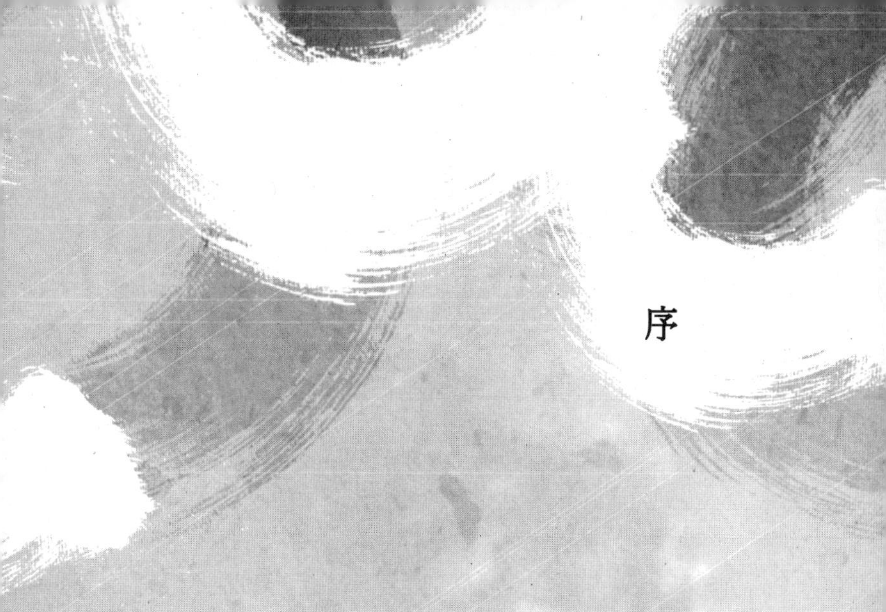

序

휘이이잉!

심산유곡(深山幽谷)에 강렬한 바람이 쉴 새 없이 몰아쳤다. 어지러이 휘몰아치는 바람은 깊게 뿌리 내린 거목조차도 크게 흔들릴 정도로 드세며 포악했다.

스윽.

그런데 거친 폭풍이 휘몰아치는 단애의 끝에 놀랍게도 한 명의 인영이 서 있었다. 이리저리 펄럭이는 옷으로 보건대 엄청난 바람을 맞고 있는 게 분명해 보이는데도, 신기하게 인영은 조금의 미동도 없었다. 마치 하나의 석상처럼, 혹은 바위처럼 굳건히 자리를 지키고 서 있었다. 이윽고 심유한 눈으로 하늘을 바라보던 그가 시선을 내리깔았다. 그러자 그의 두 눈에 천하(天下)가 담겼다.

"……십이 년 만인가."

어리지도, 그렇다고 나이가 많지도 않아 보이는 그의 눈동자에 아련한 기색이 떠올랐다. 무엇을 떠올리는 것인지 한참이나 말없이 세상을 바라보던 그가 눈을 감았다. 잠시 후 그가 눈을 다시 떴을 때에는 더 이상 아련한 감정은 담겨 있지 않았다.

"스승님께서 말씀하신 대로 제 스스로 직접 보고, 느낀 후에 결정을 내리겠습니다."

무심한 표정으로 뜻 모를 말을 중얼거린 그가 이내 천장단애 아래로 몸을 날렸다. 그런데 놀라운 일이 벌어졌다. 당연히 바닥으로 떨어져야 할 그의 신형이 놀랍게도 거의 수평을 이루며 날아가듯 앞으로 나아갔던 것이다. 마치 새가 활강을 하듯 부드러운 호선을 그리며 날아가는 그의 신형은 어느새 감쪽같이 사라졌다.

第一章
귀향(歸鄕)

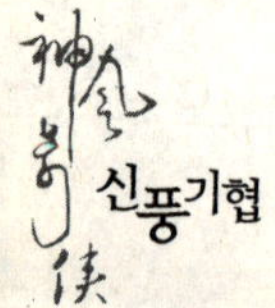
신풍기협

　강소성 무석현에 도착한 강진혁은 주변을 크게 살펴봤다. 무려 십이 년 만에 돌아온 고향이었으나 변한 것은 크게 없는 것 같았다. 단지 달라진 것이 있다면 훌쩍 자란 신체 때문에 덩달아 높아진 눈높이 정도랄까.

　십이 년 전에 있었던 건물들이 그대로 자리를 지키고 있었다. 다만 그 안의 사람들만 바뀐 듯했다.

　강진혁은 먼지가 가득한 황의장삼을 손바닥으로 살살 털어내며 저잣거리를 거닐기 시작했다. 아직은 이른 시간이라 그런지 저잣거리는 한산했다. 강소성 최고의 도시인 소주를 인근에 두고 있는 마을치고는 말이다.

저벅저벅.

정말 오랜만에 돌아온 고향의 냄새를 만끽하며 과거를 회상하며 걷던 강진혁의 눈동자에 반가운 기색이 떠올랐다.

지금 그의 눈앞에 보이는 선학객잔(仙鶴客棧)이야말로 그의 어린 시절을 모두 담고 있는 건물이었기 때문이다.

어렸을 적 그는 친구들과 항상 저 선학객잔의 뒤뜰에서 모여 놀곤 했다. 배가 고프면 숙수가 버린 음식 찌꺼기들을 먹으면서 말이다.

강진혁은 그때의 풍경이 아련하게 떠올랐다. 그리고 다시 한 번 자신이 왜 이곳에 왔는지를 깨달았다.

"잘들 지내고 있으려나 모르겠군."

친구들이 보고 싶어 고향에 되돌아오기는 했으나, 사실 강진혁은 조금 막막했다. 흘러간 세월이 무려 십이 년이었기 때문이다.

강산이 변해도 한참은 변했을 시간이다. 그렇기에 강진혁은 친구들이 모두 고향을 떠났을 가능성도 있다고 생각했다. 더구나 무석현의 남동쪽에는 중원 최고의 향락 도시로 꼽히는 소주가 있지 않은가.

그곳으로 상경했을 수도 있기에 강진혁은 내심 친구들을 만나지 못할지도 모른다고 생각하며 발걸음을 옮겼다.

"여긴 변한 게 없네."

십이 년 만에 돌아왔음에도 익숙하게 느껴지는 저잣거리

를 벗어나 마을 외곽에 위치한 빈민촌에 들어선 강진혁은 코를 살짝 찡그렸다.

들어서기 무섭게 코로 파고드는 쾨쾨한 냄새 때문이었다. 몸에서 나는 악취와 분뇨 냄새, 거기에 여인들의 싸구려 방향 냄새가 뒤섞인 오묘한 악취는 강진혁의 얼굴을 찡그리게 만들기에 충분했다. 하지만 그럼에도 강진혁은 조금도 머뭇거리지 않고 발걸음을 옮겼다.

스윽.

제법 멀쩡한 의복을 입고 있는 강진혁이 모습을 드러내자 다 허물어가는 움막 앞에서 삼삼오오 모여 있던 거지꼴의 아이들이 경계 서린 눈으로 그를 바라봤다. 그러나 강진혁은 그런 아이들의 시선에도 아무런 반응을 보이지 않았다. 아이들이 왜 저런 시선을 보내는지 그는 알고 있었기 때문이다.

"역시나."

아주 오래전 자신과 친구들이 머물렀던 움막 앞에 도착한 강진혁이 빙그레 미소를 지었다. 찾았던 사람은 없었지만 대신에 작은 안도감이 들었다. 친구들이 이곳에 없다는 것은 밑바닥 인생을 청산했다는 뜻이나 마찬가지였으니까.

그리고 사부를 따라가기 전에 머물렀던 집을 확인했기에 강진혁은 만족한 표정을 지으며 몸을 돌렸다. 비릿한 악취가 여전히 그의 코를 찔렀지만 강진혁은 그 어느 곳에서도 느낄 수 없었던 포근함을 느꼈다. 마치 집에 돌아온 듯한.

"자, 이제 하나씩 찾아볼까."

좀 전보다 확연히 밝아진 음성으로 강진혁은 움직였다. 자신의 인생에서 절대 떼어놓을 수 없는 친구들을 찾기 위해서.

너무나 오랜 시간 헤어져 있었지만, 왜인지 모르게 그는 이곳에서 친구들을 만날 수 있을 것 같은 느낌을 받았다. 그것도 강렬한 느낌을. 그래서 막막하긴 해도 크게 걱정하진 않았다.

특별한 이유가 있지 않은 이상 고향을 떠날 이유는 없으니까.

'나와 같은 경우가 아닌 이상은 말이지.'

강진혁은 잠시 과거를 회상했다. 어느 날 갑자기 자신을 찾아온 사부를 말이다. 하지만 이내 그는 회상을 털어냈다. 지금 중요한 것은 이별했을 때의 슬픔이 아닌, 재회의 반가움이었으니까.

다시 시전으로 돌아온 강진혁은 눈을 크게 뜨고서 사방을 훑었다. 혹시라도 있을 친구들을 발견하기 위해서였다.

"어어?"

"훗."

한참 동안 시전을 돌아다니던 강진혁의 입가에 미소가 떠올랐다. 골목 끝에 자리 잡은 한 포목점(布木店)에서 옷을 사러 나온 여인들에게 일장 연설을 하고 있는 남자를 본 후에 떠오른 미소였다.

비단을 팔기 위해 입에서 침을 튀겨가며 여인들에게 입을 놀리던 남자 역시 강진혁의 시선을 느낀 듯 고개를 돌렸다가 이내 눈을 휘둥그레 떴다. 갑작스런 그의 변화에 웃으며 경청하고 있던 여인들도 고개를 돌려 강진혁을 바라봤다. 그러나 이내 여인들의 관심은 사라졌다. 그녀들이 시선을 주기에는 강진혁의 외모가 너무나 평범했기 때문이다.

키가 제법 크고 몸이 탄탄하다는 느낌을 풍기기는 했지만, 그뿐이었다.

그리 잘생기지도, 그렇다고 묘한 매력이 있는 것도 아니었기에 여인들은 강진혁을 한 차례 훑어본 후에 고개를 돌렸다.

"나중에 다시 찾아오시겠습니까? 그땐 좀 더 싸게 해드리겠습니다."

"약속하신 거예요?"

"물론입지요. 제가 언제 거짓말한 적 있나요?"

"호호호! 없지만 할 수도 있으니까요."

"그런 걱정은 붙들어 매십시오!"

"그럼 나중에 올게요~!"

능글맞은 표정을 지으며 말하는 포목점주의 모습에 여인들은 살포시 웃으며 고개를 살짝 숙였다. 그리고는 이내 발걸음을 돌려 포목점을 벗어났고, 그제야 포목점주가 웃는 얼굴을 돌려 강진혁을 바라봤다.

"진짜 너냐?"

“보면 모르겠냐?”

“정말 미친개냐?”

빠직.

반가운 표정을 짓고 있던 강진혁의 얼굴이 삽시간에 굳어졌다. 정말 찰나에 변하는 강진혁의 표정에 남자가 호탕한 웃음을 터뜨렸다.

“푸하하! 진짜 진혁이구나! 이게 얼마 만이냐!”

“정확히 십이 년 만이지. 그보다 좀 떨어지지그래? 난 남자는 관심 없어.”

“짜식. 여전히 까칠하구만. 반가움에 이 형이 포옹까지 해 주는데 이따구로 말을 하다니.”

“반가운 건 반가운 거고, 냄새는 냄새야.”

강진혁은 피식 웃으며 친구의 몸을 밀어냈다. 반가운 것은 그 역시 마찬가지였지만, 그렇다고 해서 남자 둘이 포옹하고 있을 마음은 눈곱만큼도 없었다. 게다가 이곳은 사람들이 많이 돌아다니는 저잣거리의 한복판이었다. 때문에 그는 곧바로 친구를 떼어놓았다.

“마, 이 더위에 일하다 보면 땀 냄새가 날 수도 있는 거지. 그보다…… 완전히 돌아온 거냐?”

연신 웃음을 터뜨리던 남자가 조심스러운 기색으로 강진혁에게 물었다. 그에 강진혁이 희미한 미소를 지으며 대답했다.

“일단은?”

“정착할 마음은 없나 보구만.”

“사부님의 유언이 있어서 말이야. 그것을 다 끝내기 전에는 못해.”

“꽤 심각한 일인가 보다?”

그가 사뭇 걱정스러운 표정으로 물었다. 십이 년 전 강진혁이 어떤 이를 따라갔는지 잘 알고 있었기에 무슨 내용인지는 몰라도 대충 어떤 일인지는 예상이 갔다. 무인을 따라갔으니 당연히 무림(武林)과 관계된 일이 자명할 터였다. 그리고 무림과 연관된 일은 모두 생사와 관련된 일이 대부분이었다. 그렇기에 그는 염려하는 표정을 지었다.

퍽!

그런 친구의 시선에 강진혁이 등짝을 가볍게 내려쳤다. 한데 울리는 소리가 장난이 아니었다. 분명 살짝 내려친 것 같았는데 소리가 상당히 컸던 것이다. 더불어 고통 역시 그에 비례하여 컸다.

“컥!”

“너한테 걱정받을 정도로 나 안 약하다. 그리고 조금 어려운 일이지 위험한 일은 아니다. 단지 개수가 좀 돼서 그런 거지. 그 일만 잘 끝내면 고향에 정착할 생각이야. 지금은 하산한 김에 잠깐 들른 거고.”

“하산? 그럼 이제 다 배운 거냐?”

“다는 아니지만, 경지에 오르긴 했지.”

마치 거들먹거리는 것처럼 말하는 강진혁을 보며 그가 상당히 부러운 표정을 지었다. 생사를 장담할 수 없는 위태로운 삶이라고는 하나, 그래도 무림이라는 세계는 뭇 남자들에게 동경의 대상이었다. 그렇기에 남자는 사뭇 부러운 표정으로 강진혁을 바라봤다.

“저기, 나한테도 가르쳐 줄 수 있냐?”

“늦었어.”

“너무 딱 잘라 말하는 거 아니냐.”

“어쭙잖은 기대를 하게 하느니, 차라리 현실을 확실하게 알려주는 게 낫지.”

강진혁은 일고의 고민도 하지 않고 대답했다. 그에 남자의 얼굴에 조금이지만 노기가 서렸다. 하지만 강진혁의 의지는 확고했다.

“치사한 녀석.”

“오견(汚犬)이라 불린 너에게 들을 말은 아닌 것 같다만.”

“끄응!”

반가움은 어디로 갔는지 남자는 얼굴을 잔뜩 찡그리며 강진혁을 째려봤다. 하지만 그럼에도 강진혁의 표정은 별반 달라지지 않았다.

“그보다 다른 애들은 어떻게 됐어?”

“어떻게 됐을 거 같아?”

강진혁의 물음에 남자가 오히려 반문했다. 그런데 되묻는 그의 눈빛은 이상할 정도로 차분했다. 그 눈빛에서 강진혁은 최소한 한 가지만은 느낄 수 있었다.

"잘들 살고 있나 보네."

"그래. 나름 제 몫을 하며 살고 있지. 나처럼 말이야."

"아빠!"

어깨를 으쓱거리며 대답한 남자가 포목점 안에서 들려오는 소리에 헤픈 미소를 지으며 몸을 돌렸다. 그러자 앙증맞은 여아 한 명이 총총 뛰어와 그의 품에 안겨들었다.

"아이구, 우리 딸. 밥은 다 먹었어요?"

"네, 아빠! 아빠도 식사하세요!"

"하하! 그래야지!"

강진혁은 멍한 표정으로 친구인 장구식을 바라봤다. 어엿한 포목점도 하고 있어 나름대로 성공했다고 생각은 했지만, 설마 하니 이만한 딸이 있을 줄은 꿈에도 생각하지 못했었다. 더구나 딸을 낳기 위해선 여자도 있어야 하지 않은가. 그렇다는 말은 장구식이 혼인을 했다는 소리. 거기까지 생각이 닿자 강진혁은 자신도 모르게 입을 쩍 벌리고 말았다.

"근데 저 아저씨는 누구에요?"

"응. 아빠 친구야."

"아빠 친구?"

여전히 딸을 품에 안고 서 있던 장구식이 옆에서 말없이 서 있는 강진혁을 바라보며 묻는 딸에게 웃으며 대답했다. 그러자 딸이 고개를 갸웃거렸다. 지금까지 보아온 아빠 친구 중에 강진혁은 없었기 때문이다.,

"먼 곳에 있다가 이제 와서 소향이는 잘 모를 거야."

"아, 내려주세요."

예닐곱 살 정도 되어 보이는 여아가 발을 흔들며 말하자 장구식이 딸을 땅에 내려주었다. 그러자 여아가 강진혁의 앞으로 다가와 머리를 꾸벅 숙이며 인사했다.

"안녕하세요."

두 손을 모으고 귀엽게 인사하는 여아의 모습에 강진혁은 빙그레 미소를 짓고는 한쪽 무릎을 꿇어 아이와 눈을 맞추었다.

"만나서 반갑다. 아저씨는 아빠 친구 진혁이란다. 어렸을 적에 함께 자란 친구 사이지."

"헤에."

생긴 것과는 달리 부드러운 목소리로 머리를 쓰다듬어 주는 손길에 장소향이 활짝 웃었다. 어린아이다운 순진무구한 미소였다. 그것을 보자 강진혁은 마음이 이상할 정도로 따뜻해졌다.

"자, 용돈이다. 이걸로 당과라도 사 먹으렴."

"감사합니다!"

하지만 역시나 아이의 마음을 얻는 데 있어 가장 좋은 방법은 바로 용돈이었다. 강진혁이 건네주는 철전을 받은 장소향은 더할 나위 없이 기쁜 표정을 지으며 포목점 안으로 들어갔다. 엄청나게 빠른 속도로.

"자식 교육 잘 시켰네."

"하하하. 내가 한 게 아냐. 마누라가 한 거지."

"제수씨는 언제 보여줄 거냐?"

포목점 안에서 들려오는 장소향의 쫑알거림을 들으며 강진혁이 물었다.

그 말에 장구식은 의미심장한 미소를 지으며 강진혁을 바라봤다.

"때가 되면. 그보다 너 벌써부터 놀라면 어쩌려고 그러냐."

묘한 장구식의 말에서 무언가를 느낀 듯 강진혁이 얼굴을 굳혔다. 그리고는 낮은 목소리로 물었다.

"…설마 다른 애들도 다 혼인한 거냐?"

"당연한 거 아니냐? 우리 나이가 벌써 스물여덟이다, 스물여덟!"

"허!"

자기만 빼놓고 다 혼인을 했다는 말에 강진혁은 허탈함이 깊게 담긴 한숨을 내쉬었다. 그러다가 새삼 자신의 나이가 적지 않다는 것을 깨달았다. 수련에 열중하느라고 세월 가는 줄 몰랐었는데, 친구들이 모두 혼인을 하고 자식을 갖고 있는 것을 보자 강진혁은 새삼 자신이 늙었다는 사실을 느꼈다.

"그러게 그동안 뭐했냐? 우리들 혼인하고 자식 낳을 동안."

"뼈 빠지게 수련했지."

강진혁의 말은 사실이었다. 그는 사문의 무공을 익히기 위해 십이 년 동안 정말 죽을 정도로 힘들게 무공을 수련했다. 물론 그 덕분에 강해지기는 했지만, 다시 그 수련을 하라고 하면 솔직히 하고 싶지 않았다.

무슨 수를 써서라도 그것만은 피하고 싶을 정도로 사부에게서 받은 훈련은 너무나 힘들었고, 지독했다. 그래서 수련을 떠올리는 것만으로도 강진혁은 온몸에 닭살이 돋았다.

"아, 밥은 먹었냐? 안 먹었으면 같이 먹자."

"그것보다 난 다른 애들부터 만나보고 싶은데."

"흐음."

강진혁의 말에 장구식이 턱을 괴었다. 그러더니 이내 강진혁을 바라보며 고개를 끄덕였다. 오랜만에 고향에 찾아온 그이니만큼 친구들이 그리울 법도 할 것이다. 그렇기에 장구식은 허기를 잠시 밀어놓고는 앞장서서 걸어갔다.

"따라와라."

강진혁은 성큼성큼 걸어가는 장구식을 따라 걸었다. 그렇게 걷기를 한 식경. 이윽고 강진혁은 상당히 큼직한 장원 앞에 도착할 수 있었다.

무석의방이라 쓰인 편액을 잠시 바라본 강진혁이 옆에 있는 장구식을 바라봤다. 설명을 요구하는 눈빛이었다.

"여기에 누가 있냐?"

"상덕이."

"응?"

강진혁의 두 눈이 더 이상 커질 수 없을 정도로 커졌다. 왜냐하면 지금 장구식이 거론한 이름과 이곳은 정말 어울리지 않는 장소였기 때문이다. 그렇기에 강진혁은 믿기지가 않는다는 표정으로 재차 물었다.

"하인으로 일하는 거냐?"

"아니. 의생으로."

"진짜?"

"그렇다니까."

오늘따라 놀라는 일 투성이인 것 같았다. 다른 이도 아니고 혈견(血犬)이라 불리며 피 보는 것을 마다하지 않았던 상덕이, 누구보다 때리고 던지는 것을 좋아하던 그가 의생이 되었다는 말에 강진혁은 도무지 믿기지가 않았다. 그래서 더욱더 확인해 보고 싶은 마음이 들었다.

대문을 지나 안으로 들어가자 의방 특유의 약향이 풍겨왔다. 약탕기에서 달여지는 냄새를 맡으며 강진혁이 주변을 두리번거렸다. 그런 그의 시선에 환자들이 가득 보였다.

'그러고 보니 의방은 처음이네.'

자신이 무석현에서 태어났는지에 대해서 강진혁은 몰랐다. 단지 그가 알고 있는 것은 기억할 수 있는 가장 어렸을 때부터 무석현에 있었다는 사실뿐이었다. 그렇다는 말은 거의 십 년 넘게 무석현에서 살았다는 말과도 같았다. 하지만 그가 의방에 들어온 것은 지금이 처음이었다. 위치를 알고 있었음에도 불구하고 말이다.

'치료비가 없으니 찾아올 리가 있나.'

나름 거친 성장기를 겪었던 그였다. 과거 무석오견(無錫五犬)이라고 하면 무석현 뒷골목에서 모르는 이들이 없었다. 물론 무명(武名)은 아니었다. 그저 별명 수준. 하지만 그래도 나름 대단했었다. 적어도 그들 다섯 명이 함께 다니면 웬만한 왈패들은 함부로 덤비지 못했으니까.

"저기 있네."

"혈."

의방에 들어오고서도 한참이나 노상덕을 찾아 움직이던 강진혁이 무언가를 보고서 눈을 끔뻑였다. 그의 시선에 전혀 생각지도 못한 광경이 보였기 때문이다.

싸움이 나면 항상 얼굴에 피를 묻히고 다녔기에 혈견이라 불렸던 노상덕이 지금은 너무나 온화한 표정으로 환자들을 돌보고 있었다. 마치 부처의 미소와도 같은 얼굴로 말이다.

"신기하지?"

"이게 어떻게 된 거냐?"

"어떻게 되긴. 네가 본 그대로지. 어이!"

여전히 놀란 표정을 풀지 않고 있는 강진혁을 보며 피식 웃은 장구식이 손을 번쩍 들어 올리며 소리쳤다. 그러자 환자를 살피던 노상덕이 웃는 얼굴로 고개를 돌리다가 순간 멈칫했다. 그런 그의 시선은 강진혁에게 꽂혀 떨어지지 않았다.

저벅저벅.

장구식과는 다르게 상당히 점잖게 놀라는 노상덕을 향해 강진혁이 다가갔다. 그러자 노상덕의 눈동자가 점점 더 크게 흔들리기 시작했다.

"진짜…… 진혁이냐?"

"그래."

"이 자식!"

역시 점잖은 척은 오래갈 수 없는 모양인지 노상덕은 눈물을 글썽거리며 강진혁을 강하게 끌어안았다. 하지만 벌써 두 번이나 남자에게 안긴 강진혁은 얼굴을 잔뜩 일그러뜨렸다. 누누이 말했지만 그는 남자 품을 그리 좋아하지 않았다. 아무리 막역지우(莫逆之友)라 할 수 있는 친구들이라고 해도 말이다.

"야야, 이 녀석 표정 변한다. 얼른 떨어져. 무공 고수가 됐다고 하니까 조심해야 해. 예전의 광견(狂犬)이 아냐."

"그래? 한데 그런 것치고는 별로 달라 보이지 않는데?"

노상덕이 진지한 눈으로 강진혁의 몸 곳곳을 살펴봤다. 제법 의생 티를 내려는 듯 그는 강진혁의 몸 이곳저곳을 만져 보거나 찔러보았다. 하지만 단순히 만져 보는 것으로 무공을 익혔는지, 익히지 않았는지 구별하기란 힘들었다. 그렇다고 그가 무인을 진료해 본 경험이 있는 것도 아니었기에 노상덕은 아리송한 표정을 지었다.

그 모습에 강진혁이 피식 웃으며 말했다.

"반박귀진이라는 말도 모르냐?"

"웃기시네. 반박귀진은 뭐 아무나 되냐? 내 무림에 대해서 잘은 모르지만 반박귀진의 경지가 엄청 어렵다는 것 정도는 알고 있거든? 그 뭐시냐. 절정지경 이상 되는 경지라고 얼핏 들었는데."

"호오. 제법 귀동냥 좀 했는데?"

"맞나?"

"얼추 맞아."

확실하게 알고 있는 게 아니라서 그런지 장구식이 말해놓고서도 눈치를 살폈다. 은근슬쩍 강진혁의 표정을 살펴봤던 것이다. 그러다가 강진혁이 그렇다는 식으로 대꾸를 하자 그제야 어깨를 으쓱하며 당당한 표정을 지었다.

"어쨌거나 다시 봐서 반갑다. 그런데 아주 돌아온 거야?"

"잠깐 들른 거야. 아직 할 일이 남아서."

"흐음. 그래?"

노상덕이 깊은 눈으로 강진혁을 바라봤다. 그러나 장구식과 마찬가지로 더 깊게 물어보지는 않았다. 그러한 점에서 강진혁은 친구들의 배려심을 느낄 수 있었다. 또한 노상덕이 예전과 매우 달라졌다는 사실도.

과거의 노상덕은 혈기를 주체하지 못하는 성격이었다. 그래서 화급, 폭급, 다급의 삼급(三急)을 모두 갖고 있었다. 한데 지금은 그런 기색이 전혀 없었다. 온화, 침착, 차분함만이 느껴졌다. 그게 강진혁은 가장 놀라웠다.

의생이 되었다는 것만큼이나.

"아, 상덕이 너 언제 끝나냐? 진혁이도 왔는데 오랜만에 다 모여서 한잔해야지?"

"당연히 그래야지. 그런데 난 좀 늦을 거 같으니까 너희들끼리 먼저 시작하고 있어. 최대한 서둘러 갈 테니."

"장소는 백운루(白雲樓)로 할 거니까 그리로 와라."

"응?"

백운루란 말에 노상덕이 눈을 크게 치켜떴다. 그가 알기로 백운루는 보통 주루가 아니었기 때문이다. 하지만 장구식은 아무 말 말라는 듯이 한쪽 눈을 찡긋거리기만 했다. 그것으로 장구식이 어떤 생각인지 알게 된 노상덕은 웃으며 고개를 끄덕였다.

"알았다. 늦지 않게 가마."

"그럼 이따가 보자고! 우리는 배가 너무 고파서 밥부터 먹어야겠어!"

"그래. 맛있게들 먹어."

"간다!"

찾아온 것만큼이나 바람처럼 사라지는 두 사람을 보며 노상덕은 손을 들어 크게 흔들었다. 이제는 나이가 적지 않은 그들이었지만, 이상하게도 모이면 한참 어렸던 때로 되돌아가는 듯한 느낌이 들었다. 아직도 청춘인 것 같은 느낌이. 하지만 그것이 단지 느낌일 뿐이라는 사실쯤은 이미 그도 잘 알고 있었다.

"정말 다행이야."

점점 멀어치는 강진혁의 뒷모습을 바라보며 노상덕은 중얼거렸다. 사실 그를 비롯한 친구들은 앞으로 강진혁을 보지 못하게 될 줄 알았다. 왜냐하면 나이가 들어감에 따라 무림이라는 세계가 얼마나 위험하고 냉혹한 세계인지 알게 되었기 때문이다. 그래서 그들은 내심 강진혁과 재회하는 게 불가능할 것이라고 생각했다. 하지만 다행스럽게도 그 예상은 틀렸다. 너무나 건강하게 강진혁이 돌아왔으니까.

"오늘은 정말 코가 삐뚤어질 정도로 마셔야겠군."

그동안 의술을 배운답시고 그는 술자리를 멀리했었다. 가끔 친구들을 만나게 되더라도 술만큼은 절대 입에 대지 않았다. 맑은 정신으로 공부에 정진해야 습득이 용이하기 때문이었다. 그리고 그 덕분에 그는 늦은 나이에 시작했음에도 불구하고 높은 성취를 이룰 수 있었다. 한데 그랬던 그가 오늘만큼은 술을 마실 생각이었다.

다른 이도 아니고 사춘기를 함께했던 친구가 돌아왔으므로. 그러니 축하주를 마셔야만 했다.

그렇게 생각하자 노상덕의 입가에는 미소가 절로 떠올라 있었다. 그러면서 자연스레 입맛을 다셨다. 오랜만에 마실 술을 생각하니 저도 모르게 침이 고였던 것이다.


해가 뉘엿뉘엿 기울어가는 시각. 장구식에게 붙들려 이리 저리 끌려 다녔던 강진혁은 해질녘이 되었을 때 한 주루 앞에 서 있었다. 그것도 상당히 고급스러워 보이는.

강진혁은 잠시 주루를 올려다보다가 고개를 돌려 장구식에게 물었다.

"괜찮겠냐?"

"물론이지. 수련만 한 너랑은 다르게 나나 다른 애들은 이미 자리를 잡았거든. 그렇다는 말은 적어도 너보다 모아놓은 돈이 많다는 얘기지!"

"꼭 그렇지만은 않을 것 같은데."

"말이 많이 늘었다, 너?"

"뭐, 정 사주겠다면 들어가 볼까."

더 걱정해 주면 자존심 상해할까 봐 강진혁은 자연스럽게 백운루 안으로 들어갔다.

발이 길게 내려온 문을 지나 안으로 들어가자 향긋한 주향과 각종 음식 냄새가 풍겨왔다. 하지만 그보다 먼저 눈에 들어온 것은 단아한 인상의 여인이었다.

"어서 오세요."

화려한 궁장 차림의 여인이 강진혁과 눈이 마주치기 무섭게 머리를 꾸벅 숙이며 인사해 왔다. 나이는 대략 삼십대 초반에서 중반 즈음으로 보였는데 적지 않은 나이임에도 불구하고 미색이 상당했다. 강진혁이 일순 당황할 정도로. 반면에 뒤따라 들어온 장구식은 그녀와 친분이 있는지 친숙하게 말을 건넸다.

"방 하나 내주시겠소? 우 총관?"

"몇 명이서 머무르실 건가요?"

"다섯 명이서 마실 거외다."

"그렇다면 매화실이 적당할 듯하네요. 저를 따라오시겠어요?"

사근사근한 어조로 미소 지으며 말하는 모습이 남자 여럿 홀렸을 성싶었다. 그리고 그건 옆에 있는 장구식에게도 해당되는 말 같았다. 그저 짧은 대화를 나눴을 뿐인데 장구식의 얼굴은 지금 당장 터져도 이상하지 않을 정도로 붉어져 있었다.

장가까지 간 놈이, 눈에 넣어도 아프지 않을 딸까지 있는 녀석이 외간 여자를 앞에 두고 얼굴을 붉히는 모습은 솔직히 보기에 좋지 않았다. 그래서 강진혁은 인상을 있는 대로 썼다.

"야, 지금 모습은 마누라에게 비밀이다?"

"너 하는 거 봐서."

"뭐야! 비싼 술까지 먹여주려 하는데 그것도 안 해줄 거냐!"

한눈에 봐도 술값이 상당히 비쌀 것 같은 백운루였기에 강진혁은 장구식의 말에 딱히 반박하지 않았다. 그냥 고개를 끄덕이기만 했다. 하지만 그것만으로도 장구식은 안심이 되는지 다시 밝은 표정으로 돌아왔다.

드르륵.

우 총관이라 불린 여인이 조신한 걸음걸이로 두 사람을 안내했다. 이윽고 매화실이라 적힌 방 앞에 도착한 강진혁과 장구식은 우 총관이 열어주는 문을 지나 방 안으로 들어갔다. 그러자 깔끔하고 정갈한 느낌을 풍기는 방 안의 전경이 눈에 가득 들어왔다.

"주문은 어떻게 하시겠어요?"

"우리들이 항상 먹던 걸로 차려주시구려."

"알겠습니다."

장구식은 한두 번 온 것이 아닌지 익숙하게 주문을 했고, 우 총관 역시 자연스럽게 주문을 받으며 뒷걸음질로 물러났다. 이윽고 그녀가 나가자 강진혁은 살짝 걱정스러운 표정을 지었다.

이만한 주루에서 술을 제대로 마시면 청구될 금액이 장난이 아닐 것이기 때문이다.

"너무 걱정하지 마라. 비싸긴 해도 감당 못할 정도는 아니니까. 넌 그냥 즐기기만 하면 돼. 정 부담스러우면 나중에 돈 많이 벌어서 제대로 한 번 쏘면 되는 것이고."

"지금이라도 난 쏠 수 있다."

"호오. 돈 좀 있나 보다?"

"없진 않지."

강진혁이 의미심장하게 대답했다. 돈이 그리 많다고 할 수는 없지만, 그렇다고 적지도 않았다. 따로 일을 하진 않았으나 수련하면서 캐낸 약초를 팔아 번 돈이 제법 되었기 때문이다.

사부와 함께 있던 곳이 나름 영산이라 불리던 산이었기에 제법 귀한 약초들이 많았었다. 그것들을 판 돈으로 강진혁은 사부를 모셨고, 그 외 자잘한 생활비를 벌 수 있었다. 게다가 하산하기 전에 상당히 비싼 약초를 캐서 팔았기에 지금 그의 전낭에는 상당한 액수가 들어 있었다.

"그러면서 지금 우리한테 빈대 붙으려고 했단 말이냐!"

"입은 삐뚤어졌어도 말은 바로 해야지. 난 사달라고 한 적 없다. 네가 날 이리로 데리고 온 것이지."

"어유, 진짜 말은 청산유수다."

한마디도 지지 않고 조목조목 따져 가며 대꾸하는 강진혁을 보며 장구식은 고개를 설레설레 저었다. 그러는 사이 방 안으로 음식들이 대령하기 시작했다. 상당히 빠른 시간에 올려지는 음식들을 보며 강진혁이 침을 꿀꺽 삼켰다.

한눈에 보기에도 맛깔스러워 보이는 음식에 침이 절로 고였던 것이다. 그리고 반가운 얼굴들이 하나둘 매화실에 모습을 드러내었다. 백운루 앞에서 우연찮게 만났는지 양칠과 하굉이 문을 부술 듯한 기세로 열고 들어왔던 것이다.

덜컥!

"이 녀석!"

"……!"

마른 체격의 장구식, 노상덕과는 다르게 거구라는 말이 너무나 잘 어울리는 두 사람은 문을 열자마자 강진혁을 노려보듯 쏘아봤다. 그리고는 이내 뜨거운 눈빛을 보내왔다. 특히 철견(鐵犬)이라 불리며 엄청난 맷집을 자랑했던 양칠은 솥뚜껑만 한 손으로 강진혁의 두 손을 잡았다.

"잘 왔다! 잘 왔어!"

"…다행이다."

반가움을 넘어 감격한 표정으로 강진혁의 손을 잡은 양칠은 연신 같은 말을 반복했다. 반대로 하굉은 짧은 말 한 마디만 하고 그를 바라보기만 했다. 하지만 그럼에도 하굉의 마음은 절절하게 느껴졌다.

"자자, 왔으면 일단 앉아. 술부터 받아야지!"

스윽!

갑자기 무거워지는 분위기에 장구식이 너스레를 떨며 두 사람을 앉혔다. 그리고는 술병을 들어 강진혁에게 내밀었다.

"첫 술은 이 자리의 주인공이 따라 줘야지. 안 그래?"

"그런가."

십이 년 만에 만났음에도 불구하고 마치 어제 헤어졌다가 만난 것 같은 편안함에 강진혁은 입가에 미소를 띠고는 양칠에게 먼저 술을 따라 주었다.

"장사 잘 되는 것 같더라. 축하한다."

"하하."

노상덕과 헤어진 후 강진혁은 장구식을 따라 양칠이 숙수로 일한다는 객점에 찾아갔었다. 겸사겸사 점심도 해결할 겸. 하나 그는 아쉽게도 양칠을 만날 수 없었다. 워낙에 손님들이 많아 보조 숙수로 있는 양칠을 만날 수가 없었던 것이다. 결국 점심만 해결하고서 점소이에게 말만 전해달라 하고 나올 수밖에 없었다. 그러나 아쉬운 마음은 들지 않았다. 그저 기쁘기만 했다. 이 정도로 큰 객점에서 양칠이 인정을 받으며 일한다는 사실이 기꺼웠던 것이다.

어린 시절의 대부분을, 아니, 함께했던 대부분의 시간들을 오로지 싸움으로만 지새웠던 그들이었기에 걱정이 안 될 수가 없었다. 싸움만 줄기차게 하던 이들이 번듯한 직업을 가지기란 쉽지 않았기 때문이다.

게다가 따로 배울 만한 여력이 있는 것도 아니었기에 강진혁은 내심 많이 걱정했었다. 혹시나 아직까지도 뒷골목 잡배로 허송세월이나 보내는 건 아닐까 하고. 하지만 그런 걱정은 기우에 불과했다.

또르륵.

겸연쩍게 웃는 양칠의 술잔 위로 술을 따라 준 후 강진혁은 그의 옆에 앉은 하굉을 바라봤다. 여전히 말수가 적은 친구의 모습을 보며 강진혁이 빙긋 웃었다.

"몸이 더 좋아졌네. 특히 팔뚝이."

"직업이 직업이다 보니까."

야장 기술을 배워서 그런지 하굉의 팔뚝 두께는 장난이 아니었다. 여인들의 허벅지보다도 두꺼워 보이는 팔뚝을 보며 강진혁이 말하자 하굉이 어쩔 수 없다는 듯이 대답했다.

"자, 술잔이 채워졌으니 시원스럽게 들이켜야지? 상덕이는 조금 늦을 것 같다고 하니 일단 우리부터 마셔보자고!"

"그거 좋지!"

"역시 네놈은 술을 마다하지 않는구만!"

"흐흐흐!"

어렸을 때와 마찬가지로 여전히 죽이 잘 맞는 장구식과 양칠이었다. 그 모습을 지켜보며 웃던 강진혁도 가득 채워져 있는 술잔을 들어 올렸고, 뒤이어 하굉도 술잔을 들었다.

"잠깐!"

“응?”

네 사람의 술잔이 모두 머리 높이까지 들어 올려졌을 때, 방문이 열리며 노상덕이 모습을 드러냈다. 새하얀 백의가 아닌 평범한 갈의장삼을 입은 그는 뛰어온 모양인지 얼굴에 땀이 흥건했다.

“다행히 안 늦었군!”

“너 늦는다고 하지 않았어?”

“최대한 빨리 끝내고 왔다.”

술잔을 든 채로 굳어 있듯 가만히 있던 네 사람 중 장구식이 묻자 노상덕이 히죽 웃으며 자연스럽게 빈자리를 차지하고 앉았다. 그러더니 이내 빈 술잔을 강진혁에게 내밀었다.

“훗.”

당연하다는 듯이 따라 달라는 노상덕의 행동에 강진혁은 아무것도 잡지 않고 있는 좌수로 술병을 들어 그에게 따라주었다. 이윽고 다섯 개의 술잔이 허공에 자리를 잡았다.

“고향에 돌아온 강진혁을 위하여!”

“위하여!”

장구식의 선창에 세 사람이 복창하며 술잔을 입안에 털어넣었다. 그리고 오늘 이 술자리의 주인공이라 할 수 있는 강진혁도 시원스럽게 술을 들이켰다.

“크흐!”

“좋구만!”

"끝맛이 단 게 오늘은 쭉쭉 들어가겠는걸?"

한 잔의 술로는 목마름을 해결할 수가 없다는 듯 하굉과 장구식, 양칠이 입맛을 다시며 쩝쩝거렸다. 또한 오랜만에 술을 마신 노상덕 역시 아쉬움이 가득한 표정을 지었다.

"아직 술은 많이 남아 있다."

강진혁은 아쉬워하는 친구들의 술잔에 다시 술을 따라 주었다. 그렇게 몇 순배의 술잔이 돌자 다들 얼굴이 벌겋게 변했다. 제법 독한 축에 들어가는 죽엽청을 연거푸 마시니 취기가 오르지 않을 수가 없었던 것이다.

강진혁도 지금만큼은 내기를 사용하지 않고 술을 마셨기에 얼굴이 붉게 물들어 있었다.

"그런데 장소를 잘못 고른 거 아니냐? 진혁이를 위해서였으면 주루가 아닌 기루로 갔어야 하는 거 아냐? 우리야 마누라가 있다지만 진혁이는 아니잖아?"

"짜식. 네가 가고 싶어서 그러지?"

"헉! 어떻게 알았지?"

"네 눈만 봐도 난 너의 마음을 읽을 수 있다!"

장구식의 장담에 양칠은 놀란 표정을 지었고, 노상덕과 하굉은 박장대소했다. 더불어 본의 아니게 대화의 중심에 낀 강진혁은 피식 웃었다.

"그나저나 이 녀석은 무조건 도둑놈이 되겠는데. 그것도 그냥 도둑이 아닌 상도둑놈."

“왜?”

양칠과 시시덕거리던 장구식이 가만히 앉아서 안주를 집어 먹는 강진혁을 바라보며 말했다. 그러자 강진혁을 제외한 모두의 시선이 장구식에게 쏠렸다.

“생각해 봐. 이 녀석 나이가 올해로 스물여덟 살 아니냐. 그렇다면 거의 열 살 이하인 여자를 만나지 않겠냐?”

“무림세가의 여식들은 스무 살 넘어서도 시집 잘 간다던데?”

“그거야 그쪽 세계 얘기고. 애가 무림세가랑 가당키나 하냐. 그냥 일 끝나고 돌아오면 여기 처자 만나서 장가가야지.”

“그런가.”

생각하는 것을 별로 좋아하지 않는 양칠이 장구식의 말에 고개를 갸웃거렸다. 왠지 모르게 그의 말이 일리가 있는 듯해 보였던 것이다. 그러나 하굉은 다른 부분을 생각하는 듯했다.

“그럼 우리가 할 일은 괜찮은 처녀 한 명 찾아놔야 하는 건가?”

“바로 그렇지.”

장구식이 하굉의 말에 맞장구를 쳤다. 그가 노렸고, 원했던 것이 바로 그 말이었다. 박수까지 치며 고개를 끄덕이는 장구식의 모습에 노상덕이 손가락으로 턱을 쓰다듬었다. 강진혁의 짝으로 괜찮은 여인이 누가 있나 고심하는 듯했다.

“어디 보자.”

“잠깐만. 왜 이야기가 그리로 가냐?”

“그야 당연히 노총각인 너를 구제해 주기 위해서이지.”

“난 구제해 달란 말을 한 적이 없는데?”

강진혁이 어이없다는 표정으로 장구식을 바라봤다. 하지만 넘치는 우정과 의리로 똘똘 뭉친 장구식은 강진혁의 말을 전혀 귀담아 듣지 않았다. 오히려 생전 처음 듣는 이름들을 나열하며 혼자 고민하기 시작했다.

“이 녀석 성격이 까칠하니까 최대한 순하고 착한 여자를 찾아야 해.”

“어릴 적에 가슴 큰 누나만 보면 눈을 떼지 못했으니까 가슴도 커야 해.”

“얼굴도 보통 이상은 되어야 할걸.”

장구식이 말문을 트기 무섭게 양칠과 노상덕이 한마디씩 거들었다. 그에 강진혁이 헛웃음을 흘렸다. 자신의 생각은 눈곱만큼도 배려하지 않는 친구들의 행태에 기가 찼던 것이다.

“일단 세 명으로 압축이 되는군.”

“혹시 그 세 명?”

“그 정도는 되어야 저 녀석의 눈이 차지 않겠냐?”

“흐음.”

양칠과 생각이 겹치는지 장구식이 그리 말하며 눈을 빛냈다. 그러자 노상덕이 자신에게도 말해보라는 듯이 두 사람에게 눈짓을 주었다.

그 모습에 강진혁은 아예 시선을 돌려 버렸다. 더 이상 말해봤자 저 세 사람은 신경조차 쓰지 않을 것 같아서였다.

"사부님께서 맡기신 일이 있다고 했지?"

"응. 유언과도 같은 부탁이라 꼭 들어드려야 해."

"오래 걸리는 일이야?"

"글쎄다. 딱 잘라 이 정도 걸리겠다고 말할 수 있는 일이 아니라서."

세 명이 강진혁의 신붓감을 고르기 위해 열띤 토의를 벌이고 있을 때 묵묵히 술잔을 기울이며 친구들의 대화를 듣고만 있던 하굉이 입을 열었다.

"힘든 일이냐?"

"힘들다기보다는 시간이 좀 오래 걸릴 것 같다고나 할까. 좀 그런 일이야."

아무리 친구라지만 꼭 모든 것을 다 말해줄 필요는 없었기에 강진혁은 두루뭉술하게 대답했다. 설사 말해준다고 해도 하굉이 이해할 수 있는 문제도 아니었고. 왜냐하면 하굉이 전혀 알지 못하는 다른 세계의 일이었기 때문이다.

그 사실을 하굉도 알고 있는지 그저 고개를 끄덕이기만 했다.

"언제쯤에 돌아올 수 있을지 장담하지 못하는 모양이군."

"그런 셈이지."

"그래도 돌아올 거지?"

"물론. 내 고향은 이곳이니까."

강진혁의 대답에 하굉은 고개를 끄덕였다. 이거면 됐다. 어디에 있든, 어디를 가든 다시 돌아오기만 하면 됐다. 그거면 충분하다고 하굉은 생각했다.

"무슨 얘기를 그렇게 진지하게 하고 있어?"

"우 총관을 바라보던 너의 눈빛을 제수씨에게 말해줘야 하나 말아야 하나를 고민하고 있었다. 덤으로 여기 단골이라는 사실도 말이지."

"혁!"

강진혁의 말이 끝나기 무섭게 장구식의 얼굴이 하얗게 변했다. 그런 그의 모습에 하굉은 피식 웃었고, 노상덕과 양칠은 꼴좋다는 표정으로 박장대소를 터뜨렸다.

"그래도 무섭긴 한가 봐?"

"제수씨가 한 성격 하거든. 아, 진혁이 너도 알 텐데? 다리 밑 홍나찰."

"어? 제수씨가 그 애였어?"

노상덕의 말에 강진혁이 깜짝 놀랐다. 다리 밑의 홍나찰이라고 하면 그도 아는 여자였기 때문이다.

무석오견이라는 이름이 무석현의 골목을 시끄럽게 하고 다닐 때, 홍나찰을 위시로 한 여자들 패거리가 있었다. 그리고 그 패거리의 악명은 결코 무석오견에 비해 떨어지지 않았다. 한데 그 홍나찰이 장구식의 아내라니. 강진혁은 진짜 놀란 표정을 지으며 노상덕을 바라봤다.

"인마, 그게 언제적 얘기인데 꺼내!"

"모르는 것도 아니고 아는 사이인데 말해주면 어때. 그리고 나중에 지금처럼 놀라는 것보단, 미리 놀라는 게 낫지 않아?"

"끄으응!"

노상덕의 말도 일리가 있었다. 진심으로 깜짝 놀란 강진혁의 표정을 보면 차라리 지금 알리는 게 더 나았다. 대면한 상태에서 놀라면 그의 아내 역시 뻘쭘할 테니까 말이다. 게다가 눈치 빠른 그녀라면 강진혁을 소개하기 무섭게 그가 광견이라는 사실을 알아챌 가능성이 컸다. 그러니 이참에 아예 알려주는 게 더 나았다.

"호오. 천하의 그 홍나찰을 꼬셨단 말이지."

"내가 안 꼬셨어! 물린 거지!"

"역시."

"거봐. 내가 그럴 거라고 했잖아."

강진혁의 말에 저도 모르게 그동안 꼭꼭 숨겨두었던 비밀을 토설한 장구식의 안색이 새하얗게 탈색됐다. 동시에 노상덕과 양칠의 얼굴에 비릿한 웃음이 떠올랐다. 반대로 장구식은 아예 고개를 떨구고 말았다. 그 모습에 강진혁을 비롯한 친구들이 웃음을 터뜨렸다.

"이거 술맛이 더욱 맛있어졌는데?"

"그러게 말이야. 아주 그냥 술술 넘어가네."

"크크큭!"

장구식이 고개를 떨구거나 말거나 친구들은 흥겹게 술을 들이켜기 시작했다. 명백한 놀림이었다. 하지만 장구식은 고개를 들 수 없었다. 과거에 떵떵거리듯 했던 거짓말 때문에 차마 친구들의 눈을 마주할 엄두가 나지 않았던 것이다.

그러거나 말거나 술자리의 흥취는 점점 더 무르익어 갔다.

第二章
건들면 돼진다

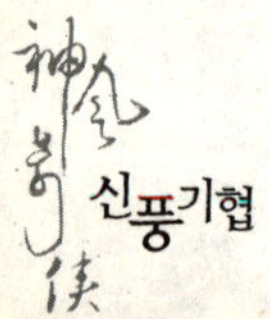

　여명이 밝아오는 시각에 강진혁은 무석현 인근의 야산에 올라 운기조식을 하고 있었다. 어슴푸레하게 밝아오는 햇살을 받으며 운공을 하는 강진혁의 모습은 상당히 안정적이었다. 깊은 들숨과 날숨을 반복하는 강진혁은 조금의 미동도 보이지 않았다. 그 상태로 무려 반 시진 가까이 바위에 앉아 운공을 하던 그는 해가 어느 정도 뜨고서야 감고 있던 두 눈을 뜨며 자리에서 일어났다.

　"후우. 나쁘지 않군."

　강진혁은 단전에 축적된 충만한 내기를 느끼며 중얼거렸다. 물론 한 번의 운기조식으로 많은 양의 내력이 축적될 리는 없었다. 아무리 대단한 신공절학이더라도 한계는 엄연히 존재하는 법이었으니까. 그럼에도 강진혁이 만족스러워 한 이유는 이곳의 기운이 수련했던 장소와 비교해도 크게 뒤떨어지지 않아서였다.

스윽.

그는 운기조식을 하기 전 미리 만들어 놓은 땔감용 장작을 가볍게 들어 어깨에 짊어졌다. 질긴 밧줄로 단단히 묶어 놓아서 그런지 약간의 흔들림에도 바닥으로 떨어지는 나뭇가지는 없었다.

땔감을 확인한 후 강진혁은 한 줄로 길게 난 오솔길을 따라 산 아래로 내려갔다. 그러자 제법 부산스러운 저잣거리에 도착할 수 있었다. 새벽 때와는 달리 시끌벅적한 저잣거리의 모습에 강진혁은 입가에 미소를 띠고는 걸음을 마저 옮겼다.

"꼭두새벽부터 어딜 다녀온 거야?"

"운기조식 좀 하려고. 그리고 이건 땔감."

활기가 넘치는 저잣거리를 지나 장구식의 집에 도착하자 기다렸다는 듯이 그가 달려나와 추궁했다. 하지만 강진혁은 여유롭게 대답하며 어깨에 메고 왔던 장작을 그의 앞에 내려놓았다.

"굳이 해올 필요 없는데."

"공짜로 먹고 자는데 이 정도 일은 해줘야지."

"네가 무공만 배운 게 아니라 사람 되는 법도 배웠구나."

“뭐야?”

선의를 제대로 받아들이지 않는 장구식의 말에 강진혁이 미간을 좁혔다. 그 날카로운 기세에 장구식이 어색하게 웃으며 강진혁을 집 안으로 이끌었다. 그러자 곧 맛있는 냄새가 풍겨오기 시작했다.

“우선 밥부터 먹자. 운기조식까지 하고 왔으면 많이 시장할 거 아니냐.”

넉살 좋게 다가와 팔을 붙드는 장구식의 행동에 강진혁은 어쩔 수 없다는 듯이 끌려가듯 방 안으로 들어가 식사를 했다. 차린 것은 그리 많지 않았지만 정성이 가득 담겨 있는 음식이라서 그런지 강진혁은 정말 맛있게 밥을 먹을 수 있었다. 말 그대로 집밥이라고 할 수 있는 밥에 그는 내심 감격하며 자신의 그릇을 말끔히 비웠다.

식사 후 강진혁은 소향을 목마 태우고서 장구식과 함께 포목점으로 갔다. 그리고는 자연스럽게 문을 열고 옷감과 비단들을 가판대에 깔았다. 그러자 어느새 시간이 훌쩍 지나가 있었다.

단순히 물건을 빼놓고 정리한 것밖에 안 했는데 시간이 정오에 가까워져 있었던 것이다.

“수고했다.”

“별로 한 것도 없는데.”

“나 혼자 했으면 아직도 안 끝났을 거다.”

물건 정리를 다 끝내자 장구식이 시원한 냉수를 한 잔 따라 주었다. 하지만 말만 냉수지 실제로는 미지근한 물이었다, 시원함을 전혀 느낄 수 없는.

"슬슬 여름이 오려나 보다. 바람이 뜨거워지는 것을 보면."

"그러게."

물을 한 잔 마시며 이런저런 얘기를 하는 사이 몇몇 손님들이 포목점을 찾아왔다. 그러자 장구식은 기다렸다는 듯이 손님에게 다가갔고, 강진혁은 멀뚱히 그 모습을 지켜만 봤다.

"아저씨, 아저씨."

"응? 왜 그러니, 소향아."

친구가 장사하는 모습을 지켜보던 강진혁은 옷을 잡아당기는 손길에 고개를 돌렸다. 그러자 초롱초롱한 눈으로 자신을 올려다보는 소향의 모습이 눈에 잡혔다.

그는 무릎을 굽혀 소향과 눈을 맞췄다.

"저랑 놀아주세요."

"흐음. 뭐하고 놀아줄까. 아, 나무인형 만들어줄까?"

"만들어줄 수 있어요?"

마침 눈에 통나무가 보여 말했는데 의외로 반응이 열렬했다. 역시 아직은 어린 소녀라서 그런지 인형을 좋아하는 듯싶었다.

반짝이는 눈으로 되물어오는 소향의 머리를 쓰다듬으며

강진혁이 빙그레 웃었다.

"물론이지. 좋아하는 동물 있어?"

"으음. 사람도 돼요?"

"어렵지만 만들 수는 있지."

"그럼 사람으로 만들어주세요! 옷을 입힐 수 있는 인형으로요!"

하루 같이 지냈다고 이제는 제법 당당히 요구 조건을 말하는 소향이었다. 하지만 그 모습이 강진혁은 밉지 않았다. 오히려 귀여웠다. 자신의 마음을 솔직하게 드러내는 모습이. 게다가 버릇이 없는 것도 아니었기에 그는 알았다는 듯이 고개를 끄덕였다.

"자, 그럼 실력 발휘를 해볼까."

"헤헤."

강진혁이 의자를 끌어와 자리를 잡고서 소도(小刀)를 집어들자 소향이 옆에 찰싹 달라붙어 앉았다. 그리고서는 뚫어져라 그의 손길을 지켜봤다.

사각. 사각.

소도가 한 번씩 움직일 때마다 통나무가 조금씩 떨어져 나갔다. 그리고 그게 반복될수록 통짜였던 통나무가 점차 사람의 형태를 띠기 시작했다.

"우와."

빠른 속도로 사람의 형태로 변해가는 통나무를 보며 소향이가 감탄한 표정을 지었다. 꽤 오랜 시간이 필요할 줄 알았는데, 의외로 얼마 걸리지 않을 것 같았다.

정말 거침없는 손놀림으로 통나무를 조각하는 강진혁의 모습에 소향은 연신 탄성만 내뱉으며 눈을 끔뻑였다.

타앙!

"음?"

나무인형을 깎던 강진혁이 바깥에서 들려오는 거친 소음에 고개를 돌렸다. 그러자 소향의 고개도 자연스럽게 그를 따라 밖으로 움직였다.

"이러면 섭섭하오, 장형!"

뒤이어 들려오는 웬 남자의 걸걸한 음성에 강진혁은 나무인형 깎는 것을 멈추고서 소향을 안쪽 깊숙한 곳으로 보냈다. 남자의 음성에서 조금의 호의도 느껴지지 않아서였다. 필히 좋지 않은 의도로 찾아온 게 분명해 보였기에 소향을 들여보낸 강진혁은 의자에서 일어나 물건들이 전시되어 있는 밖으로 나왔다.

"섭섭한 건 오히려 나지. 아무리 보호비라고 하지만 이건 너무하지 않나?"

"너무하다니. 내 장형의 한 달 수입이 어느 정도인지 다 알고 있는데. 솔직히 이 정도면 장형한테는 거저 아니오?"

"허!"

밖으로 나온 강진혁의 눈에 가장 먼저 보이는 것은 황당한 표정을 짓고 있는 장구식의 얼굴이었다. 그리고 그 앞을 가로막듯이 서 있는 세 명의 건들건들한 사내들의 모습이 뒤이어 보였다.

"날씨도 더워지는데 우리 좋게 좋게 끝냅시다. 괜히 땀 흘려가며 언쟁을 벌일 필요 있겠소?"

"아무리 그래도 이 금액은 너무 비싸네. 한 달에 은자 반 냥이라니! 그 돈이면 우리 식구가 보름은 먹고 살 수 있는 금액이네!"

"그거야 아껴 쓸 때의 이야기이고. 그리고 장형에게 은자 반 냥은 푼돈에 불과하지 않소? 이 저자에서 가장 장사 잘 되는 포목점주가 바로 장형이신데."

장구식이 아무리 말해도 소 귀에 경 읽기였다. 우두머리로 보이는 선두의 사내는 히죽 웃기만 할 뿐 장구식의 말을 받아들이려 하지 않았다. 오히려 강렬한 눈빛을 보내며 압박했다. 하지만 과거 무석현의 뒷골목을 주름잡았던 장구식도 만만치 않았다.

"너무 과하네."

"흐음. 이런 식으로 나오면 곤란한데."

"오히려 적사파(赤巳派)가 곤란하지 않겠나? 이렇게 보호비를 갑자기 두 배로 올려 버리면?"

"그건 장형이 걱정해 줄 문제가 아니오. 그 부분은 우리가 알아서 할 일이니까."

찌릿!

두 사람의 시선이 허공에서 강렬하게 부딪쳤다. 그러나 둘 다 시선을 피하지 않았다. 그러다가 결국 적사파의 인물로 보이는 사내가 혀를 차며 입을 열었다.

"적당히 숙이는 게 좋을 거요. 언제까지 선배 대우를 해줄 수는 없으니까."

"……명심하지."

"가자!"

충고 아닌 충고를 내뱉고서 몸을 돌리는 세 명을 보며 장구식이 얼굴을 굳혔다. 방금 전 사내가 한 말이 결코 충고가 아니라는 사실을 알고 있었기 때문이었다.

"누구야?"

"적사파라고 근자에 무석현 뒷골목을 접수한 애들이다."

"적사파라."

"신경 쓰지 마라. 별일 아니니까. 넌 네 일이나 생각해."

혹여라도 강진혁이 적사파에 관심을 둘까 봐 장구식은 단호한 목소리로 딱 잘라 말했다. 무공을 익혔다고 어쭙잖게 적사파에 달려드는 일을 막기 위해서였다. 거기에 적사파가 단순히 하오배의 무리라고 할 수 없을 정도로 범상치 않은 무력을 지니고 있다는 사실을 얼핏 들었기에 장구식은 더더욱 강하게 말했다.

강진혁이 적사파에 대해 딴 마음을 먹지 않도록 하기 위해서.

"알았다. 그런데 너 성격 많이 죽었다? 꼬맹이가 눈싸움을 걸어오는데도 가만히 있고."

"이제 난 남자가 아니라 가장이거든. 책임져야 할 가정이 있다. 그러니 섣불리 주먹을 써서는 안 된다. 가정의 평화를 위해서."

"철들었군."

"나이를 먹은 거다, 이 녀석아."

여전히 개구쟁이 같은 기질을 가지고 있었지만, 장구식은 가장이었다. 그것도 한 가정을 짊어지고 있는. 그 사실을 새삼스레 깨달은 강진혁은 피식 웃으며 고개를 돌렸다. 이제는 사라져 보이지 않는 적사파의 대원들이 걸어갔던 방향을. 그곳을 바라보는 강진혁의 눈동자에는 서늘한 빛이 잠시 서렸다가 사라졌다.


오늘도 변함없이 짙은 약향이 풍겨오는 무석의방의 담벼락에 한 명의 인영이 서 있었다. 빗물을 흘려내기 위해 일부러 비스듬히 만들어놓은 담이 불편하지도 않은지 인영은 조금의 미동도 없이 서서 무석의방의 안쪽을 바라봤다.

스윽.

잠시 후 무언가를 찾는 듯이 바라보던 인영이 가볍게 땅을 박찼다. 그러자 그의 신형이 순식간에 안쪽으로 깊숙이 사라졌다.

"자세가 제법 나오는데?"

"어? 진혁이 네가 여긴 웬일이냐?"

"너한테 물어볼 게 좀 있어서."

쭈그리고 앉아서 약탕기를 달이던 노상덕이 뒤에서 느껴지는 인기척에 일어나며 몸을 돌렸다. 그러자 무표정한 얼굴의 강진혁이 눈에 들어왔다.

"뭐가 궁금한데?"

"적사파에 대해서 말해줘."

"흐으음."

강진혁의 입에서 적사파가 나올 줄은 몰랐다는 듯 노상덕이 잠시 입을 다물고서 그를 바라봤다. 마치 그의 의중을 꿰뚫어보려는 듯한 눈빛이었다. 하지만 무겁고 깊은 눈동자에서 노상덕이 알아낼 수 있는 것은 아무것도 없었다.

"왜 알려고 하는데?"

"그냥."

"순순히 말하시지. 네가 아무 이유 없이 관심을 두지 않는다는 것쯤은 다 알고 있으니까."

"자꾸 귀에 들려와서 말이야. 그래서 궁금해졌어. 대체 어떤 놈들이기에 이토록 시끄럽게 구는지."

강진혁의 대답에도 노상덕은 미심쩍은 눈빛을 거두지 않았다. 이유라고 하기에는 약간 궁색한 감이 없지 않아 있었기 때문이다. 하지만 노상덕은 심각하게 생각하지 않았다. 그저 적사파의 애들이 저잣거리에서 행패라도 부린 것을 강진혁이 봤을 거라고 지레짐작했다.

"요새 새로이 나타난 녀석들로 현재 무석현의 뒷골목을 장악한 아이들이다. 우두머리는 무석현 출신으로 싸움 실력이 제법 뛰어나다고 해. 별명은 대웅(大熊)이고 나이는 서른 살 안팎이라 들었다."

"인원은?"

"한 오십 명 정도 되는 것으로 알고 있다. 실력도 꽤 하는 것으로 들었고. 특히 몇몇은 삼류라고는 해도 무공을 익혔다고 하는데 사실인지 아닌지는 잘 모르겠다."

노상덕은 특히 무공이라는 말에서 힘을 주었다. 비록 삼류 무공이라고 하나 무공을 익힌 이와 그렇지 않은 이의 실력은 그야말로 천양지차였다. 그렇기에 무공을 익힌 이들은 조심해야 했다. 그것을 노상덕은 간접적으로 말한 것이다.

"조그만 동네에 있는 왈패 무리치고는 규모가 꽤 큰데."

"그러니까 허튼 생각하지 말고 조용히 푹 쉬어라."

"봐서. 난 이만 간다."

"녀석."

원하는 내용을 얼추 다 들은 강진혁은 씨익 웃으며 몸을 돌렸다. 그런 그의 눈동자에는 차가운 기운이 떠올라 있었다.

'그렇단 말이지.'

　적사파에 대한 모든 것을 알아내진 못했지만, 그래도 원하는 수준까지는 알아냈기에 강진혁은 서늘한 표정으로 걸음을 옮겼다. 하지만 그렇다고 해서 지금 당장 어찌할 생각은 없었다. 일단은 좀 더 지켜볼 생각이었다. 그에게 남은 시간은 많았으니까.

　'하지만 봐주는 것은 한 번뿐이다. 두 번은 없다.'

　순간 강진혁의 눈빛에서 서늘하다 못해 시린 기운이 솟구쳤다가 사라졌다. 그러나 그것을 본 사람은 아무도 없었다.

＊　　＊　　＊

　강진혁의 일과는 거의 비슷했다. 오전에는 운기조식과 육체 단련을 조금 하고 장구식의 집으로 돌아와 아침을 먹는다. 그리고 장구식과 함께 포목점의 문을 열고 장사할 준비를 하는 것으로 오전을 보내고 오후에는 장사를 도와주거나 소향과 놀아주었다. 즉, 빈둥빈둥 노는 것이나 마찬가지였다.

　하지만 그 누구도 강진혁에게 뭐라 하는 사람이 없었다. 정말 오랜만에 돌아온 고향이고, 그간의 고생이 어떠했다는 사실을 눈치껏 알 수 있었기에 편하게 쉴 수 있도록 다들 배려해 주었던 것이다. 그러나 강진혁의 평화로운 나날은 오래가지 못했다.

　콰앙!

"정말 갈 때까지 가보자는 거요!"

오늘도 평소와 마찬가지로 소향과 인형놀이를 하며 시간을 보내던 강진혁은 밖에서 들려오는 거친 음성에 미간을 좁혔다. 요 며칠 조용하다 싶어 다행히 잘 해결된 줄 알았는데 그게 아닌 모양이었다.

"잠시만 들어가 있어."

"네에."

벌써 두 번이나 일어난 일이라 그런지 소향이 살짝 두려운 표정으로 고개를 끄덕이고는 안쪽으로 들어갔다. 그것을 확인한 강진혁은 굳은 얼굴로 일어나 곧바로 밖으로 나갔다. 그러자 이번에는 서로 얼굴을 붉히고서 소리치는 두 사람의 모습이 보였다.

"뭐야, 형씨는?"

저번에 왔던 사내와 말싸움을 벌이는 장구식에게 다가가려는데 두 명의 덩치가 그의 앞을 막아섰다. 험악한 표정과 눈빛으로 보건대 쉽사리 길을 열어주지는 않을 것처럼 보였다.

"비켜라."

"허, 지금 우리에게 말한 거요?"

"그래."

강진혁의 시선이 두 덩치의 어깨 너머에 있는 장구식에게 향했다. 점점 더 높아지는 목소리로 보건대 이번에는 전과 같이 말로만 끝날 것 같지는 않았다. 그렇기에 강진혁은 서둘러 장구식에게 가려 했다. 하지만 이런 그의 모습이 두 명의 거한에게는 자신들을 무시하는 모습으로 보인 모양인지 거한 중 한 명이 대놓고 얼굴을 일그러뜨리며 강진혁의 어깨를 잡아왔다.

"못 비키겠다면?"

"그럼 억지로라도 비키게 만들어야지."

"그 말 후회하지 않을 자신 있냐?"

기분이 상한 거구의 남자가 눈을 부릅뜨며 은근한 어조로 물었다. 거기다 이제는 아예 대놓고 말까지 까고 있었다. 그러나 강진혁은 그런 변화에도 불구하고 눈빛 하나 흔들리지 않았다. 오히려 비릿한 미소까지 지었다.

"어디서 구했는지 모를 외공 하나 믿고 있는 모양인데, 그거만 철석같이 믿다간 비명횡사한다."

흠칫!

어깨를 잡고 있는 거한의 손이 미세하게 흔들렸다. 말해주지도 않은 사실을 강진혁이 간파해 내자 순간적으로 흔들린 것이다. 그러나 아직 놀라긴 일렀다.

"좋은 말로 할 때 놔라."

"이익!"

무시하는 듯한 강진혁의 말투에 거한이 눈을 부라리며 손아귀에 힘을 주었다. 악력에는 자신이 있었기에 힘으로 강진혁의 기를 꺾어놓을 작정이었던 것이다. 그러나 아무리 힘을 줘도, 시간이 흘러도 강진혁의 표정은 조금도 달라지지 않았다. 그저 심유한 눈으로 장구식을 바라보고만 있을 뿐이었다. 그에 거한의 얼굴이 점점 더 붉으락푸르락해졌다. 어디까지 가나 보자 하는 심정으로 손에 온 힘을 쏟아부었다.

"아직도 포기 안 했나?"

"으드득!"

얼마나 힘을 주었는지 손등에 굵직한 핏줄이 튀어나와 불끈거렸다. 하지만 그럼에도 강진혁의 얼굴에는 별다른 변화가 나타나지 않았다. 아니, 오히려 도발적인 표정을 지으며 물었다. 아직도 끝나지 않았느냐고. 그 말에 거한의 얼굴이 더 이상 붉어지지 않을 정도로 시뻘겋게 변했다.

"하아압!"

결국 거한은 기합을 토해내며 다른 손으로 마저 남은 어깨를 움켜잡았다. 양손으로 움켜잡고서 찍어 누를 기세였다. 그런 그의 머릿속에는 당장에라도 강진혁을 찌그러뜨리고 싶은 욕망이 가득했다.

비웃는 듯한 강진혁의 표정과 눈빛이 너무나도 꼴 보기 싫었던 것이다. 그러나 안타깝게도 그의 바람은 이번에도 이루어지지 않았다. 한 차례의 타격음이 들려오는 것과 동시에 강진혁의 신형이 바람처럼 그의 손아귀에서 빠져나갔던 것이다.

“커헉!”

“이게 보자보자 하니까. 나름 형님뻘이라고 존중해 주니까 내가 그렇게 우스워 보이냐?”

강진혁이 들은 타격음. 그것은 바로 사내의 주먹에 맞은 장구식에게서 들려온 소리였다.

이제 갓 스무 살쯤 되어 보이는 사내는 붉어진 눈으로 주먹을 움켜쥐고서 바닥에 쓰러져 있는 장구식을 노려봤다. 그런 그의 몸에서는 어느새 살벌한 기세가 흘러나오고 있었다.

“돈도 많이 버는 놈이 뭐 그리 말이 많아? 은자 열 냥을 달라는 것도 아니고 고작 반 냥인데 말이야. 퉤엣!”

엎어져서 몸을 부르르 떨고 있는 장구식을 향해 사내가 눈을 부라리며 침을 뱉었다. 그것도 장구식의 정수리에. 누런 가래가 뒤섞인 진득한 침은 순식간에 장구식의 머리카락을 지저분하게 헝클어놓았다.

스윽.

그리고 그 순간 강진혁의 신형은 장구식의 앞에 도달해 있었다.

“넌 뭐야?”

갑자기 등장한 강진혁의 모습에 사내가 표독한 표정으로 물었다. 그러나 어디에서도 긴장한 기미는 보이진 않았다. 어려서부터 뒷골목을 전전한 그가 보기에 강진혁은 별로 위험스러운 인물이 아니었던 까닭이다.

일반적으로 숱한 싸움을 겪은 자들은 특유의 기세라는 게 있었다. 특히 눈빛이 그랬다. 많이 싸워본 자일수록 눈빛이 남달랐다. 별로 노려보는 것 같지도 않은데 이상하게 옥죄는 듯한 눈빛. 강자일수록 그런 눈빛들을 갖고 있었다. 하지만 눈앞의 강진혁은 그렇지 않았다. 어디에서나 볼 수 있는 흔한 눈빛과 평범한 외모, 게다가 호리호리한 체형은 딱히 단련을 한 것처럼 보이지 않았기에 사내는 대수롭지 않은 얼굴로 강진혁을 바라봤다.

"이 녀석 친구."

"하핫! 우정 때문에 나선 건가? 친구가 맞으니까?"

"그런 셈이지."

장구식이 모욕을 당했음에도 불구하고 강진혁의 표정은 의외로 부드러웠다. 아니, 오히려 사내의 말에 맞장구까지 쳐주었다. 하지만 사내는 그러한 모습에서 별다른 위화감을 느끼지 못하는 듯했다.

턱.

대답을 마친 강진혁의 입가에 미소가 점점 짙어지는 순간, 뒤에서 그의 팔을 붙잡는 이가 있었다. 바로 사내에게 일격을 맞고 쓰러졌던 장구식이었다.

장구식은 고통으로 인해 일그러진 얼굴로 강진혁을 뚫어져라 바라봤다. 그리고는 미미하게 고개를 저었다. 나서지 말라는 무언의 행동이었다. 하지만 장구식의 그런 행동에도 불구하고 강진혁의 미소는 더욱 짙어지기만 했다.

"너희들이 오해한 게 있는데, 나 약하지 않다. 오히려 많이 강한 편이지. 그것도 무림 기준에서."

"뭐?"

나지막한 강진혁의 말에 장구식이 고통도 잊고 멍한 표정을 지었다. 이상하게도 지금 강진혁이 하는 말이 장난처럼 들리지 않았기 때문이다. 하지만 강진혁은 더 이상 입을 열지 않았다. 대신 믿음직한 미소만을 지어 보이며 다시 몸을 돌렸다.

"뭐라고 중얼거리는 거야? 막상 나서니 두려워서 그런 거냐?"

"그럴 리가. 단지 친구가 조금 의심스러워하는 거 같아서 말이야."

"무슨 의심?"

"내가 약할 거라는 의심."

강진혁이 싱긋 웃었다. 하나 사내는 웃을 수가 없었다. 순간 강진혁의 눈빛이 너무나 무섭게 변했기 때문이다.

마치 맹수를 보고 있는 듯한 강렬한 눈빛에 사내는 일순 몸이 굳어버리고 말았다. 포식자를 마주한 피식자처럼.

"으으……!"

그뿐만 아니라 사내는 입을 열 수가 없었다. 뭐라고 말을 하고 싶은데 입에 아교라도 바른 듯 입술이 떨어지지 않았다.

저벅저벅.

강진혁은 꼼짝도 하지 못하고 있는 사내에게 다가갔다. 보법도 아닌 평범한 걸음걸이. 하지만 정작 마주 보고 있는 사내에게는 태산이 다가오는 것 같았다.

이상하게도 강진혁이 다가올수록, 거리가 좁혀질수록 몸이 짓눌리는 듯한 느낌을 받았던 것이다.

"난 말이야. 이왕이면 좋게 넘어가려 했다. 중원 어느 곳에나 네놈과 같은 쓰레기들은 있고, 치워봤자 잠깐일 뿐이라는 사실을 너무나 잘 알고 있거든. 그래서 웬만하면 난 가만히 지켜보기만 하려 했다. 근데 생각이 바뀌었어."

"어, 어떻게 말입니까?"

순간 사내가 놀랐다. 방금 전까지만 해도 입술이 전혀 떨어지지 않아 옹알이만 흘러나왔는데 지금은 말이 가능했기 때문이다. 하지만 그는 놀랄 새가 없었다. 이어지는 강진혁의 말에 몸이 다시금 바짝 굳어졌던 것이다.

"어차피 또 생길 테지만 지금은 일단 치워 버리기로 말이야."

으드득!

"커, 커헉!"

말이 끝나는 순간 강진혁의 손이 움직였다. 단숨에 사내의 목을 움켜잡은 강진혁은 그대로 사내의 몸을 들어 올렸다. 그것도 한 손으로. 그러나 강진혁의 표정에서는 조금의 힘겨움도 느껴지지 않았다.

"형님!"

대화는 길었지만 사실 흘러간 시간은 찰나에 불과했다. 그렇기에 반응이 늦은 두 거한이 뒤늦게 사내를 부르며 강진혁에게 달려들었다. 하지만 살벌한 기세를 뿌리며 달려드는 두 거한을 보면서도 강진혁의 얼굴에는 여유가 흘렀다. 특히 그를 붙잡고 있다가 놓친 거한이 말 그대로 죽일 작정으로 달려드는데도 말이다.

"죽이진 않겠다. 하지만 다시는 왈패 노릇을 하지 못할 거다."

스스슥.

무식하리만치 단순하게 정면으로 돌진해 오는 둘을 보며 강진혁은 중얼거렸다. 이윽고 그의 비어 있는 좌수가 움직이며 허공에 수를 놓았다. 그러자 허공에 마치 꽃송이가 피어나는 것처럼 무수히 많은 수영(手影)이 떠올라 짓쳐드는 거한들을 타격했다.

퍼퍼퍼퍽!

시원스러운 타격음과 함께 두 명의 거한이 정신을 잃었다. 그런 그들의 몸 곳곳에는 시뻘건 장흔(掌痕)이 선명하게 남아 있었다. 특히 양손목과 양발목이 유독 심했다.

털썩!

신음 소리도 없이 기절한 두 거한이 바닥에 쓰러지자 지금까지의 모든 광경을 두 발이 뜬 채로 지켜보고 있던 사내가 창백한 안색으로 강진혁을 바라봤다.

이번 일격으로 강진혁이 그저 그런 무인이 아닌, 허접스러운 무인이 아닌 진짜 무인이라는 사실을 알게 되었기 때문이다.

"저, 저기……."

"너는 내 친구를 건드리지 말았어야 했다. 그랬으면 적어도 이 꼴이 되지는 않았을 테니까."

강진혁의 눈빛은 다음 차례가 너라고 말하고 있었다. 그에 사내가 이제는 새하얗게 변한 얼굴로 간절한 염원을 담아 강진혁을 바라봤다. 하지만 강진혁은 이미 마음의 결정을 내린 상태였다.

결정을 하기 전이라면 모를까, 이미 결정을 했다면 강진혁은 머뭇거리지 않았다.

콰득!

친구를 때리고 모욕한 죄는 무거웠다. 그렇기에 강진혁은 일말의 거리낌도 없이 사내의 목을 꺾어버렸다. 그 정도로 장구식이라는 존재는 강진혁에게 있어 중요했다.

"너, 너 이게 무슨 짓이야!"

"어쭙잖게 무인 흉내를 내는 녀석에게 진짜 무인의 모습을 보여주었지."

강진혁은 똑똑히 봤었다. 장구식을 때린 사내의 일격이 무공이었음을. 비록 상승의 무공은 아니었으나 그래도 무공임은 확실했다. 그리고 웬만한 삼류무공도 일반인을 죽이는 데 모자람이 없었기에 강진혁은 일부러 손을 과하게 썼다. 만약 사내가 조금이라도 내력을 사용할 줄 아는 이였다면 장구식은 지금처럼 서 있을 수 없을 것이었기 때문이다. 그 정도로 일반인에게 내력은 대단히 위험한 힘이었다.

'그에 비하면 난 인간적이지. 적어도 내공은 단 한 점도 사용하지 않았으니까.'

적사파의 무리 세 명을 상대하면서 강진혁은 조금의 내력도 사용하지 않았다. 오로지 육신의 힘으로만 상대했다. 그렇기에 그는 당당했다. 적어도 비겁한 짓은 하지 않았으니까. 게다가 세 명은 비록 반 쪼가리 무인이긴 했어도 무인이었다. 일반인은 결코 아니었다. 그렇기 때문에 강진혁은 조금의 죄책감도 느끼지 않았다.

"너 어쩌려고 이런 큰일을 저질렀냐."

사람을 죽여놓고도 너무나 당당한 강진혁의 모습에 장구식이 한숨을 깊게 내쉬었다. 아무리 죽어도 마땅한 놈이라고 하나 그래도 이것은 아니었다. 차라리 적당히 손봐주는 선에서 끝냈다면 어찌어찌 무마시킬 수 있었다. 하지만 이처럼 죽여 버리면 그로서도 답이 없었다.

적사파에서 가만히 있을 리가 없는 것이다. 그렇기에 장구식은 앞이 캄캄했다. 이 일을 어떻게 처리해야 할지 감이 잡히지 않았던 것이다.

"걱정 마라. 다 생각해 둔 게 있으니까."

"뭐?"

"설마하니 내가 아무런 생각도 없이 일부터 저질렀겠냐?"

"응."

조금의 지체함도 없이 곧바로 나오는 대답에 강진혁의 이맛살이 찌푸려졌다. 그리고 깨달았다. 장구식이 자신을 어떻게 생각하는지에 대해서.

"금방 처리하고 올 테니까 이 녀석들이나 잘 감시해 둬. 시체는 적당히 치우고."

"너 엄청 쉽게 말한다."

"강에 버리면 되잖아."

지금이야 반듯한 일가의 가장이지만 장구식은 과거 오견(汚犬)이라 불렸던 인물이었다. 그리고 그 별명은 괜히 붙은 게 아니었다. 더러운 일 전문이기에 오견이라 불린 것이다. 그것을 강진혁은 에둘러 말했다.

"그 일 관둔 지가 언젠데."

"경험은 머리와 몸에 남아 있는 법이지. 부탁한다."

"넌 어디 가게?"

"네가 생각하는 일을 하러."

후우웅.

한줄기 바람처럼 강진혁의 신형이 사라졌다. 말 그대로 두 눈 앞에서 사라지는 모습에 장구식이 휘둥그레 한 표정을 지었다. 이와 같은 일이 가능하다는 걸 그는 난생처음 봤기 때문이다. 그리고 아까 전 자신에게 했던 말이 빈말이 아니었음을 장구식은 느낄 수 있었다.

자신은 약하지 않다란 그 말을.

"진짜…… 무인이 된 거냐?"

이제는 사라져서 보이지 않는 강진혁을 향해 장구식이 말했다. 하지만 그 말에 대답해 줄 사람은 이곳에 없었다.

잠시 동안 강진혁이 사라진 자리를 멍하니 바라보던 장구식은 이내 기절한 덩치들을 가게 안으로 옮겼다. 그리고는 점포 뒤에서 망태기를 꺼내와 시신을 덮고는 지게에 메고서 어딘가로 바삐 움직이기 시작했다.


바람과 함께 사라진 강진혁이 모습을 드러낸 곳은 무석현 뒷골목의 으슥한 주점 안이었다. 아직 술을 마시기에는 이른 시간이라 그런지 주점에서 들려오는 소리는 거의 없었다. 간간이 들려오는 술잔 내려놓는 소리만이 주점 안에 사람이 있음을 알려주었다.

주르륵.

발을 밀치며 주점 안으로 들어가자 그리 많지 않은 원탁에 한 자리씩을 차지하고 앉아 있는 일곱 명의 사내가 보였다.

그들 역시 백주대낮에 홀로 들어오는 강진혁의 모습이 이

상한 모양인지 하나같이 날카로운 눈으로 강진혁을 주시했
다.

저벅저벅.

일곱 사내의 강렬한 시선을 받으며 강진혁은 걸음을 옮겼
다. 그런 그가 향한 곳은 주점의 가장 안쪽이었다. 거기에 강
진혁이 만나고자 하는 남자가 앉아 있었다.

일곱 명 중 가장 작은 체구를 가졌지만, 풍기는 기세만큼은
발군인 남자. 그렇기에 강진혁은 머뭇거리지 않고 그의 앞에
다짜고짜 앉았다.

"당신이 일랑(一狼)인가?"

"역시나 알고 찾아온 손님이었군."

"맞는 모양이군."

벌떡벌떡!

긍정을 뜻하는 대답이 나오기 무섭게 주변에 떨어져서 앉
아 있던 사내들이 거의 동시에 자리에서 일어났다. 그리고는
차가운 눈빛으로 강진혁을 노려봤다.

"진정해라. 아직 손님인지, 적인지 정해지지 않았으니까."

일랑이라 불렸던 사내가 손을 휘저으며 말하자 일어섰던
남자들이 하나둘 자리에 앉기 시작했다. 그러나 강진혁을 쏘
아보는 시선만은 여전했다.

"그래, 무슨 일로 찾아오셨소? 보아하니 이곳 출신은 아닌
것 같은데."

“무석현 토박이다. 단지 십이 년 동안 타지에 있다가 돌아
와서 타향 사람처럼 보일 뿐이지.”

“호오. 그러시군. 그런데 내가 물은 것은 그게 아니오만?”

칠랑파(七狼派)의 우두머리답게 그는 상당히 묵직한 기세
를 풍기며 물었다. 비록 적사파에 밀려 무석현 암흑가의 이인
자로 밀려났다지만 칠랑파의 전력은 결코 적사파에 뒤지지
않았다. 단지 수적으로 부족했기에 무석현을 장악하지 못했
을 뿐이다.

만약 숫자가 엇비슷했다면 무석현의 암흑가를 장악한 것
은 적사파가 아니라 칠랑파였을 것이다. 그리고 그 때문에 강
진혁이 칠랑파를 찾은 것이기도 했다.

“무석현의 뒷골목을 갖고 싶지 않나?”

“무슨 말을 하고 싶은 거요?”

“적사파를 지워주지. 대신 한 가지 조건이 있다.”

말을 하는 강진혁의 눈동자가 새파랗게 빛났다. 그런데 이
상하게도 살의나 투기 같은 것이 전혀 느껴지지 않았다. 그저
무심하게 빛나기만 했다. 하지만 일랑은 오히려 그게 더 무서
웠다. 격렬하게 살기를 일으키는 자보다 이런 류의 인물이 더
욱 위험하다는 사실을 그간의 경험을 통해 알고 있었기 때문
이다.

“믿기 힘든 말이지만 이상하게 신뢰가 가는구려.”

“내 말은 사실이니까. 그러니 결정해라. 내 제안을 받아들

일 건지, 아니면 받아들이지 않을 건지를."

"만약 거절하면 어떻게 되오?"

"아무런 일도 일어나지 않는다."

"장담하오?"

일랑은 순간적으로 보았다. 강진혁의 두 눈 깊숙한 곳에 자리 잡고 있는 포악함을. 그것은 결코 평범한 인간이 지닐 수 있는 감정이 아니었다. 그렇기에 물은 것이다. 혹시나 거절을 하면 어떻게 할 것인지를 알아야 결정을 내릴 수 있었으므로.

"물론. 난 태어나서 단 한 번도 허언을 한 적이 없다."

"으음."

강진혁은 일랑의 눈빛을 피하지 않고서 대답했다. 그러자 일랑이 고민하는 표정을 지었다. 사실 상식적으로 생각을 했을 때 강진혁의 말은 허황되기 짝이 없는 제안이었다. 적사파는 그저 그런 무리가 아니었고, 숫자도 알려진 것과는 다르게 두 배 이상 많았다. 게다가 말투를 보아하니 세력을 가지고 있는 것처럼 보이지도 않았다. 그렇다면 거절하는 게 맞았다. 한데 한 가지 이상한 느낌 때문에 그는 섣불리 결정을 내릴 수가 없었다.

강진혁이 풍기는 기이한 분위기. 그리고 기세가 그를 고민에 빠지게 만들었다.

"우선 그 조건이라는 것부터 듣고 싶소."

"받아들이는 건가?"

“들어본 다음에 결정하겠소.”

“신중하군. 하긴, 그게 우두머리의 덕목 중 가장 중요한 것이긴 하지.”

강진혁은 진지한 눈빛과 표정의 일랑을 보고서 고개를 끄덕이고는 말을 이었다.

“내가 원하는 조건은 단 하나다. 시전 상인들에게 보호비를 받되, 도를 넘어서지 않을 것. 특히 이 도에는 폭력도 들어가 있다. 쉽게 말하면 말 그대로의 보호비만 받으라는 소리다.”

“딱히 기준이 있는 것은 아닌가 보오.”

“상식선에서 지키면 된다, 상식선에서.”

“나쁘지 않은 조건이오. 하지만 이 거래가 성립되기 위해선 한 가지 짚고 넘어가야 할 문제가 있소.”

강진혁의 말을 듣고 곰곰이 생각을 하던 일랑이 희미하게 웃으며 말했다. 말한 대로 조건은 나쁘지 않았다. 하지만 이 모든 것은 상황이 강진혁의 뜻대로 되었을 때나 이루어지는 일이었다. 즉, 적사파가 사라진 후에나 할 수 있는 일이란 말이다. 일랑은 바로 그 점을 돌려서 말했다. 그리고 그것을 강진혁은 읽어냈다.

“적사파는 사라진다. 바로 오늘.”

“자신감이 대단하오.”

“확실한 사실이니까. 그럼 내 제안을 받아들인 것으로 봐도 되나?”

“우선은 적사파부터 괴멸시키시오. 그럼 그 다음은 알아서 하겠소.”

칠랑파로서는 잃을 게 없었다. 말한 대로 강진혁이 적사파를 무너뜨린다면 자연스럽게 그 자리를 차지하면 되는 것이고, 강진혁이 죽으면 그냥 기억에서 잊으면 될 일이었다. 그렇다 보니 일랑으로서는 아쉬울 게 없었다. 모든 것을 지켜본 후에 결정해도 늦지 않았으니까.

“좋아. 그리고 계약서는 따로 쓰지 않겠다. 어차피 쓸모없는 종이 쪼가리에 불과하니까.”

흠칫.

할 말을 끝낸 강진혁이 자리에서 일어났다. 하지만 칠랑파의 수장이자 대형인 일랑은 강진혁을 배웅하지 않았다. 그저 웃음기가 싹 가신 표정으로 주점을 나서는 강진혁의 뒷모습만 뚫어져라 바라봤다.

“왜 그러십니까, 형님?”

“만약 진짜라면, 조심해야겠다.”

“저자 말씀이십니까?”

“그래.”

굳은 얼굴의 일랑을 보며 두 번째 서열인 이랑(二狼)이 의아한 표정을 지었다. 그로서는 일랑이 무슨 말을 하는지 이해가 되지 않았기 때문이다. 그러나 일랑은 이랑의 표정에 전혀 신경을 쓰지 못하고 있었다. 아니, 신경 쓸 틈이 없었다. 머릿속에 강진혁이 남긴 말이 계속 맴돌아 다른 생각을 할 수가 없었던 것이다.

강진혁은 그들에게 협박을 하고 갔다. 만약 적사파가 사라졌는데도 자신이 한 제안에 따르지 않을 경우 각오해야 할 것이라고 말이다. 그 예로 강진혁은 계약서를 언급했다. 계약서를 종이 쪼가리로 비유한다는 것은, 필요가 없다는 뜻이었다. 그리고 그건 무력을 사용하겠다는 말과도 같은 말이었다. 그래서 일랑이 긴장한 표정을 지은 것이었다.

만약 홀로 적사파를 궤멸시킬 정도의 무력을 지니고 있다면, 칠랑파 정도는 그에게 있어 아무것도 아닐 테니까 말이다.

"아직 결정 난 것은 아무것도 없습니다. 그러니 일단은 지켜보시지요."

그 못지않게 신중한 성격인 삼랑(三狼)의 말에 일랑은 고개를 주억거렸다. 어찌 됐든 결과를 지켜본 후에 행동해도 늦지는 않았다. 그렇기에 일랑은 긴장은 하되 마음을 느긋하게 먹으려고 노력했다.

'일단은 지켜본다. 과연 그가 자신의 말에 책임을 질 수 있는지를 알아야 하니까.'

일랑은 속으로 그리 중얼거리며 눈을 감았다. 그러자 그의 뇌리로 마지막 말을 내뱉을 때 보였던 강진혁의 눈빛이 선명하게 떠올랐다.

장구식과 칠랑파에 호언장담을 한 강진혁은 무석현의 저 잣거리를 거닐고 있었다. 평소와 마찬가지로 저자는 사람들로 북적거렸다. 시끄럽게 호객 행위를 하는 상인들, 그리고 자식들을 데리고 장을 보는 어미까지. 모든 풍경이 중원의 시전 어디에서도 볼 수 있는 풍경이었다.

뚜벅뚜벅.

사람의 냄새가 물신 풍기는 저잣거리를 가로지르며 강진혁은 적사파의 본거지로 걸음을 옮겼다.

"이곳인가."

칠랑파와 헤어진 후 느긋하게 한 식경 정도를 걸어 이동한 강진혁이 제법 큼직한 장원 앞에 멈춰 섰다. 당당히 적사파라는 글자가 양각된 편액을 잠시 바라본 강진혁은 비릿한 미소를 지으며 굳게 닫혀 있던 문을 박찼다.

쿠웅!

가볍게 보이는 발차기였으나 위력은 상당했다. 단단히 닫혀 있던 대문이 반으로 쪼개지며 거칠게 열렸던 것이다. 그런데 시끄러운 방문에도 불구하고 안에서 들려오는 인기척은 없었다.

"조금 일찍 찾아왔나."

지금 시간은 해가 중천에 떠 있는 한낮이었다. 그렇다는 말은 아직 대부분이 자고 있을 시간이라는 소리였다. 보통 왈패들은 해질녘 즈음은 되어야 움직이기 시작하니까 말이다. 물론 전부 다가 그런 것은 아니었다. 계급이 낮은 이들은 오전에 일어나 부지런히 움직여야 했다. 특히 막내라고 할 수 있는 이들은.

"뭐, 상관없겠지. 깨어 있든, 자고 있든 나에겐 상관없으니까."

그는 대화를 나누러 적사파에 찾아온 것이 아니었다. 그가 온 목적은 적사파의 괴멸. 그렇기에 강진혁은 씨익 웃으며 걸음을 옮겼다.

장원에서 가장 큰 건물이 자리 잡은 곳으로 걸어가자 한눈에 봐도 건들건들해 보이는 청년 하나가 잠에서 막 깼는지 눈을 비비며 그에게 다가왔다.

"당신 뭐야? 어떻게 들어왔어?"

"호철이 어디 있어?"

"뭐?"

"호철이 몰라? 정호철?"

대답을 하기는커녕 되레 묻는 강진혁의 말에 청년이 어안이 벙벙한 표정을 지었다. 그에 강진혁이 다시 한 번 친절하게 말해주었다. 이번에는 성도 함께. 그러자 졸음으로 인해 흐리멍덩했던 청년의 두 눈이 번쩍 뜨여졌다. 왜냐하면 정호철이란 이름은 다름 아닌 적사파의 주인이 갖고 있는 이름이었기 때문이다.

"누, 누구……!"

"미안하지만 넌 내게 물을 권리가 없어. 넌 그저 내가 묻는 말에만 대답하면 돼. 알겠나?"

"으읍!"

움직이는 것을 보지도 못했는데 어느새 자신의 목을 움켜잡고 있는 강진혁을 보며 청년이 힘겹게 고개를 끄덕였다. 점점 강해지는 옥죔이 어서 고개를 끄덕이라고 말하는 것 같았기 때문이다.

"좋아. 그럼 다시 묻지. 정호철은 어디에 있지?"

"이, 입을……."

"아, 미안하다. 호흡은 하게 해줬어야 하는데. 자, 말해봐."

"차앗!"

쉬이익!

호흡 곤란으로 얼굴이 붉어진 청년의 모습에 강진혁은 목을 움켜잡았던 손아귀의 힘을 살짝 풀었다. 그런데 청년은 그 틈을 노리고 강진혁을 공격했다. 그것도 정확히 사혈을 노리는 살수를 뿌렸다,

"흐음."

죽이거나 병신을 만들겠다는 듯이 살수를 뿌리는 청년의 공격에 강진혁이 묘한 소리를 내며 몸을 비틀었다. 그러자 청년이 날린 회심의 일격이 허망하게 허공을 갈랐다.

"허업!"

"이런 식으로 나오면 섭섭한데 말이지."

강진혁의 표정이 싸늘하게 변했다. 마치 북해의 천년빙과도 같이 차갑게 변한 얼굴로 강진혁은 청년을 바라보며 오른발을 움직였다. 그러자 뼈가 부러지는 소리가 연달아 두 번 들려왔다.

뚜둑! 뚝!

"끄으으……!"

"내 목숨을 노렸으면 이 정도쯤은 각오했어야지. 안 그래?"

"으윽!"

한순간에 뼈가 부러지는 고통은, 동강나는 고통은 겪어보지 않은 사람은 모른다. 그 정도로 골절의 고통은 컸다. 하지만 지금 청년에게 있어 더 고통스러운 것은 비명을 마음대로 지르지 못한다는 것이었다.

"자, 처음에는 위협이었고, 두 번째에는 다리였어. 그럼 다음에는 뭘까?"

움찔!

고통에 겨워하던 청년의 눈동자가 격렬하게 흔들리기 시작했다. 강진혁은 그러한 청년의 반응을 보며 씨익 웃었다.

"마지막으로 물으마. 정호철은 지금 어디에 있지?"

"저, 저기 건물 꼭대기 층에 있습니다!"

"진즉에 말해줄 것이지. 그럼 한숨 푹 자라고."

원하는 것을 알아낸 강진혁은 청년의 수혈을 짚고는 바닥에 내던졌다. 양다리의 정강이가 부러진 상태였지만, 그는 신경 쓰지 않았다.

그동안 적사파의 일원으로서 사람들의 고혈을 짜먹었던 것에 비하면 이 정도 상처는 아무것도 아니기 때문이다.

강진혁은 청년을 집어던진 후 정호철이 있다는 건물을 향해 성큼성큼 걸어갔다. 하지만 그의 발걸음은 이내 멈춰졌다. 건물에 들어가기 전 일단의 무리가 그의 앞을 막아섰던 것이다.

"이놈은 뭐야?"

"새로 들어온 신입인가?"

"그렇게 보기에는 너무 허약해 보이는데?"

하나같이 우락부락한 체구를 가진 다섯 명의 남자가 길을 막으며 강진혁을 이리저리 살펴봤다. 밥을 먹고 온 모양인지 손톱으로 이빨 사이에 낀 고기를 빼내며 그들이 강진혁에게 다가왔다.

"너… 어디서 왔냐?"

껄렁이는 걸음걸이로 다가온 한 명이 강진혁에게 물었다. 그는 이미 강진혁이 식구가 아니라는 사실을 눈치챈 것 같았다. 왜냐하면 그나 친구들에게 인사를 하지 않았기 때문이다. 그 말은 신입이 아니라는 소리였다. 그렇다고 윗사람은 더더욱 아니니 외인이라고 생각할 수밖에 없었다.

"무석현에서."

퍼억!

씨익 웃으며 대답한 강진혁이 손을 움직였다. 그리고 그 순간 가장 앞서 다가왔던 남자가 두 눈을 부릅뜬 채로 쓰러졌다. 어떻게 당했는지도 모르는 듯 그의 얼굴에는 당황한 표정이 고스란히 떠올라 있었다.

"쳐!"

"차합!"

남자들의 행동은 기민했다. 동료가 당한 것을 보자마자 강진혁에게 달려들었던 것이다. 제법 무공을 제대로 익힌 듯 네 사람의 공격은 틀이 잡혀 있었다. 나름대로 절도도 있어 보였고. 하지만 정작 중요한 것이 빠져 있었다.

그것은 바로 내력이었다. 무인에게 있어 가장 중요한 것 중 하나로 꼽히는 내력이 네 사람에게는 거의 없었다.

파라라락!

아무리 화려한 공세도, 강력한 초식도 내력이 제대로 뒷받침되지 않는 공격은 약할 수밖에 없었다. 그 사실을 강진혁은 네 명에게 제대로 각인시켜 주었다.

"크아악!"

"케륵!"

짧고 간결한 받아치기로 네 명을 한 방에 쓰러뜨린 강진혁은 두 손을 가볍게 털었다. 그런 그의 발밑에는 입에 게거품을 문 채로 기절해 있는 네 명이 있었다.

"방해물이 너무 많은데."

강진혁은 쓰러져 있는 다섯 명을 보며 미간을 좁혔다. 상대하기 어려운 것은 아니었지만 솔직히 말해 귀찮았다. 이렇게 일일이 상대하는 게. 그래서 그는 최대한 빠르고 간단하게 일을 끝내기로 마음먹었다.

파앗!

그렇게 마음먹은 순간 강진혁의 신형이 사라졌다. 말 그대로 감쪽같이 사라졌던 것이다. 잠시 후 강진혁이 다시 모습을 드러낸 곳은 바로 정호철이 머물고 있는 거처의 창가였다. 소리없이 창문 앞에 내려선 강진혁은 방 안의 소리에 귀를 기울였다. 그러나 들리는 소리는 없었다. 그에 강진혁은 맨 처음 만났던 청년이 거짓말을 한 게 아닐까 하는 생각이 들었다. 그런데 마침 그 순간 방문이 열리는 소리가 들렸다.

달칵.

거칠게 열리는 문소리와 함께 상당히 안정적인 발걸음 소리가 들려왔다. 묵직하면서도 가볍고 규칙적인 발자국 소리. 바로 무공을 익힌 무인 특유의 발자국 소리였다. 그 소리에 강진혁의 입가에 미소가 떠올랐다.

드디어 찾아 헤맸던 이를 찾은 것 같아서였다. 이윽고 강진혁은 단숨에 창문을 열고 안으로 들어갔다.

“웬 놈이냐!”

창문을 열고 안으로 들어가자 삼십대 초중반으로 보이는 중년인이 화들짝 놀란 표정으로 서 있는 게 보였다. 하지만 표정과 달리 반응은 상당히 빨랐다.

강진혁이 안에 들어온 것과 동시에 허리춤에 메고 있던 도를 뽑아 들고 자세를 취했던 것이다.

강진혁은 그런 중년인을 보며 물었다.

“당신이 정호철인가?”

“누구냐고 내가 먼저 물었다.”

중년인은 강진혁의 물음에 대답하지 않았다. 대신 날카로운 눈빛으로 강진혁을 샅샅이 훑어보며 되물었다. 그러면서 그는 기회를 살폈다.

“미리 말해두지만, 당신 부하들은 이 안에 못 들어와. 왜냐하면 당신과 나의 대화는 밖에서 전혀 들리지 않거든.”

“뭐라고?”

내심 목소리를 크게 해서 수하들을 불러 모으려 했던 그가 강진혁의 말에 당혹스러운 표정을 지었다. 속내를 간파당한 것도 이유 중 하나였지만, 가장 큰 이유는 바로 강진혁이 보기와는 달리 고수라는 점 때문이었다.

음파를 차단할 정도의 기막을 만들어내는 건 웬만한 고수라도 힘겨운 일이었다. 그런데 눈앞의 강진혁은 그러한 일을 너무나 쉽게 해냈다.

거기까지 생각이 닿자 그는 오늘 길보다 흉이 많을 것임을 깨달았다.

"원하는 게 뭐지?"

기가 한풀 꺾인 그가 몰래 침을 삼키며 물었다. 최대한 담담한 신색을 보이려 애를 썼지만, 안타깝게도 그의 동공은 크게 흔들리고 있었다.

"우선은 물음에 대한 대답을 듣고 싶은데."

"맞다. 내가 정호철이다."

"제대로 찾아왔군."

"왜 나를 찾아왔지?"

정호철이 굳은 표정으로 물었다. 그러나 강진혁은 그의 질문을 받았음에도 대답을 하지 않았다. 그저 침묵만을 고수했다. 그러다가 반각쯤 지났을 때 강진혁이 입을 열었다.

"내가 말해주지 않아도 이유를 짐작하고 있을 거라 생각하는데."

"날 죽이러 왔나?"

"정답."

단번에 맞히는 정호철을 향해 강진혁이 씨익 웃어 보였다. 하지만 정호철은 마주 웃을 수 없었다. 자신을 죽이러 온 자를 향해 웃어줄 정도로 그는 강심장이 아니었기 때문이다.

"왜 하필 나지?"

"건드려선 안 되는 사람을 건드렸거든, 당신의 수하가. 그래서 죽는 거야. 깔끔한 일처리를 위해서.”

“자, 잠깐만! 굳이 날 죽이지 않더라도 일을 해결할 방도가 있지 않겠나!”

“정말 그렇게 생각하나?”

웃고 있던 강진혁이 얼굴을 굳히며 물었다. 그러나 그 말에 정호철은 대답할 수 없었다. 살기가 담겨 있는 것도 아니고, 압박하는 기세가 뿜어져 나온 것도 아니었다. 강진혁은 그저 담담하게 물었을 뿐이다. 하지만 정호철은 입을 열지 못했다. 왜냐하면 자신의 속내를 강진혁이 꿰뚫어보고 있다는 사실을 알아서였다.

스윽.

그 사실을 느낀 것과 동시에 정호철은 늘어뜨렸던 도를 다시 들어 올렸다. 이렇게 된 이상 어떻게든 강진혁을 쓰러뜨리기로 마음먹은 것이다.

무위가 상당하다는 사실은 이미 알고 있었지만, 그래도 그는 일말의 가능성을 포기하지 않았다.

무림이란 세계는 오묘해서 반드시 무공 수준으로만 승부가 갈리지 않았다. 잦은 일은 아니지만 간혹 가다 하수가 고수를 쓰러뜨리는 경우도 있었기에 정호철은 일단 붙어볼 작정이었다.

“하압!”

그러면서 선택한 방법은 기습이었다. 약자가 강자를 쓰러뜨리는데 가장 효과적인 방법 중 하나인 기습으로 정호철은 강진혁의 목을 노렸다. 제법 단련에 공을 들였는지 참격이 상당히 날카로웠다.

정호철의 도신이 정확하게 강진혁의 목을 노리며 파고들었던 것이다.

스윽.

빠르고 날카로운 일격이 강진혁의 목을 스치듯이 지나갔다. 하지만 정호철은 아쉬워하지 않았다. 쉽게 강진혁을 죽일 수 있으리라고는 애초에 기대하지 않았기 때문이다.

그렇기에 정호철은 쉬지 않고 강진혁을 몰아붙였다. 지금 잡은 우세를 이용해 승기를 잡기 위해서.

쉬이익! 쉬익!

정호철의 도가 쉴 새 없이 허공을 갈랐다. 일격, 일격에 전심전력을 담아 휘두르는 정호철의 얼굴에는 진지함이 가득했다. 또한 어느새 이마에는 굵은 땀방울이 맺혀 흐르고 있었다. 하지만 안타깝게도 그의 도는 강진혁의 몸에 전혀 닿질 못하고 있었다.

"으랴압!"

미꾸라지처럼 요리조리 피해내는 강진혁의 모습에 정호철이 다시 한 번 기합을 터뜨리며 도를 휘둘렀다. 온몸이 힘들었지만, 멈출 수 없었다. 지금 멈추면 간신히 잡은 우세를 강진혁에게 넘겨주어야 했기 때문이다.

가뜩이나 실력에서 밀리는데 기세까지 넘겨준다면, 그 후의 일은 뻔했다. 그래서 정호철은 정말 악착같이 공세를 유지했다.

'조금만 더!'

한눈에 봐도 지친 기색이 역력해 보였으나 이상하게도 정호철의 눈빛은 힘을 잃지 않고 있었다. 그렇다는 말은 노림수가 있다는 소리였다. 그것을 간파한 강진혁이 희미하게 웃으며 그의 움직임을 주시했다. 이윽고 강진혁은 일부러 빈틈을 내보였다. 너무 티 나지 않게, 의도치 않은 것처럼. 그러자 정호철이 기다렸다는 듯이 달려들었다.

"뒈져랏!"

암흑가의 지배자답지 않은 저급한 욕설을 내뱉으며 정호철이 도를 크게 휘둘렀다. 그런데 이번 참격은 지금까지의 참격과 상당히 달랐다. 놀랍게도 그의 도신에 희미하지만 도기(刀氣)가 서려 있었던 것이다. 비록 도기라고 하기에는 많이 모자라 보이는 게 사실이었지만, 그래도 도기를 생성해냈다는 사실이 중요했다. 일류고수의 상징인 도기를 일으켰다는 것은 정호철의 무위가 일류지경에 거의 근접해 있는 상태라는 사실을 알려주는 것이기 때문이다.

쌔애액!

불완전하기는 하지만 그래도 도기가 서린 참격은 그렇지 않은 참격보다 훨씬 강력했다. 그렇기에 들려오는 파공성이 달랐다. 좀 더 빠르고 예리하다고나 할까. 그런 소리가 들렸다.

정호철의 도는 허공을 단숨에 가르며 강진혁에게 쇄도했다. 그 모습에 정호철은 회심의 미소를 지었다. 제아무리 고수인 강진혁이라도 이처럼 의외의 일격을 받으면 당할 수밖에 없을 거란 생각이 들자 웃음이 절로 나왔던 것이다. 하지만 그런 그의 표정은 얼마 가지 않아 일변했다.

따앙!

"허업!"

정호철의 두 눈이 화등잔만 하게 커졌다. 두 눈으로 보고도 정말 믿기지 않은 광경을 목도했기 때문이다.

놀랍게도 강진혁은 도기가 서린 공격을 맨 손으로 튕겨냈다. 정확하게는 손가락으로. 그 광경에 정호철이 입을 쩍 벌렸다.

"배려는 이쯤 해두지."

"그게 무슨 말이냐?"

"죽기 전에 도라도 원 없이 휘둘러 봐야 아쉬움이 덜할 거 같아서 말이야."

스윽.

아무렇지도 않게 도기가 서린 참격을 튕겨내고서 강진혁은 싱긋 웃으며 말했다. 그리고 그게 정호철이 본 마지막 광경이었다.

강진혁의 손이 느릿하게 올라오는 것을 본 순간 그의 기억
은 끊어졌다.

철푸덕!

심장에 손이 닿기 무섭게 혼절하듯 바닥에 쓰러진 정호철
은 더 이상 숨을 쉬지 않았다. 고통 없이 죽었는지 얼굴에는
조금의 찡그림도 없었다.

"머리를 잘랐으니 이제는 마무리를 해볼까."

어느 조직이든 수장을 잃으면 지리멸절하게 마련이다. 하
지만 강진혁이 원하는 수준은 그 정도가 아니었다. 적사파의
완벽한 괴멸. 그는 또 다른 적사파가 나타나길 원치 않았다.
게다가 거래를 한 칠랑파가 무석현의 암흑가를 제대로 장악
하기 위해선 적사파가 완전히 사라지는 게 좋았다. 그렇기에
강진혁은 조금 귀찮더라도 확실하게 일을 처리할 생각이었
다.

콰직.

강진혁은 정호철의 방에서 의자 다리 하나를 부러뜨렸다.
다수를 상대할 때는 아무래도 맨손보다는 도구를 사용하는
게 여러 모로 편했기에 몽둥이로 쓸 겸해서 부러뜨린 것이다.

물론 몽둥이로 쓰기에는 살짝 짧은 감이 없지 않아 있었지
만 강진혁은 개의치 않았다. 이 정도만 해도 적사파를 쓸어버
리는 데 부족함은 없었으므로.

잠시 후 강진혁은 침입했을 때와는 반대로 계단을 이용해

아래로 내려갔다. 그러자 동시다발적인 비명 소리와 신음 소리가 건물 안을 가득 채우기 시작했다. 하지만 그 소리는 오래 이어지지 않았다. 정확히 일각 정도가 지나 강진혁이 일층으로 내려왔을 때에는 아무런 소리도 들리지 않았다. 대신 피가 홍건하게 묻은 몽둥이에서 끈적한 핏방울이 떨어지는 소리만 들렸다.

"뒤는 알아서 하겠지."

강진혁은 피가 묻은 몽둥이를 한쪽 구석에 집어 던지며 중얼거렸다. 그런 그의 시선은 우측의 담벼락을 주시하고 있었다. 정확하게는 그 담벼락 너머에 있는 삼랑을.

잠시 그를 지켜본 강진혁은 몸을 돌렸다. 이내 그의 신형이 귀신처럼 사라졌다. 참혹한 흔적만을 남기고서.

*　　*　　*

갑작스런 적사파의 괴멸 소식으로 무석현이 시끄럽게 들끓었다. 한데 신기하게도 소란은 그리 크지 않았다. 적사파에 이어 두 번째로 강력한 세력을 자랑하는 칠랑파가 너무나 안정적으로 무석현의 암흑가를 장악했기 때문이다.

그로 인해 말들이 많았지만 대놓고 따지는 사람은 없었다. 그러기에는 칠랑파가 지닌 힘이 강력하기도 했지만, 적사파와는 다른 통치가 상인들의 마음을 사로잡은 이유가 컸다.

무조건적으로 보호비를 뜯어내던 적사파와는 달리 칠랑파는 적정 수준 이상의 금액을 원하지 않았다. 그렇다고 강압적으로 보호비를 받아내지도 않았고. 그래서 시전의 상인들은 오히려 칠랑파를 좋게 봤다. 그리고 그건 곧 높은 수확률로 이어졌다. 상인들의 시선이 호의적으로 변하자 보호비를 일일이 걷지 않아도 알아서 보호비를 내었던 것이다.

그러한 변화에 칠랑파의 수장인 일랑은 개인적으로 크게 놀랐다. 적사파가 걷었을 때보다 지금 거둬들이는 금액이 훨씬 더 컸던 탓이다. 그에 일랑은 생각의 차이가 지닌 힘이 새삼 대단하다는 것을 깨닫게 되었다. 또한 왜 지배자들이 그토록 인재를 찾는지를 알게 되었다. 더불어 강진혁이 얼마나 무서운 이라는 것도.

"정말 갈 거냐?"

"잠깐 들른 거라고 했잖아. 충분히 쉬었으니 이제 사부님께서 부탁하신 일을 하러 가야지."

아침을 지나 정오로 향해 가고 있을 시각에 강진혁은 친구들과 헤어질 준비를 하고 있었다.

"그런데 진짜 말 안 해줄 거냐?"

"모르는 게 나으니까."

장구식의 물음에 강진혁은 그저 웃으며 대답을 회피했다. 다른 이들도 궁금한 기색이 역력했으나 강진혁이 쉽사리 대답을 해주지 않을 것 같자 더 이상 묻지 않았다.

"짜식이 말이야. 비밀만 늘어가지고. 우리는 감추는 거 없는데."

"정말 알 필요가 없어서 그래. 그리고 내가 말해주지 않아도 다들 짐작하고 있잖아?"

"그래도 본인에게 듣는 거하고, 짐작하는 거하고 같냐?"

"후후후."

약간 섭섭하다는 듯이 말하는 양칠을 보며 강진혁은 고개를 끄덕였다. 그러나 끝내 적사파에 대해선 말하지 않았다.

"어쨌든 잘 마무리하고 돌아와라. 기다리고 있을 테니."

"알았다."

"몸조심하고."

"그래."

노상덕과 하굉이 다가와 강진혁의 손을 잡았다. 뒤이어 양칠이 한 손에 들고 있던 보따리를 강진혁에게 내밀었다.

"간단하게 먹으라고 주먹밥 좀 만들어봤다. 출출할 때 꺼내 먹어라."

"잘 먹으마."

"받아라."

정성이 담긴 주먹밥을 조심스레 받기 무섭게 장구식이 그에게 작은 주머니를 내밀었다. 한눈에 봐도 전낭으로 보이는 물건에 강진혁이 눈썹을 찡그리며 장구식을 바라봤다.

"우리가 십시일반 해서 만든 노잣돈이다. 많은 돈은 아니지만 그래도 없는 거 보단 나을 거다."

"고맙게 잘 쓰마."

"돌아와서 곱절로 갚아라."

"그러마."

마지막까지 농이 섞인 장구식의 말에 강진혁은 웃으며 전
낭을 받았다. 그러자 친구들의 따뜻한 마음이 가슴으로 전해
지는 듯했다.

"다녀오마."

"그래!"

친구들의 배웅을 받으며 강진혁이 몸을 돌렸다. 그리고는
단 한 번도 뒤돌아보지 않고 발걸음을 옮겼다.

第三章
산동악가(山東岳家)

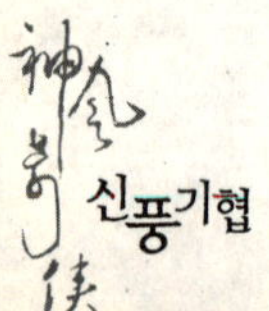

　고향인 무석현을 떠난 강진혁이 향한 곳은 바로 산동성의 태산이었다. 사부가 죽으면서 남긴 세 가지 부탁 중 한 가지를 이행하기 위해 태산을 찾은 강진혁은 중원오악(中原五嶽) 중 동악(東嶽)이라 불리는 태산의 거대한 풍광에 눈을 떼지 못하고 있었다.

　태산 같다는 말은 많이 들어보았으나 진짜 태산을 본 것은 처음인 그는 왜 태산을 태산이라 부르는지 그 이유를 직접 목도하고서야 이유를 알게 되었다.

　"크기도 하지만, 뭔가 모를 영험함이 느껴지는데."

　십인십색(十人十色)이란 말이 있듯이 산도 십산십색(十山十

色)이 있다. 즉, 산이라고 해서 다 같은 산이 아니라는 뜻이었다. 그리고 꼭 큰 산이라고 해서 좋은 산이 아니었다.

산세도 중요하지만 산이 품고 있는 고유한 기운도 그 못지 않게 중요했다.

그렇게 봤을 때 태산이 지닌 기운은 상당히 거대하고 정순한 느낌이 들었다. 잘 정제되어 있고나 할까. 사람마다 느끼는 것이 다르겠지만 적어도 강진혁이 처음 태산을 보고 느낀 감정은 그러했다.

"태산의 기운을 받았기에 무림에서도 손꼽히는 가문이 되었을 테지."

태산을 채우고 있는 좋은 기운만 잘 받아들인다면 좋은 무인이 나오는 것도 어렵지만은 않을 것이라 생각하며 강진혁은 산을 올랐다. 그렇게 주변 풍광을 구경하며 산에 오른 지 한 시진 정도가 흘렀을 때 강진혁은 태산 중턱에 자리 잡은 산골마을에 도착할 수 있었다.

태산을 찾는 많은 시인묵객 때문인지 산골마을이라 하기에는 규모가 상당히 컸다. 그리고 규모가 큰 이유에는 인근에 있는 산동악가도 들어갈 거라고 강진혁은 생각했다.

"으음?"

정오가 한참이나 지나서야 마을에 도착한 강진혁은 바삐 움직이던 사람들이 한 곳에 모여서 무언가를 보고 있자 호기심이 동했다. 왠지 사람이 모여 있으면 이유가 궁금하고, 한

번 보고 싶은 마음이 든다고나 할까. 게다가 시간이 없는 것
도 아니었기에 강진혁은 여유로운 걸음걸이로 사람들이 모여
있는 장소로 끼어들었다.

"악가가 어쩌다가⋯⋯."

"다 세상의 이치 아니겠는가. 달이 차오르면 비워지듯이
악가 또한 그러한 게지."

"꼭 그렇게만 볼 수는 없지. 산동악가의 가세가 기운 데에
는 태안예가(泰安禮家)의 탓도 없지만은 않으니까."

강진혁은 뭉쳐 있는 사람들 사이로 끼어들면서 다양한 이
야기를 들을 수 있었다. 또한 대부분의 이야기가 산동악가와
관련되어 있다는 것도.

그러면서 강진혁은 의아했다. 그가 사부에게 듣기로 산동
악가는 무림에서도 명문으로 꼽히는 위대한 가문이라 했다.
비록 오대세가 안에는 들지 못했어도 칠대세가에는 반드시
들어가는 가문이 산동악가라 들었다. 그런데 지금 떠드는 사
람들의 말을 들어보니 산동악가가 과거의 산동악가가 아닌
듯싶었다.

"어디 보자."

가까스로 사람들의 틈바귀를 뚫고 앞으로 나온 강진혁이
벽에 붙은 벽보를 빠르게 읽었다. 주변의 몇몇 사람들은 글을
몰라 아는 이에게 물으며 내용을 이해했지만 강진혁은 글을
알았기에 벽보를 읽는 데 어려움은 없었다. 그런데 벽보를 읽

어 내려가는 강진혁의 표정이 요상했다. 왜냐하면 벽보를 붙인 곳이 다름 아닌 산동악가였기 때문이다.

그것도 대대적인 무사 모집도 아니라 열 명 남짓한 무사를 모집한다는 내용이 적힌 공고문을 보며 강진혁은 알 수 있었다.

지금의 악가는 한때 명문이라 불렸던 가문에 불과하다는 사실을.

"이거 쉽지 않겠는데."

보통 명문세가라 불리는 가문들은 무사 모집을 웬만해서는 하지 않는다. 대대적인 충원을 목적으로 한 모집이 아닌 이상은 말이다.

왜냐하면 굳이 공고문을 써 붙이지 않아도 명문이라 불리는 곳에는 인재들이 알아서 모여들었기 때문이다. 그래서 일반적으로 명문세가들은 그때그때 필요한 무사들을 추천을 받아 충원을 했지 이처럼 고작 열 명을 채우기 위해 공고문을 붙이지 않았다. 그렇다는 말은 지금 산동악가의 현실이 참으로 열악하다는 말과도 같았다.

"우선은 찾아가 봐야지."

사부에게 들었던 산동악가와는 너무나 다른 모습에 강진혁은 놀라긴 했으나 실망하진 않았다. 아니, 오히려 좋게 생각했다.

만약 산동악가가 명문으로서 산동성에서 군림하고 있었다

면, 승승장구하고 있는 상황이었다면 그가 할 일은 아무것도 없었을 것이다. 그저 지켜보는 것밖에는 할 일이 없었을 터였다.

하지만 지금처럼 좋지 않은 상황이라면 강진혁이 도움을 줄 수 있었다. 그렇기에 강진혁은 좋은 쪽으로, 긍정적으로 생각했다.

이참에 사부가 과거에 입은 구명지은을 갚을 수 있게 되었다고. 그리 생각하자 강진혁은 마음이 편안해졌다.

마음이 편안해지니 걸음걸이도 자연스레 느긋해졌다. 그 상태로 강진혁은 주위 사람들에게 묻고 물어 산동악가로 향했다.

저자에서 벗어나 태산을 조금 더 올라가자 오랜 세월이 느껴지는 고풍스런 장원이 모습을 드러냈다.

갖은 풍파가 담긴, 세월이 올올이 담긴 대문을 보니 그동안 산동악가가 겪어온 모든 역경들이 보이는 듯했다. 하나 문지기 하나 없이 휑하니 닫혀 있는 정문은 지금 산동악가의 현실을 여실히 보여주는 듯해 약간은 안쓰러워 보였다.

탕탕.

대문 위에 걸린 현판을 잠시 올려다본 후 강진혁은 조심스럽게 대문을 두들겼다. 그리고 반응이 오길 기다렸다. 하지만 가만히 기다려도 대문 너머에서 느껴지는 인기척은 없었다. 그래서 이번에는 좀 더 세게 두들겼다.

탕탕탕!

내력을 담지는 않았지만 그래도 제법 힘을 실어서 그런지 문 두드리는 소리가 제법 멀리까지 울려 퍼졌다.

잠시 후 멀리서 누군가가 빠른 걸음으로 다가오는 기척이 들려왔다. 그제야 강진혁은 옷매무세를 다듬으며 문이 열리기를 기다렸다.

끼이익.

이윽고 문이 열리며 한 명의 노인이 모습을 드러냈다. 육십 대 초반으로 보이는 노인은 문을 열자마자 강진혁의 위아래를 훑어봤다. 그리고는 다짜고짜 물었다.

"혹시 공고문을 보고 찾아오신 게요?"

"그렇습니다."

현재 강진혁에게 있어 가장 먼저 해결해야 하는 일은 자연스럽게 산동악가에 들어가는 일이었다. 명성이 있다면 빈객으로 머물 수 있겠지만, 아쉽게도 강호초출인 그에게 빈객이 될 만한 무명은 없었다. 그렇다고 무공을 익힌 무인이 하인으로 들어갈 수는 없기에 강진혁은 이번에 무사 모집 공고문을 보고 지원하러 온 무인처럼 행동했다.

연기가 처음이기에 약간 어색한 감이 있었지만, 노인은 그것을 눈치채지 못한 듯 강진혁에게 문을 열어주었다.

"허허. 안으로 들어오게나."

신입 무사치고는 나이가 적지 않아 보였지만 그래도 지원자가 있다는 사실이 기꺼운 듯 노인은 연신 웃으며 강진혁을 이끌었다.

"지원자는 저 말고 얼마나 모였습니까?"

노인을 따라 걸어가던 강진혁이 물었다. 그런데 그 물음에 노인의 얼굴이 살짝 굳었다. 동시에 웃음기 역시 모습을 감췄다.

"자네가 처음이네."

"모집 기간이 글피까지니 더 모이지 않겠습니까?"

"그럴 것이라 믿고 있네. 자, 앞으로 이곳에서 머물면 되네."

긍정적인 강진혁의 말에 시무룩했던 노인의 얼굴이 조금이나마 펴졌다. 하지만 한 번 굳은 얼굴은 쉽사리 펴질 기미를 보이지 않았다. 그 상태로 노인은 강진혁에게 숙소를 안내해 주고는 몸을 돌렸다.

"저기."

"필요한 게 있으면 저기 건물로 찾아오게. 내가 없으면 하인들이라도 있을 터이니. 그럼 푹 쉬시게."

이름을 물어보려 했지만 노인이 자신의 할 말만 하고 걸어갔기에 강진혁은 아무것도 알아내지 못했다. 하지만 강진혁은 크게 신경 쓰지 않았다. 아직 시간은 많았으니까. 그리고 지금은 가만히 지켜보는 것도 나쁘지 않을 거라 생각했다.

"그렇다면 조금 쉬어볼까."

말도 타지 않고 걸어서 왔기에 강철 같은 체력을 가지고 있는 강진혁으로서도 지치지 않을 수가 없었다. 게다가 설상가상으로 산동악가의 가세 역시 좋지 않은 상황이었기에 강진혁으로서는 앞으로의 일에 대해 생각을 해봐야만 했다.

"우선은 자자."

등에 메고 있던 봇짐을 널찍한 방 한구석에 던져 놓고서 강진혁은 창가 쪽에 대(大) 자로 편하게 누웠다. 그리고는 이내 눈을 감고 잠에 빠져들기 시작했다.

창문에서 불어온 선선한 미풍과 함께 강진혁의 고른 숨소리가 방 안을 채워갔다.


다음 날에도, 그 다음 날에도 강진혁이 머물고 있는 방은 채워질 기미를 보이지 않았다. 혹시나 자신을 배려해서 다른 방으로 지원자를 보냈나 싶어 강진혁은 옆방과 옆옆방을 찾아가 봤지만, 들어와 있는 사람은 단 한 명도 없었다.

큼직한 숙소에 사람이라고는 강진혁이 유일했던 것이다. 그러한 모습에서 강진혁은 현재 산동악가의 상황을 명명백백하게 느낄 수 있었다.

"그래도 밥맛은 괜찮은데."

하루의 거의 대부분을 숙소에서 보내는 강진혁이었으나 그렇다고 방에만 있는 것은 아니었다. 하루에 세 번 있는 식사시간에는 공용 식당으로 가서 끼니를 챙겼다. 그러면서 강진혁은 우연히 만난 사람들을 살피며 산동악가의 분위기를 살폈다. 아직은 어려 보이는 아이들에게 말도 걸어보면서. 그렇게 해서 알게 된 사실은 귀동냥으로 들은 것보다 더욱 처참했다. 지금 산동악가는 망하지 않은 게 신기할 정도로 초라한 상태였다.

한때는 산동성을 호령했던 무력 부대도 이제는 이름만 남아 있었고, 심지어 총관조차도 산동악가를 뛰쳐나갔다. 그 결과 현재 산동악가에 남아 있는 사람은 가주 내외와 자식들, 그리고 장로 한 명과 총관 대리 한 명, 거기에 무인 열다섯 명이 전부였다.

삼백 명을 수용할 수 있는 장원에 있는 사람은 하인, 하녀들을 합쳐도 서른 명을 겨우 넘겼다. 그 말을 듣자 강진혁은 한숨이 절로 나왔다. 나빠도 너무 나쁜 상황이었던 것이다.

"우선은 문제점부터 파악해 보자. 모든 일에는 원인이 있는 법이니까."

현재 강진혁이 알고 있는 사실은 극히 적었다. 그렇기에 강진혁은 우선 산동악가가 처한 현실에 대해 전반적으로 알아보려 했다.

지원자이긴 하나 아직 산동악가에 속해 있지는 않았기에 강진혁은 비교적 자유롭게 움직일 수 있었다. 그래서 가장 먼저 한 일이 저잣거리를 돌아다니며 산동악가에 대해 알아보는 것이었다.

강진혁은 최대한 많은 사람들에게 산동악가에 대한 이야기를 들었다. 물론 당사자가 아니기에 깊은 속사정까지 알아낼 수는 없었다. 하지만 전반적인 상황에 대해서 알아내기에는 부족함이 없었다.

더구나 힘은 잃었어도 신망은 잃지 않은 산동악가였기에 대부분의 사람들이 안타까워하면서도 알고 있는 것들을 상세하게 말해주었다. 그 덕에 강진혁은 크게 어렵지 않게 산동악가에 대해 조사할 수 있었다.

"좋지 않은걸."

해가 떠 있는 내내 저잣거리를 돌아다니며 알아낸 사실을 숙소에 돌아와 곱씹으며 강진혁이 중얼거렸다.

그가 알아낸 바에 의하면 산동악가가 몰락의 길을 걷게 된 이유는 크게 두 가지였다. 그중 하나는 바로 태산을 올라온 첫날 얼핏 들었던 태안예가의 득세였다. 막대한 자금력을 기반으로 빠르게 세력을 키운 태안예가는 현재 태안 주변뿐만 아니라 산동성 전체로 영향력을 키워가고 있었다. 그리고 현재 태안예가가 노리는 곳이 바로 산동악가였다. 전통적인 명가인 산동악가를 집어삼킨 후 더욱 큰 세력을 일구려고 했던 것이다.

두 번째 이유는 바로 고수의 부재였다. 명문이 명문인 이유는 그 이름을 대표하는 고수가 있기 때문이다. 하지만 안타깝게도 현재 산동악가엔 악가창법을 널리 알릴 만한 고수가 없었다. 그렇기 때문에 산동악가의 가세가 더욱 빠르게 기울었다. 만약 천하십대고수, 아니, 오십대고수에 이름을 올리기만 했어도 이 정도로 무너지진 않았을 터였다.

"곤란하군."

두 가지 큰 문제를 떠올리자 머리가 지끈거렸다. 어느 것 하나 쉽게 해결할 수 있는 문제가 아니었던 탓이다. 하지만 이중 그나마 쉬운 쪽을 고르라 하면 아무래도 두 번째가 더 쉬울 것 같았다. 게다가 남이 도와주는 것보다는 스스로 일어나는 게 나중을 위해서도 더 좋을 것이고.

"명문이나 명가 중에 역경과 고난 없이 일어선 곳이 없지."

객관적으로 봐도 너무나 힘겨운 상황임이 분명했다. 그러나 이 위기를 잘 견뎌낸다면, 이겨낸다면 산동악가는 다시금 일어설 수 있었다.

누가 그러지 않았던가. 위기 속에는 기회가 있다고.

강진혁은 그 말을 떠올리며 방을 나섰다. 그러자 어느새 해가 저물었는지 하늘이 어둑어둑해져 있었다.

타앗!

서서히 어둠이 내리기 시작하는 장원을 보며 강진혁이 땅을 박찼다. 넓은데 사람이 없어서 그런지 텅텅 빈 듯한 느낌을 주는 장원을 강진혁은 가로지르듯이 달렸다. 그런 그가 향하는 곳은 바로 산동악가의 주인이 머무는 가주전이었다.

휘이이잉.

바람을 타듯 달려온 강진혁이 높게 솟은 담 위로 몸을 날렸다. 그러자 그의 눈에 가주전 옆에 마련된 조그만 연무장이 눈에 들어왔다. 폭이 삼 장 정도 되어 보이는 연무장이었는데 지금 그 위에서 부자로 보이는 중년인과 소년이 대련을 하고 있었다.

"하압!"

힘찬 기합성과 함께 열네댓 살 정도 되어 보이는 소년이 창을 깊게 찔러 넣었다. 쾌속하면서도 힘이 제대로 실린 날카로운 찌르기였다. 하지만 속도와 힘이 적절히 섞인 깔끔한 찌르기도 중년인을 맞출 수는 없었다.

사십대의 나이가 무색할 정도로 탄탄한 몸을 가진 중년인이 날렵하게 옆으로 한 걸음 움직이며 소년의 공격을 피해냈던 것이다.

"자세가 너무 크다! 좀 더 간결하게!"

"옙!"

창이라는 무기 자체가 장병기였기에 아무래도 공격을 펼치면 자세가 커질 수밖에 없었다. 그러나 소년은 중년인의 말에 가타부타 말을 잇지 않았다. 그저 있는 그대로를 받아들였다.

그 모습이 강진혁에게는 인상적으로 다가왔다.

부웅! 부우웅!

소년의 창이 변화를 일으키기 시작했다. 단조로웠던 찌르기 공격이 사라지고 창을 크게 휘둘렀다. 동시에 창대의 탄력을 이용해 중년인을 공략하기 시작했다.

타다다당!

변화가 담긴 창술의 공격력은 대단했다. 마치 비가 쏟아지는 것 같은 공세가 연이어 펼쳐졌다. 하나 중년인도 만만치 않았다. 빠른 속도로 떨어져 내리는 창두가 보이기라도 하는 것인지 소년의 공격을 일일이 하나하나 튕겨냈다. 그러자 마치 번갯불이 튕기는 듯한 소리가 들려왔다.

"속도가 느려진다!"

"죄송합니다!"

중년인의 눈빛이 날카롭게 번쩍거렸다. 그의 눈에 아들의 창이 점차 늘어지는 게 보였던 것이다. 아무리 육체적으로 성장기이고 몸이 다 자라지 않았다고 하나 공격 중에 힘이 빠진다는 것은 체력 이전에 집중력의 문제였다. 그렇기에 중년인은 냉엄하게 소리치며 창을 휘둘렀다. 그러자 그의 손에 들린 창이 마치 활대처럼 크게 휘어지더니 단숨에 허공을 가르며 소년의 가슴을 가격했다.

펴억!

"컥!"

정확히 가슴을 타격하는 공격에 소년이 격한 신음을 토해내며 뒤로 데구르르 굴러갔다. 창두가 아닌 창대에 맞아 큰

상처를 입지는 않았으나, 그래도 충격이 적지 않은 듯 소년은
몸을 일으키지 못했다. 대신 격렬하게 기침을 하며 침을 쏟아
냈다.

"후우. 오늘은 여기까지 하자꾸나."

"쿨럭! 예에."

소년은 시뻘게진 얼굴로 호흡을 고르며 몸을 일으켰다. 그
러고는 간신히 자세를 잡고서 대답했다. 하지만 몸은 여전히
간헐적으로 떨리고 있었다.

"소련이는 소호 좀 부축해 주거라."

"예, 아빠!"

중년인이 창을 거두며 말하자 연무장의 한쪽 구석에서 쪼
그리고 앉아 구경을 하던 소년 또래의 소녀가 쪼르르 다가왔
다. 그런데 연무장으로 들어온 소녀의 모습이 소년과 상당히
흡사했다. 이목구비가 거의 똑같았던 것이다.

소년에 비해 얼굴선이 얇다는 것 빼고는 거의 모든 것이 비
슷했다, 마치 쌍둥이처럼.

"나 혼자서 걸을 수 있어!"

"강한 척할 필요 없다, 귀여운 동생아. 이 누나한테는 말이
야."

"누가 누나야!"

"어머, 그럼 아냐?"

"당연히 아니지!"

소호와 소련이 티격태격댔다. 곧 죽어도 부축을 받지 않겠
다는 소호와 놀리듯 말하는 소련. 둘의 모습은 남매라기보다
는 친구의 모습에 가까웠다.

결국 소호는 끝끝내 소련의 부축을 받지 않고 혼자 걸어갔
다. 그 모습에 소련이 혀를 찼지만 소호는 뜻을 굽히지 않았
다.

두 남매가 떠난 연무장에는 고요한 침묵이 가라앉아 있었
다. 그 안에 홀로 서 있던 중년인은 눈을 감고서 호흡을 가다
듬었다. 이윽고 그를 중심으로 묵직한 기운이 휘몰아치기 시
작했다.

"후우우."

깊은 날숨과 함께 중년인의 감겨 있던 눈이 떠졌다. 동시에
그의 신형이 빠르게 연무장을 가로지르기 시작했다. 바로 산
동악가의 자랑이자 중원에 널리 알려진 악가창법이 시전된
것이다.

"초일류 정도인가."

본의 아니게 산동악가주의 연무를 보게 된 강진혁이 살짝
안쓰러운 목소리로 중얼거렸다. 초일류의 경지는 분명 대단
한 경지였다. 수백만 명의 무인 중에서도 오르는 이가 극히
적은 경지였으니까. 다만 아쉬운 이유는 중년인이 산동악가
의 주인이라는 점 때문이었다.

명문세가라 불리우는 가문의 수장이 지닌 무위로 초일류

의 경지는 많이 모자란 게 사실이었다. 못해도 절정지경에는 올랐어야 했다. 그러나 중년인은 절정에 오르는 마지막 벽을 넘지 못하고 있었다.

"그나마 다행스러운 점은 가능성이 있다는 것 정도랄까."

담벼락 위에 편하게 앉아 조용히 산동악가주의 연무를 지켜보던 강진혁이 눈을 반짝였다. 그의 무재는 평범한 수준이었지만 그렇다고 모자라지는 않았다. 게다가 평생 동안 꾸준히 고련해서 그런지 기본기가 탄탄했다. 그 말인 즉, 한 번의 계기만 주어진다면 언제라도 절정지경에 오를 수 있다는 소리였다.

스윽.

쉬지 않고 연무를 계속하는 산동악가주를 바라보던 강진혁이 품에서 무언가를 꺼냈다. 그러자 반으로 조각난 옥패가 달빛을 받아 반짝거리기 시작했다.

강진혁은 옥패와 산동악가주를 번갈아 바라보았다. 그러고는 이내 담벼락에서 모습을 감췄다.


다음 날 아침. 드디어 공고문으로 알린 무사 모집의 마지막 날이 밝았다. 하지만 이변은 없었다. 마지막 날에 몰릴 것이라 예상했던 것과는 달리 마지막 날의 지원자는 단 두 명에 불과했던 것이다.

강진혁까지 합해도 세 명에 불과한 숫자. 애초의 목적이었던 열 명의 반도 채우지 못하는 숫자였다.

그에 총관 대리를 맡고 있던 오 노인은 땅이 꺼져라 한숨을 내쉬었다.

이번 무사 모집으로 삭제 산동악가의 현시점을 처절하리만치 느낄 수 있었기 때문이다.

"후우…… . 셋 모두 나를 따라 오게."

그중 마지막에 찾아온 두 명은 무공의 무조차 모르는 초보자였기에 오 노인의 한숨은 더욱 깊어졌다. 처음부터 가르칠 생각을 하니 앞날이 막막했던 것이다. 그러나 오 노인은 그렇다고 두 사람을 야박하게 대하진 않았다.

마지막 날에 찾아온 두 형제가 과거 산동악가에 입은 은혜에 보답하기 위해 먼 길을 찾아왔다는 사실을 알아서였다.

오 노인은 세 사람을 이끌고 연무장으로 향했다. 자격시험을 치르기 위해서였다.

원래대로라면 무사들로 바글바글거렸어야 할 연무장이 지금은 초라할 정도로 한적해 보였다.

"으음."

자격시험을 주관하기 위해 먼저 연무장에 도착해 있던 산동악가의 유일한 장로, 악평후가 무거운 침음을 흘렸다.

오 노인이 단 세 명을 데리고 오는 모습을 보니 가슴이 답답해지고 침음이 절로 흘러나왔던 것이다. 그러나 악평후는 그러한 기색을 애써 숨겼다. 비록 숫자가 적다고 하나 이 세 사람은 산동악가를 보고 지원한 자들이었다. 그러니 허무한 감정은 되도록 숨기고 고마운 표정을 지어야 했다. 세 사람이 무안해하지 않도록.

"이번에 지원한 세 명입니다, 장로님."

"데려오느라 수고했소. 자격시험은 내가 볼 터이니 총관 대리께서는 일을 보시게."

"그럼 저는 물러가겠습니다."

비슷한 연배였으나 오 노인은 악평후에게 공손히 대답하며 묵례하고는 자리를 떴다. 그렇게 되자 널찍한 연무장에는 악평후를 비롯한 세 사람만이 남게 되었다.

스윽.

악평후는 나란히 서 있는 세 사람을 유심히 바라봤다. 그중 그의 시선이 가장 먼저 닿은 이는 바로 강진혁이었다. 세 사람 중 나이가 가장 많기도 했거니와 척 보니 무공을 어느 정도는 익힌 듯해 보여서였다.

"이름이 무엇인가?"

"강진혁입니다."

"약간 특이한 이름이군. 어디 출신이지?"

"강소성 무석현 출신입니다."

간단한 호구조사로 말문을 연 악평후가 순간 눈을 빛냈다. 노인치고는 신기하게 맑은 눈동자가 강진혁을 정면으로 바라봤다.

"무공을 제법 익힌 듯한데, 무슨 무공을 익혔는가?"

악평후가 본 강진혁의 실력은 이류 언저리 즈음으로 보였다. 나이를 생각하면 무난한 수준이었다. 명문대파나 군소방파의 제자가 아닌 이상 저 나이에 일류지경에 드는 건 불가능한 일이었으니까.

"이것저것 잡다하게 익혔습니다."

"그런 것치고는 상당히 곱상해 보이는데."

강진혁의 외모는 결코 곱상하다는 말이 어울리는 외모가 아니었다. 오히려 굵직한 얼굴선으로 인해 남자답다는 말이 더 어울렸다. 그리고 그 말은 잘생기지 않았다는 말과도 같았다. 한데 그럼에도 악평후가 곱상하다고 말한 것은 바로 손 때문이었다.

무공을 익힌 이의 손치고는 상처가 너무 적었다. 굳은살도 거의 없었고. 그래서 악평후가 물은 것이다.

"제가 좀 특이체질이라 굳은살이 잘 생기지 않습니다."

"그런가."

악평후가 믿기 힘든 표정을 지었다. 하지만 그렇다고 따지기도 애매했기에 그는 일단 고개를 끄덕였다. 그런 후 악평후는 강진혁의 옆에 긴장한 얼굴로 서 있는 두 청년을 바라봤다.

"두 사람은 형제인가?"

"그, 그렇습니다. 제가 형인 장이입니다!"

“전 장삼입니다!”

“나이는 어떻게 되는가?”

“제가 열아홉 살이고 동생이 열여덟 살입니다!”

악평후의 간단한 질문에도 장이는 기합이 바짝 들어간 목소리로 소리쳤다. 그러한 형제의 모습에 악평후가 빙그레 웃었다. 순수하기도 하고 순진하기도 한 두 형제의 모습에 미소가 절로 지어졌던 것이다.

“확인 차 묻는 것이니 솔직하게 대답하게. 무공을 익힌 적 있나?”

“없습니다.”

“저도 없습니다.”

두 형제가 무공을 익히지 않았다는 것을 짐작하고 있었지만 악평후는 확실하게 하기 위해 물었다. 그러자 역시 예상했던 대답이 두 형제에게서 흘러나왔다.

“흐음.”

어느 정도 틀이 잡혀 있는 강진혁과는 달리 장이, 장삼 형제는 아무것도 써져 있지 않은 백지나 마찬가지였다. 그렇다는 말은 어떻게 그리느냐에 따라 좋은 그림을 그릴 수도 있다는 말과 같았다. 하지만 한 가지 걸리는 것은 두 형제의 나이가 너무 많다는 것이었다.

솔직히 말해 두 형제는 무공을 익힐 시기를 놓쳤다. 이미 혈맥이 막힐 대로 막힌 상태였기에 상승의 절기를 익힌다 하더라도 두 형제가 높은 경지에 오를 가능성은 희박했다.

'그러나 잘만 가르치면 또 모르지.'

지금 산동악가에 가장 필요한 것은 고수였다, 그것도 산동 성을 떨쳐 울릴 정도의. 하지만 그렇다고 해서 꼭 그 정도 수준의 고수 한 명만이 필요한 것은 아니었다. 그 뒤를 받쳐 줄 든든한 실력자들도 필요했다.

명문세가가 강력한 이유는 대표하는 고수의 존재도 존재였지만 고수층이 두텁기 때문이기도 했다. 그런 만큼 산동악가가 과거의 명성을 되찾기 위해서는 고수도 고수지만 실력 있는 무사들이 반드시 필요했다.

"본 가의 무사가 되는 과정은 매우 힘들고 어려울 것이다. 그럼에도 본 가의 무사가 되겠는가?"

부드러웠던 악평후의 분위기가 근엄하게 변했다. 그뿐만 아니라 눈빛 역시도 날카로워졌기에 장이, 장삼 형제는 더욱 긴장한 얼굴로 힘차게 대답했다.

"예!"

"자네는?"

장이, 장삼 형제를 휘어잡는 것 정도는 악평후에게 있어 누워서 떡 먹기나 마찬가지였다. 연륜으로 보나 무인으로서 보나 그는 두 형제와는 비교도 할 수 없는 경험을 가지고 있었다. 그렇기에 단숨에 두 형제를 휘어잡은 악평후는 무거운 눈빛으로 강진혁을 바라봤다.

"노력하겠습니다."

"이제부터 세 사람은 본가의 수습무사다. 부디 열심히 노력하여 본가의 이름을 빛내주는 무인이 되어주길 바란다."

"예에!"

"예."

군기가 바짝 들어 우렁차게 대답하는 장이, 장삼 형제와는 달리 강진혁은 짧게 대답했다. 굳이 벌써부터 힘을 뺄 생각이 없다고 생각해서였다.

"본격적인 훈련은 내일부터 시작이니 오늘 하루는 푹 쉬도록. 내일 눈을 뜬 순간부터는 가히 지옥이라 부를 만한 일정이 기다리고 있을 테니까."

"꿀꺽!"

대놓고 겁을 주는 악평후의 말에 장이와 장삼 형제가 얼굴을 딱딱하게 굳혔다. 그러면서 자신들도 모르게 침을 삼켰다. 말만 들어도 끔찍한 일정이 상상되었던 것이다.

반면에 강진혁의 표정은 시큰둥했다. 아무리 악평후가 겁을 주어도 그는 솔직히 겁이 나지 않았다. 제아무리 힘든 훈련 일정이라고 해도 지난 십이 년 동안 사부에게 받은 훈련만큼 지독하지는 않을 것이란 생각 때문이었다.

처음 사부를 따라 무공을 익히기 시작했을 때 강진혁은 정말 죽음을 수도 없이 떠올렸었다. 이러다 죽는 게 아닌가 할 정도의 순간이 그토록 많았던 것이다. 하지만 인간의 육체는 대단했다.

　죽을 뻔한 위기를 수없이 넘기자 한계의 범위를 계속해서 넓혀갔던 것이다. 그 결과 강진혁은 현재 그 누구보다 단단한 육신을 지닐 수 있게 되었다. 굳은살이 거의 없는 것도 다 그러한 이유가 있어서였다.

　그런 강진혁이었기에 악평후의 말을 대수롭지 않게 들을 수 있었다.

　"어라?"

　악평후에게서 내일 있을 훈련에 대해 간단하게 설명을 들은 후 장이, 장삼 형제와 숙소를 향해 가던 강진혁은 어느 순간 빗자루를 들고 있는 자신의 모습에 어안이 벙벙한 표정을 지었다.

　분명 그는 열 살 가까이 차이가 나는 동기생들을 데리고 숙소를 향해 가고 있었다. 한데 지금 그는 숙소가 아닌 흙먼지가 가득 덮여 있는 길 위에 서 있었다.

　"뭐해요? 얼른 바닥 안 쓸고!"

　순간 정신을 놓았던 강진혁이 눈을 끔뻑이다가 뒤에서 들려오는 뾰족한 음성에 고개를 돌렸다. 그러자 색이 바란 홍의 무복을 입은 열네댓 살의 소녀가 날 선 눈으로 자신을 바라보고 있는 게 보였다. 동시에 열심히 비질을 하고 있는 장이, 장삼 형제의 모습들도.

　강진혁은 뒤늦게 자신이 숙소로 가던 중에 눈앞의 이 소녀에게 붙들려 여기까지 왔다는 사실을 기억해 냈다.

"왜 내가 비질을 해야 하지?"

"어? 지금 나한테 반말한 거예요?"

"무슨 문제라도?"

"그야 당연히 있죠! 전 이 악가의 하나뿐인 딸이니까요!"

악소련이 떡하니 허리 위에 양손을 얹고서 강진혁을 쳐다봤다. 그리고는 당연하다는 듯이 소리쳤다.

"그러니까 간단히 말해 예우를 해달라?"

"네. 그래서 저도 존칭을 사용하고 있잖아요. 반말해도 크게 상관없는데."

"후후후!"

나이 차이가 상당한데도 자신의 할 말을 또박또박 하는 악소련의 모습에 강진혁이 웃음을 흘렸다. 그런데 그 웃음이 비웃음으로 들렸는지 악소련이 입술을 삐죽 내밀었다.

"지금 비웃은 거죠?"

"아닌데. 그냥 귀여워서."

"에?"

얼굴선이 굵고 눈썹이 두꺼워 약간은 무섭게 생긴 강진혁이 너무나 자연스럽게 귀엽다고 말해주자 악소련의 얼굴이 순간적으로 붉어졌다. 동시에 머릿속이 하얗게 변했다. 부모님을 제외하고서 남에게 이런 말을 들어본 적이 처음이었기에 악소련은 눈에 띄게 당황했다. 그리고 그로 인해 그녀는

또 반말을 한 강진혁에게 따져야 한다는 사실조차 잊어버렸
다.

"뭐, 예우를 받기 원한다면 그리해 주지요, 소련 아가씨."

여전히 얼굴을 붉힌 채 아무런 말도 못하고 있는 악소련을
향해 씨익 웃어준 강진혁이 장이, 장삼 형제의 옆에서 비질을
하기 시작했다. 체격이 두 형제보다 월등히 커서 그런지 그가
한 번 바닥을 쓸 때마다 길 위를 덮고 있던 흙먼지들이 거의
한 사발씩 쓸려 나갔다.

"우와."

"대단하다."

별거 아닌 것인데도 장이, 장삼 형제가 눈을 휘둥그레 떴
다. 자신들의 비질과 크게 차이가 나지 않음에도 쓸려 나가는
흙먼지의 양이 엄청나게 다르자 신기했던 것이다.

"아앗! 살살 해요! 그렇게 하면 쓸어 담기 힘들다고요!"

"네네."

일은 잘하는 듯하나 마무리가 시원찮아 보이는 강진혁을
향해 악소련이 깐깐한 목소리로 소리쳤다. 하지만 강진혁은
건성으로 대답하며 비질을 계속했다.

타다다닷!

악소련의 잔소리를 들으며 비질을 하던 강진혁이 고개를
돌렸다. 그의 귀로 급한 기색이 역력한 발자국 소리가 들렸기
때문이다.

소리가 들려오는 곳으로 고개를 돌리니 굳은 얼굴로 뛰어가듯 걷는 오 노인의 모습이 잡혔다. 그런데 정문을 향해 달려가는 오 노인의 표정이 심상치 않았다.

"뭘 그리 봐요?"

"저기."

열심히 하던 비질을 멈추고 어딘가를 보고 있는 강진혁에게 악소련이 다가왔다. 그에 강진혁은 손가락으로 빠르게 걸어가는 오 노인을 가리켰다.

"어? 무슨 일이 있으신가?"

웬만해서는 빠르게 걷지 않는 오 노인이 급하게 발걸음을 옮기자 악소련이 고개를 갸우뚱거렸다.

"따라가 볼까요?"

"그래요."

고민하는 악소련을 향해 강진혁이 넌지시 말을 꺼냈다. 그러자 악소련이 기다렸다는 듯이 눈을 반짝이며 고개를 끄덕였다. 그에 강진혁은 아직도 비질에 열중하는 두 형제를 이끌고 오 노인이 사라졌던 방향으로 이동했다.


빗자루를 든 채로 세 사람을 이끌고 걸어가던 강진혁이 피식 웃었다. 옆에서 걷고 있던 악소련의 모양새가 상당히 웃겼기 때문이다.

마치 엿들으러 가는 것처럼 살금살금 걸어가는 모습이 한

마리의 새끼 고양이를 연상케 했다. 그리고 그 뒤를 뭣도 모르고 따라오는 장이, 장삼 형제의 모습도 웃겼다.

"다 왔다."

웃는 사이 강진혁은 오 노인의 모습이 보이는 장소까지 도달했다. 그런데 오 노인은 혼자 있지 않았다. 그의 앞에는 두 명의 남자가 거들먹거리는 자세로 서 있었는데 한 명은 사십 대 초반의 장년인이었고, 다른 한 명은 이십대 후반으로 보이는 청년이었다.

"어서 썩 나가지 못하겠느냐!"

"허어, 한때나마 명문으로 불렸던 산동악가치고는 손님 대접이 너무나 야박하구려."

"누가 손님이란 말이냐, 누가!"

"그야 나 아니겠소, 오 노인."

통통한 체격의 장년인이 능글맞게 웃어 보이며 대답했다. 그런데 그의 눈동자에는 짙은 비웃음이 담겨 있었다. 근본적으로 깔보는 심보가 두 눈동자에 서려 있었던 것이다.

그것을 모를 리 없는 오 노인이었기에 그는 격노하며 소리쳤다. 하지만 그런 오 노인의 반응에도 장년인은 느물거리는 표정으로 받아 넘기기만 했다.

"썩 꺼져라!"

"그리 독촉하지 않아도 때가 되면 내 나갈 것이오. 가주를 뵌 후에."

“일 없다! 어서 나가라!”

“흐음. 이렇게 나오면 좋지 않은데 말이오. 내 알기로 악가의 자금 사정이 여의치 않은 것으로 알고 있는데.”

무언가를 알고 있다는 듯 장년인이 재수없는 표정을 지으며 슬쩍 말을 흘렸다. 그 말에 오 노인의 눈동자가 순간적으로 흔들렸다.

그의 말대로 현재 산동악가의 사정은 좋지 않았다. 가세가 기울어짐에 따라 소유하고 있던 상단과 표국을 어쩔 수 없이 팔았다. 수입보다 지출이 커지게 되자 정말 눈물을 머금고 팔 수밖에 없었던 것이다. 하지만 그렇게 해서 산동악가의 사정이 나아졌냐고 하면, 그건 아니었다.

식솔들에게 그동안 주지 못했던 월봉을 모두 지급하니 남는 게 없었다. 그렇게 되자 산동악가는 규모를 줄일 수밖에 없었고, 결국 지금과 같은 꼴이 되고 말았다. 그런데 문제는 아직 끝이 아니라는 사실이었다.

“그건 네가 걱정할 바가 아니다.”

“그러지 말고 가주에게 날 안내해 주시오. 내 좋은 제안 하나 가져왔으니.”

말을 하는 장년인의 눈동자가 사악하게 번뜩였다. 그러나 작은 눈으로 인해 그 눈빛을 본 사람은 멀리 떨어져 있던 강진혁이 유일했다.

오 노인은 현재 심리적으로 크게 당황해 보지 못했고, 악소련은 무공을 익히긴 했으나 경지가 낮아 거리의 벽을 넘어서지 못했다.

"시답잖은 소리하지 말고 나가라! 더 있겠다면 사람을 부를 것이다!"

"한번 잘 생각해 보시구려. 내 제안을 듣는 것도 나쁘진 않을 테니까."

"그럴 일은 절대 없으니 기대하지 마라!"

"그건 두고 보면 알겠지요. 흐흐흐!"

오 노인의 서릿발 같은 기세에 장년인이 뒤로 물러났다. 더 자극했다간 오 노인이 정말 다른 사람을 데려올 것 같아서였다. 물론 오 노인이 무인들을 데려온다고 해도 장년인은 두렵지 않았다. 지금 그의 곁에는 능히 일류고수라고 말할 만한 인물이 있었으므로. 하지만 다른 사람들이 오면 번거롭게 될 것이 자명하기에 장년인은 이쯤에서 물러나기로 마음먹었다.

'꼭 오늘만 날인 건 아니니까.'

장년인은 추잡한 웃음을 흘리며 내심 중얼거렸다. 그의 눈에 보이는 산동악가는 이미 침몰해 가는 배나 마찬가지였다. 그러니 급할 게 없었다. 천천히 원하는 것을 뜯어내기만 하면 됐다. 시간이 흐를수록 다급해져 가는 것은 산동악가일 테니까.

"다음에 또 오겠소이다, 오 노인."

장년인이 싱긋 웃으며 말한 후 몸을 돌렸다. 그런 그의 행동에는 짙은 자신감이 서려 있었다. 이렇게 해도 산동악가에서 자신을 어쩌지 못한다는 사실을 그는 알고 있는 듯했다.

"후우우."

한숨을 쉬는 오 노인의 얼굴은 잠깐 사이에 몇 년은 더 늙은 것처럼 보였다. 하지만 오 노인의 침울한 기색은 오래 가지 않았다. 그는 이내 평소의 표정으로 돌아오고는 다시 제 할 일을 하러 움직였다.

第四章
보은(報恩)

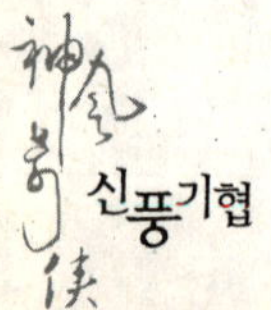

　산동악가의 이른 아침은 기합 소리로 시작된다. 비록 남아 있는 무사가 열다섯 명에 불과했지만 그들은 매일 아침 수련하는 것을 멈추지 않았다. 아니, 오히려 더욱 처절하게 무공을 갈고닦았다.

　자신들이 강해져야만 산동악가가 다시 예전의 명문세가로 돌아갈 수 있다고 믿었기에 그들은 수련하고 또 수련했다. 그리고 오늘 세 명의 기합 소리가 더 추가되었다. 바로 강진혁과 장이, 장삼 형제의 훈련이 오늘부터 시작되었던 것이다.

　"혁혁!"

　"헤엑! 헥!"

　진시 초부터 시작된 체력 단련은 장이, 장삼 형제의 혼을
쏙 빼놓기에 충분했다. 그냥 연무장도 아니고 대(大) 연무장
을 아침부터 빈속으로 달리자 두 형제는 거의 죽을 듯이 숨을
몰아쉬며 달리기를 하고 있었다.

　"숨은 입이 아닌 코로 쉬어라. 그리고 자세는 바르게. 동작
이 클수록 힘도 많이 든다. 등을 곧추세우고 동작을 최소화
해."

　"네에……!"

　"예… 에!"

　장이, 장삼 형제와 함께 뛰면서 강진혁이 말했다. 그의 조
언이 도움이 된 듯 두 형제의 호흡 소리가 조금은 작아졌다.
하지만 얼굴은 여전히 터질 듯이 붉어진 상태였다.

　땀을 비 오듯이 흘리며 두 형제는 남은 두 바퀴를 악착같이
달렸다. 그리고는 완주를 하기 무섭게 바닥에 쓰러졌다.

　"허억! 헉!"

　"후으읍! 흡!"

　"자, 천천히 들이켜. 급하게 마시면 사레 걸린다."

　죽을 것처럼 보이는 두 형제와는 달리 땀 한 방울 맺히지
않은 강진혁이 수통을 가져와 두 사람에게 건네주었다. 그러
면서 충고를 해주는 것도 잊지 않았다.

　"흐음. 진혁이는 따로 체력 단련을 하지 않아도 되겠구
나."

마치 동생처럼 장이, 장삼 형제들을 챙기는 강진혁을 보며 악평후가 말했다. 그가 보기에 강진혁은 지금 하고 있는 체력 단련이 불필요해 보였다.

당장에라도 죽을 것처럼 쓰러져 있는 두 형제와는 너무나 비교될 정도로 강진혁의 신색은 평온했다. 심지어 호흡조차 거칠어지지 않았기에 악평후는 내심 놀랐다.

"재능이 없는 편이라 기본기를 죽기 살기로 익혔습니다. 그 덕에 체력만큼은 누구보다 좋은 편이지요."

"내가 보기에도 그런 것 같구나."

무공은 낮을지 모르나 체력만큼은 가히 괴물과도 같은 수준이라고 악평후는 생각했다. 그리고 동시에 강진혁의 독기가 얼마나 대단한지도 느낄 수 있었다.

이 정도 거리를 뛰면서도 호흡 하나 흐트러지지 않을 정도라면 지금까지 강진혁이 해온 수련의 강도가 어마어마할 것이라는 사실도 알 수 있었기 때문이다.

'잘만 다듬으면 좋은 무인이 될 수 있겠어.'

악평후는 강진혁과 장이, 장삼 형제에게서 희망을 보았다. 이들이 잘만 성장해 준다면 산동악가를 굳건히 떠받칠 기둥이 될 수 있을 거라 생각한 것이다. 그렇게 생각하자 악평후는 신이 났다. 그리고 동시에 자신이 해야 할 일이 무엇인지 깨달았다.

"자, 받아라."

어느 정도 휴식을 취하게 해준 악평후는 연무장 한쪽에 놓인 거치대에서 목창을 집어 들어 한 사람에게 하나씩 던졌다.

"윽!"

"헉!"

그런데 목창의 무게가 심상치 않았다. 분명히 겉으로 보기에는 나무로 만든 목창이었다. 한데 무게는 결코 나무의 무게가 아니었다.

"안에 철심이 박혀 있는 수련용 창이다. 그래서 무게가 좀 나갈 것이다."

아직 체력이 덜 회복되었는지 얼굴에 붉은 기가 감도는 장이, 장삼 형제가 이를 악물고서 가까스로 창을 세웠다. 길이가 육 척에 달해서 그런지 무게가 상당했다.

"우선 찌르기 천 번이다. 실시!"

"실시!"

"실시이!"

악평후의 선창에 장이, 장삼이 해쓱해진 얼굴로 복창하고선 창대의 중간을 잡고 찌르기를 하기 시작했다. 그러자 악평후가 두 사람을 번갈아보며 자세를 교정해 주었다.

후웅. 훙.

그러는 사이 강진혁은 홀로 찌르기를 펼치기 시작했다. 따로 창술을 배운 적은 없지만 강진혁의 찌르기에는 절도가 있었다. 깔끔하게 허공을 관통하는 창날은 흔들림이 없었다. 게

다가 더욱 놀라운 점은 한 치의 오차도 없다는 사실이었다.

처음부터 끝까지, 두 번째와 세 번째, 그리고 열 번째 찌르기가 그리는 창두의 선과 각도는 처음과 조금도 달라지지 않았다. 얼핏 보기에는 되게 설렁설렁 수련하는 것 같은데 말이다.

"흠."

그 모습을 잠시 지켜보던 악평후가 강진혁에게 다가갔다. 창을 다루는 모양새를 보아하니 굳이 기본기를 더 다듬을 필요가 없어 보였다. 기초를 다지긴 하되, 다음 단계로 넘어가도 될 듯했기에 악평후는 강진혁에게 다가가며 물었다.

"창술을 익힌 적이 있나?"

"없습니다."

"그런 것치고는 기초가 상당히 탄탄한데."

"감사합니다."

악평후의 말은 빈말이 아니었다. 그가 보기에 강진혁의 찌르기는 매끄럽다 못해 깔끔한 느낌을 주었다. 깨끗하게 나아갔다가 회수되는 느낌이랄까. 적어도 이삼 년 정도는 꾸준히 창에 정진한 창수의 모습과 비슷했다.

"잠시 창을 다오."

강진혁의 찌르기 훈련을 잠시 중단시킨 악평후가 손을 내밀며 말했다. 그에 강진혁이 손에 쥐고 있던 창을 두 손으로 건넸다.

스윽.

강진혁이 건네주는 창을 손에 잡은 악평후가 희미한 미소를 지으며 창대를 가볍게 쓰다듬었다. 별것 아닌 행동인데 이상하게도 강진혁의 눈에는 악평후가 창과 대화하는 것처럼 보였다.

“눈을 크게 뜨고 잘 보거라. 지금 내가 보여주는 것이 본가의 입문창법인 유성삼십육창법(流星三十六槍法)이니까.”

웃음기를 지우고서 진지한 표정으로 강진혁을 보며 말한 악평후가 느릿하게 창을 움직이기 시작했다. 마치 개미가 기어가는 것처럼 창이 움직이는 속도는 느렸다. 그러나 그 안에 담긴 힘은 결코 약하지 않았다.

내력 하나 실리지 않은 시연이었으나 강진혁은 한눈에 유성삼십육창법의 현묘함을 알아차릴 수 있었다.

부우우웅. 부우웅.

밤하늘을 유유히 가르는 유성을 본 따 만든 듯한 유성삼십육창법의 장점은 속도와 연환에 있었다. 다만 지금은 시연을 위해서 느리게 펼쳤기에 그러한 모습들이 전혀 보이지 않았지만, 강진혁은 알아봤다. 빠른 속도로 펼치는 유성삼십육창법의 모습이 어떤 모습인지를.

“후우. 잘 봤느냐?”

“예.”

서른여섯 개의 초식을 한 호흡에 모두 펼친 악평후가 낮게

숨을 고르며 물었다. 그런 그의 눈동자에는 유성삼십육창법에 대한 자긍심이 깊게 떠올라 있었다. 비록 악가창법에 비해 덜 알려졌고, 위력이 떨어지기는 하나 유성삼십육창법은 결코 무시받을 만한 무공이 아니었다. 제대로 대성만 한다면 악가창법을 뛰어넘지는 못하더라도 그에 비등할 정도는 되는 무공이었다.

다만 초식이 단순하고 변화가 없기에 기초를 다지고 익히기 쉬워 입문무공으로 사용하는 것뿐이었다.

"너는 장이, 장삼 형제와 달리 어느 정도 기본이 잡혀 있으니 기초 훈련을 줄이고 유성삼십육창법의 형부터 익히도록 하자. 어디까지 외웠느냐?"

"열한 개까지 기억합니다."

"나쁘지 않구나."

서른여섯 개의 초식 중 열한 개를 기억해 냈다면 수재까지는 아니더라도 범재 이상은 되는 수준이었다. 그러나 악평후는 칭찬하지 않았다. 지금은 칭찬보다는 자극이 성장에 더욱 도움이 되는 시기라고 생각해서였다. 하지만 그는 몰랐다, 그의 머리 위에 강진혁이 있다는 사실을.

"다시 한 번 보여주마."

"작은 할아버지이~!"

강진혁과 대화를 하면서도 틈틈이 장이, 장삼 형제들의 수련을 지켜보던 악평후가 잠시 두 사람의 자세를 교정해 주고는 다시 유성삼십육창법의 기수식을 취했다. 오늘 내로 형만큼은 모두 외우게 할 작정인 듯 악평후는 진지한 얼굴로 강진혁을 바라봤다. 그런데 그때 연무장 입구에서 가냘픈 미성이 들려왔다.

"소련이 아니냐."

익숙한 목소리에 고개를 돌린 악평후가 의아한 표정을 지으며 입을 열었다. 그러자 악소련이 종종걸음으로 달려와 그에게 폭 안겼다.

"저기 할아버지. 부탁할 게 있어요."

"허허. 무슨 부탁이길래 이 아침부터 할아비를 찾아왔을까?"

가슴에 얼굴을 비비며 애교를 부리는 악소련의 모습에 악평후가 너털웃음을 흘리며 눈을 맞췄다. 그러자 악소련은 눈을 반짝이며 싱긋 웃었다.

"한 명 좀 빌려주세요. 모칠이가 갑자기 몸살이 나서 일손이 부족해요."

"흐음."

그가 아는 악소련은 남에게 부탁을 하는 성미가 아니었다. 웬만한 일은 어떻게든 스스로 해결하려고 노력하는 살림꾼이 바로 악소련이었다. 그렇기에 악평후는 고민했다. 지금의 수련은 신입인 세 사람에게 너무나 중요한 순간이었기 때문이다.

"장을 보러 갈 사람이 필요한데 사람이 없어요. 그렇다고 제가 갈 수도 없고요."

"그렇다면 어쩔 수 없지."

산동악가의 위세가 예전 같지 않은 상황에서 여아인 악소련 혼자 시전에 가게 할 수는 없었다. 그렇다고 한창 수련 중인 무사들을 밖으로 돌릴 수도 없는 상황이기에 악평후는 결국 악소련의 부탁을 들어주기로 했다.

"이왕이면 저 사람으로 해주세요. 어린 사람보다는 나이가 좀 있는 사람이 나으니까요."

악평후가 허락하듯 말을 하자 악소련이 냉큼 손을 뻗어 강진혁을 가리켰다. 그 모습에 악평후가 묘한 표정을 지었다.

"꼭 그 이유 때문이냐?"

"헤헤. 사실은 지금 빠져도 괜찮아 보여서요."

목창을 악평후에게 건넨 상태였기에 강진혁은 현재 빈손으로 멀뚱히 서 있는 상태였다. 즉, 어떻게 보면 가장 할 일 없어 보이는 모습이었다.

"하긴. 진혁이는 잠깐 빠져도 상관없긴 하지."

"너무 늦은 모양이죠?"

"그 반대다. 기본기가 탄탄해 체력 단련이 필요 없는 상태지. 오죽하면 내가 첫날부터 유성삼십육창을 시전하고 있었겠느냐."

"오오!"

악평후의 말에 악소련이 짐짓 놀라는 표정을 지었다. 그리고 그 표정 그대로 강진혁을 바라봤다. 그래도 어제 잠깐 청소를 같이 했다고 많이 친근하게 대하는 그녀였다.

"진혁이는 잠시 소련이 좀 도와주거라."

"알겠습니다."

악평후가 아무런 설명도 하지 않았음에도 강진혁은 가타부타 묻지 않았다. 그저 알겠다라는 짧은 대답만 했다.

그 모습이 악평후는 마음에 든 듯 흡족한 얼굴로 고개를 끄덕였다.

"자, 그럼 따라와요!"

"일이 끝난 후에 다시 이리로 오면 된다."

"예."

악평후에게 짧게 목례를 한 강진혁은 부러운 눈빛을 보내오는 장이, 장삼 형제에게 씨익 웃어 보이고는 악소련을 따라 걸음을 옮겼다.

"수련은 어때요? 할 만해요?"

"첫 날이라 아직은 잘 모르겠습니다."

"흐음. 아직 시작 안 하셨나 보네."

덤덤한 강진혁의 대답에 악소련이 의미심장한 표정을 지으며 대답했다. 그에 강진혁이 눈썹을 살짝 찡그렸다. 악소련의 표정을 보아하니 절대 좋은 의미로 말한 것 같지 않아서였다.

"그게 무슨 뜻이죠?"

"작은 할아버지가 보기와 달리 엄청 엄하시거든요. 그래서 훈련도 좀 심하게 시키시는 편이시죠. 그래서 한 말이에요, 아저씨."

"아저씨라……."

악소련의 마지막 말에 강진혁이 저도 모르게 중얼거렸다. 나이 스물여덟 살이면 아저씨 소리를 듣는 게 당연한데 이상하게 낯설었다. 많이 이상하다고나 할까.

그런 강진혁의 표정을 읽었는지 악소련이 나이를 물어왔다.

"근데 아저씨는 나이가 몇 살이에요?"

"몇 살로 보이는데요?"

"저보다 한창 많이요."

나이는 어려도 악소련은 만만치 않았다. 눈에는 눈, 이에는 이에라는 듯이 그녀는 반문했다. 그에 강진혁이 피식 웃으며 툭 내뱉듯이 대답했다.

"올해로 스물여덟 살입니다."

"우와. 나보다 두 배는 더 사셨네요. 그럼 이건 따지고 말 것도 없이 아저씨네요. 호호!"

악평후에게 보였던 미소와는 전혀 다른 미소를 보이며 악소련이 웃었다. 그런데 그게 강진혁의 눈에는 귀엽게만 보였다.

딱 나이에 맞는 웃음이랄까. 그런 느낌이었다. 적어도 그가 느끼기에는.

"뭐, 원한다면 오빠는 무리더라도 오라버니라고 말해 드릴 순 있어요. 무사 아저씨들보다는 확실히 어리니까요."

"그냥 아저씨라 부르세요."

"지금 싫다는 거예요?!"

"네."

말은 존댓말인데 묘하게 반말같이 느껴지는 까칠한 대꾸에 악소련이 눈을 치켜뜨고서 소리쳤다. 그러나 그녀의 날 선 표정과 말투에도 강진혁의 얼굴엔 변화가 없었다.

"참나."

한쪽이 흥분해도 다른 쪽이 반응이 없으면 이상하게 허탈해지는 경우가 있다. 지금이 바로 그와 같았다. 무덤덤한 강진혁의 모습에 화 낼 기운도 사라진 악소련이 결국 한숨을 내쉬며 고개를 설레설레 저었다.

"오늘 시전에서 사와야 하는 목록이에요! 계산은 이미 다 했으니 이 패를 보여주고 받아만 오면 돼요. 아니면 모칠이 대신 왔다고 하면 물건을 줄 거예요."

"받아만 오면 됩니까?"

"네. 대신 최대한 빨리 와야 해요. 아저씨가 일찍 와야 다른 사람들이 점심을 거르지 않을 테니까요."

"알겠습니다."

보통 그저 그런 가문의 경우 일꾼들의 점심을 잘 챙겨주지 않는다. 아니, 아예 신경조차 쓰지 않는다는 게 옳을 것이다. 그리고 유복한 집이 아닌 이상 점심을 잘 챙겨먹지도 않고. 그런데 악소련은 달랐다. 그녀는 진심으로 사람들이 끼니를 놓치게 될까 봐 걱정했다.

"잘 부탁해요, 아저씨!"

정문까지 따라와 손을 흔드는 악소련에게 고개를 살짝 끄덕여 준 강진혁은 빠른 걸음으로 시전을 향해 움직였다.


꾸깃꾸깃하게 구겨진 종이에 쓰인 목록들을 확인하며 강진혁은 시전을 돌았다. 생전 처음 해보는 일이었지만 의외로 강진혁은 실수하지 않고 시전상인들이 건네주는 물건들을 받았다. 물론 아무 생각 없이 왔기에 지게를 빌려야 했지만, 이 정도 일은 그를 당황스럽게 만들지 못했다.

"은근히 고약한데."

"응? 누구 말인가?"

"그런 사람이 있습니다. 이것만 가져가면 됩니까?"

"일단 오늘 몫은 이것뿐이네. 그리고 이것은 덤이야."

푸줏간의 주인이 빙그레 웃으며 고기를 한 움큼 더 쥐어주었다. 그에 강진혁이 눈을 동그랗게 뜨고 바라봤다.

"그냥 주는 것이니 가져가기만 하게. 허허허."

"그렇다면 감사히 받겠습니다."

"앞으로 악가를 위해 많이 힘써주시게."

주인이 웃으며 강진혁의 어깨를 가볍게 두드려 주었다. 그러자 그의 삶이 올올이 담긴 굳은살이 느껴졌다. 그리 넉넉한 형편이 아닐 터인데도 그는 악가를 생각했다. 그러한 모습에서 강진혁은 악가의 신망을 다시 한 번 느낄 수 있었다.

"그럼 안녕히 계십시오."

강진혁이 받아야 할 물건은 푸줏간이 끝이었다. 그렇기에 강진혁은 살짝 들뜬 기색으로 인사를 하고선 밖으로 나왔다. 그러자 유월의 따사로운 햇볕이 그의 머리를 내리쬐었다.

"슬슬 더워지겠는걸."

구름 한 점 없이 맑은 하늘을 잠시 올려다본 강진혁은 걸음을 옮겼다. 목록에 있는 물건들을 모두 다 받아냈으니 이제는 복귀만 하면 되었다.

지게에 한 가득 쌓여 있는 짐들을 보고 지나가던 몇몇 사람들이 안쓰러운 시선을 보내왔으나 강진혁은 조금도 신경 쓰지 않았다.

부피만 클 뿐 실질적으로 무게는 얼마 나가지 않았기 때문이다. 그리고 설사 무겁다 하더라도 강진혁에게는 크게 부담스럽지도 않았다.

내력은 이럴 때 쓰라고 있는 것이니까. 게다가 은근히 하체 단련도 되고 좋았다.

'다만 문제는 이미 극한까지 단련이 된 상태라 크게 나아

지진 않는다는 거지만.'

허벅지에서 느껴지는 강력한 탄력에 강진혁은 사부와 함께했던 지옥수련이 떠올랐다. 말 그대로 지옥이라는 말이 너무나 어울렸던 그 훈련을 떠올리는 것만으로도 이가 악물려지고 안색이 창백하게 변했다.

진짜 죽거나, 아님 강해지거나의 극단적인 훈련이었다. 하지만 그러한 훈련이 있었기에 강진혁은 스물여덟의 나이에 이 경지에 오를 수 있었다.

'그나저나 사부가 남겨준 내력을 어서 빨리 합일화시켜야 하는데.'

현재 강진혁의 내부에는 두 개의 커다란 기운이 있었다. 하나는 강진혁 스스로 수련해서 쌓아온 공력이었고, 다른 하나는 그의 사부가 죽으면서 물려준 기운이었다. 물론 강함의 기준에 공력이 절대적이지는 않겠으나 만약 사부가 남겨준 공력을 모두 자신의 것으로 만들면 강진혁은 지금보다 족히 두 배 가까이 강해질 것이 자명했다. 다만 문제는 강진혁이 그럴 마음이 그다지 크지 않다는 게 문제였다.

"저기, 잠깐만 시간 좀 내주시오."

스윽.

묵묵히 지게를 지고 걸음을 옮기던 강진혁이 뒤에서 들려오는 음성에 고개만 살짝 돌렸다. 그러자 한눈에 보기에도 고급스러워 보이는 황의무복을 입은 남자 두 명이 서서 자신을 바라보고 있는 게 보였다.

"형장에게도 나쁜 얘기는 아니니 긴장하지 않아도 됩니다."

"그 전에 자신이 누구인지부터 밝히는 게 먼저인 것 같은데."

"흐음. 그렇군요. 실례했습니다. 본인은 태안예가의 비조당(飛鳥堂) 소속인 목상걸입니다. 이쪽은 비상대(飛上隊) 소속의 고 무사님이시고."

"강진혁이다."

"알고 있습니다, 강형의 이름 정도는."

말을 채 다 하기도 전에 입을 여는 목상걸을 보며 강진혁은 눈을 좁혔다. 방금 전 그의 말에서 목적을 가지고 자신을 찾아왔음을 알아차릴 수 있었던 것이다.

강진혁은 그 목적이 무엇인지에 대해서 머리를 굴렸다. 그러자 몇 가지가 뇌리에 떠올랐다가 사라졌다.

"내게 할 말이 있는 모양이군."

강진혁이 너무나 자연스럽게 하대를 하고 있었음에도 불구하고 목상걸은 조금도 기분 나쁜 표정을 짓지 않았다. 오히려 상대방을 편안하게 해주는 웃음을 머금고서 그를 바라봤다. 그런 모습에서 강진혁은 알 수 있었다. 목상걸이 사람 대하는 것에 대해 상당히 능숙하다는 사실을.

"그렇습니다. 다름이 아니라 강형께 한 가지 제안을 드리고 싶어서요.”

“들어보지.”

강진혁의 하대에 옆에 있던 무사가 기분이 언짢은지 얼굴을 대놓고 찡그렸다. 하지만 목상걸의 제지 때문인지 입을 열지는 않았다. 그저 날카로운 눈빛으로 그를 쏘아보기만 했다. 그에 강진혁 역시 눈빛을 피하지 않았다. 고작 저 정도 무사에 기가 죽을 그가 아니었다.

일순 두 사람의 눈싸움으로 인해 분위기가 차갑게 가라앉았다.

“흠흠! 두 분 다 진정하시지요. 고 무사님은 잠시만 기다려주십시오. 강형께서도 제 말을 들어주시구요.”

두 사람을 중재하는 듯했지만 말에 담긴 의미는 분명했다. 만약 따르지 않을 경우에는 더 이상 중재하지 않겠다는 뜻이 담겨 있었다.

그것을 파악한 강진혁이 재미있다는 표정을 지었다.

“큼!”

“그러지.”

목상걸의 중재에 두 사람은 일단 상대방에 향해 있던 눈빛을 거뒀다. 그리고 목상걸은 그제야 강진혁의 앞에 설 수 있었다.

“제가 드릴 말씀은 간단합니다. 태안예가로 오십시오. 지금 받고 있는 월봉의 두 배를 드리겠습니다.”

“호오.”

태안예가의 사람이 나타날 때부터 어느 정도 짐작은 하고 있었다. 사람 빼가기를 하는 건 아닌가 하고. 그런데 그 예상이 정확히 맞았다.

태안예가는 분명히 산동악가를 노리고 있었다. 그것도 몰락의 수준이 아닌 완벽한 멸문의 수준으로.

“강형도 알고 계실 겁니다. 현재 산동악가의 상황이 어떠한지를. 산동악가는 더 이상 산동악가라 불릴 만한 능력이 없습니다. 그러니 이참에 침몰하는 배에서 빠져나와 튼튼한 거선으로 옮기십시오. 그렇게 하신다면 본가는 강형께 지원을 아끼지 않을 것입니다.”

목상걸은 무공을 익히지 않았다. 하지만 그에겐 사람을 끌어당기는, 혹하게 만드는 능력이 있었다. 음공이라고는 할 수 없지만 사람의 감정을 움직이는 목소리를 가지고 있는 것은 분명했다.

듣고 있는 강진혁마저도 살짝이지만 마음이 동했으니까. 하지만 강진혁이 할 말은 하나뿐이었다.

“거절한다.”

“잘 생각해 보십시오. 산동악가는 이제 저물어가는 해입니다. 반면 태안예가는 떠오르는 태양입니다. 얼마 가지 않아 산동이라는 이름 예가에게 갈 것입니다. 태안예가가 아닌, 산동예가가 되는 것이지요. 이 차이를 모르시는 않으시겠죠?”

"너무 앞서가는 거 같은데. 아직 산동이라는 이름은 악가에게 있다. 시전 사람들이 그렇게 생각하고 있고, 세상 사람들이 그리 생각하고 있지."

강진혁의 말에 목상걸은 반론을 펼치지 못했다. 왜냐하면 강진혁의 말이 사실이었기 때문이다. 아무리 현재 태안예가가 무섭게 치고 올라간다 하더라도 많은 사람들은 태안예가를 산동예가라 부르지 않았다. 게다가 신망 역시 태안예가보다는 산동악가가 더욱 높았다. 그렇기에 목상걸은 침만 삼킬 뿐 곧바로 대답하지 못했다.

"맞습니다. 하지만 머지않아 바뀔 겁니다. 그만한 능력과 역량이 본가에는 있으니까요."

"그럴지도 모르지. 하지만 그래도 내 선택은 변하지 않는다."

"그렇습니까. 그렇다면 어쩔 수 없군요."

"당근이 실패했으니 이제는 채찍을 사용할 생각인가?"

진심으로 아쉽다는 듯이 한숨을 내쉬는 목상걸을 보며 강진혁이 비릿한 미소를 지으며 물었다. 그러자 목상걸이 긍정하듯 싱긋 웃었다.

"알고 계셨습니까?"

"물론. 그 이유가 아니라면 저렇게 험악한 자를 굳이 데리고 다닐 필요가 없으니까."

"그렇다면 말하기가 한결 편하겠군요. 마지막으로 한 번 더 묻죠. 오실 겁니까, 안 오실 겁니까?”

“안 간다.”

강진혁은 다시 한 번 딱 잘라 말했다. 더 생각할 여지가 없다는 듯이 단호하게. 그러자 목상걸은 뒤로 한 걸음 물러났고, 고 무사라 불렸던 강진혁 또래의 남자가 입꼬리를 말아올리며 앞으로 한 걸음 다가왔다. 이윽고 그를 중심으로 날카로운 기세가 흘러나오기 시작했다.

“안타깝군요. 좋은 식구가 될 수도 있었는데.”

고형선이 본격적으로 기세를 끌어올리자 목상걸이 강진혁을 바라보며 중얼거렸다. 그가 보기에 강진혁의 미래는 뻔했다. 제법 낭인 생활을 했다고 알려지긴 했으나, 그래 봤자 고형선에게는 안 되었다. 체계적으로 일류의 무공을 익힌 고형선은 강했다. 비록 내력이 부족해 일류지경에 들지는 못했으나 그의 기교와 솜씨는 일류고수와 비교해도 뒤떨어지지 않았다. 그런 만큼 강진혁의 최후는 이미 정해져 있었다.

“그런 말은 멀쩡히 돌아갈 수 있을 때 하는 말이다, 목상걸.”

목상걸의 눈이 더 이상 커질 수 없을 만큼 크게 떠졌다. 왜냐하면 지게에 한 가득 짐을 실고 있던 강진혁의 신형이 마치 미끄러지듯이 고형선에게 움직여 그의 목을 움켜잡는 게 보였기 때문이다.

“크윽……!”

　꼼짝도 못하고 목을 부여잡힌 고형선이 뒤늦게 빠져나오려고 강진혁의 팔을 움켜잡았다. 그리고는 모든 내력을 끌어올려 두 손에 집중했다. 그러자 그의 두 손등에 검푸른 핏줄이 불끈 솟았다. 하지만 그럼에도 강진혁의 팔은 떨어질 기미를 보이지 않았다.

　"협박이란 건 말이야. 강자가 약자에게 하는 거다. 약자가 강자에게 하는 게 아니라."

　우드득!

　"끄어억!"

　풀리기는커녕 점점 더 강하게 옥죄어오는 손아귀에 고형선이 끝내 비명을 질렀다. 경추가 뒤틀리는 소리가 들리자 고통과 함께 두려움이 엄습해 왔던 것이다. 그러나 강진혁은 고형선의 처절한 비명에도 눈 하나 깜빡이지 않았다.

　목상걸은 그게 너무나 두려웠다. 아무리 무인이라는 자들 자체가 사람 목숨을 파리 목숨인 마냥 여긴다고 하나, 이건 그 이상이었다.

　강진혁에게는 남들과는 다른, 더 섬뜩한 무언가가 있었다.

　"살고 싶나?"

　몸부림치는 고형선에게 강진혁이 은근한 어조로 물었다. 그러자 고형선이 정말 불쌍한 표정으로 고개를 끄덕였다. 더 이상 그에게서 거들먹거리는 표정은 없었다. 또한 강진혁을 무시하는 기미도 거짓말처럼 사라져 있었다.

"그럼 내 말을 잘 들어야 할 거야. 내 경고는 한 번뿐이거든."

끄덕끄덕!

이어지는 강진혁의 말에 고형선은 두 눈을 부릅뜬 채로 미친 듯이 고개를 끄덕였다. 그런 그의 눈동자는 부족한 호흡으로 인해 핏발이 가득 서 있었다.

"더 이상 산동악가를 건들지 마라. 이건 경고이자 충고다. 그리고 이 말은 네게도 유효하다, 목상걸."

"흐읍!"

일순 목상걸의 표정이 창백하게 변했다. 강진혁의 무시무시한 눈빛과 마주하자 몸이 석상처럼 딱딱하게 굳어졌던 것이다. 동시에 목상걸은 고형선과 똑같은 표정으로 고개를 사정없이 끄덕였다.

"그럼 돌아가도록."

"케헥! 쿨럭쿨럭!"

짧은 한마디를 내뱉고서 강진혁은 고형선을 바닥에 풀어주었다. 그러자 고형선이 목을 부여잡으며 심하게 기침을 해댔다. 그런 그의 목에는 시뻘건 손자국이 마치 도장처럼 찍혀 있었다.

"명심해라. 다음번에는 이런 아량이 없다는 것을."

차가운 한마디를 남긴 강진혁이 몸을 돌렸다. 그러나 두 사람은 제자리에서 꼼짝도 할 수 없었다. 순간적으로 뿌린 강진혁의 기세가 너무나 대단해서였다. 마치 맹수 앞에 선 초식동물과도 같은 느낌에 목상걸과 고형선은 한동안 움직이지를 못했다.

한편 두 사람을 남겨두고서 다시 이동을 하던 강진혁이 조금은 굳은 얼굴로 중얼거렸다.

"이런 식으로 인재를 빼간 건가."

산동악가에 대한 완고한 충성심을 가지고 있지 않다면 목상걸의 말에 흔들리지 않을 수가 없을 것이다. 지금 받고 있는 월봉의 두 배를 주겠다는데 가지 않을 사람이 몇이나 있을까.

막말로 돈이 궁한 사람들은 뒤도 돌아보지 않고 태안예가로 갈 것이다. 그렇게 생각하자 강진혁은 산동악가의 상황이 점차 힘들어질 거라고 예상했다.

저처럼 막강한 자금력으로 밀고 들어오면 정말 답이 없기 때문이다.

"일단 말은 해줘야겠지."

산동악가주가 알고 있을지, 모르고 있을지는 모르겠지만 그래도 말해주는 게 옳다고 생각한 강진혁은 우선 돌아간 후 악평후나 악소련에게 말해주기로 마음먹었다.

"그런데 내 월봉은 얼마지?"

태안예가에 대한 생각이 끝나자 강진혁은 실질적인, 그리고 자신과 관계된 사안을 떠올렸다. 곰곰이 생각해 보니 자격 시험을 볼 때 적지 않은 대화를 나눴음에도 불구하고 월봉에 대한 얘기가 전혀 없었다는 것을 뒤늦게 떠올린 것이다.

"수습이고 신입이니 적을 건 분명한데. 게다가 사정도 이러니 더욱 낮겠지."

돈에 굳이 연연하지는 않았으나, 그래도 강진혁 역시 사람이었다. 이왕이면 많은 게 좋았다. 선인들도 말하지 않았던가. 다다익선(多多益善)이라고.

강진혁은 그리 생각하며 발을 더욱 빠르게 놀렸다. 목상걸, 고형선으로 인해 시간이 많이 지체됐으므로 서둘러야 했다.

*　　　*　　　*

달빛이 고고하게 하늘에 떠서 세상을 비추는 야심한 시각에 강진혁은 홀로 건물 지붕에 올라와 있었다.

이상하게 잠이 오지 않아 밤바람이라도 쐴 겸 밖으로 나온 것이다.

선선하게 불어오는 태산의 밤바람을 맞으며 강진혁은 지붕 위에서 두 팔을 베개 삼아 편하게 누웠다. 그러자 바람이 그의 콧잔등을 간질거리듯이 만지고서는 도망쳤다.

"좋구만."

고요하다 못해 적막한 장원의 풍경과 세 방위를 병풍처럼 둘러싸고 있는 산봉우리들의 모습은 마치 한폭의 그림과도 같았다. 그 아름다운 풍광에 강진혁은 푹 녹아들었다.

"호오. 이것 봐라?"

서늘한 밤바람을 맞으며 홀로 유유자적한 시간을 즐기던 강진혁이 순간 눈을 빛냈다. 그런데 그 눈빛이 사뭇 날카로웠다.

스윽.

소리없이 자리에서 일어난 강진혁이 어느 한 곳을 바라봤다. 그러나 그의 시선이 닿은 곳에선 아무것도 보이지 않았다. 그저 불어오는 바람에 따라 나뭇잎만이 간간이 흔들릴 뿐이었다.

"더럽게 나오지는 않을 줄 알았는데, 그것도 아닌 모양이군."

가만히 서서 어느 한 곳을 주시하던 강진혁이 중얼거렸다. 그는 아무것도 보이지 않음에도 불구하고, 누군가가 산동악가를 침입했고, 그자를 누가 보냈는지를 예상하고 있었다.

"아닐 수도 있겠지만, 그럴 가능성은 적겠지."

낮에 만났던 목상걸과 고형선을 떠올리며 강진혁은 가볍게 지붕을 박찼다. 이내 강진혁의 신형이 바람을 타듯 움직이며 어느 한 곳을 향해 빠르게 미끄러지며 나아갔다.


차롸롸랏!

　달빛이 은은하게 내리비추는 깊은 밤에 연무장에서 누군가가 구슬땀을 흘리며 창을 휘두르고 있었다. 달빛을 받아 은빛으로 번쩍이는 창날이 허공을 가를 때마다 유성과도 같은 은빛 섬광이 번뜩였다.

　"하아압!"

　힘과 속도가 적절히 배합된 창격이 연신 허공을 가르며 찢었다. 하지만 그럼에도 정작 남자는 자신의 연무가 마음에 들지 않은 듯 얼굴을 잔뜩 일그러뜨리고 있었다.

　"이게 아냐. 이런 느낌이 아니었다."

　숨이 가빠올 때까지 정신없이 창을 휘두르던 남자가 씁쓸히 중얼거리며 고개를 저었다. 그리고서는 품속에서 무명천을 꺼내 이마의 땀을 닦았다. 그러자 바짝 말라 있던 무명천이 순식간에 축축하게 젖어버렸다.

　"이 벽만 넘으면 절정지경에 오를 수 있건만……."

　지친 몸에게 잠시 휴식을 주기 위해 바닥에 주저앉은 악만기가 수십만 번의 훈련으로 닳고 닳은 창대를 어루만지며 중얼거렸다.

　손때가 잔뜩 묻어 있는 창대를 보자 악만기는 그동안의 수련이 주마등처럼 떠올랐다. 그러면서 화가 났다. 이 정도로 노력했음에도 불구하고, 잠을 줄여가며 수련에 매진했음에도 불구하고 늘지 않는 실력에 분통이 터졌다.

　"하아……."

그럴 때마다 나오는 것은 한숨뿐이었다. 게다가 근래엔 태안예가 때문에 신경 쓰이는 일이 한두 가지가 아니었다. 그래서 더욱 수련에 집중할 수가 없었다.

"정말 여기까지인가. 난 이 이상은 불가능한 건가."

복잡한 심사를 털어버리기 위해 악만기는 아예 연무장 바닥에 누워버렸다. 그러자 시원한 냉기가 등골을 타고 파고드는 게 느껴졌다. 하지만 악만기는 그 시원함을 제대로 느낄 겨를이 없었다.

머릿속에 악가창법에 대한 생각이 가득 차올랐기 때문이다.

"딱 한 걸음. 한 발만 더 내딛으면 되는데, 그게 안 되는구나……."

눈앞에 고지가 보이는데 그 고지를 넘을 수 없다는 사실이 그를 조급하고 답답하게 만들었다. 손만 뻗으면 닿을 것 같은데, 만질 수가 없다는 게 악만기를 힘들게 했다. 그러나 악만기는 몰랐다.

이 연무장에는 그 혼자만 있는 게 아니라는 사실을.

스르륵.

바람을 타고 날 듯이 담벼락 위에 내려선 강진혁은 자신의 기척을 모조리 지웠다. 그뿐만 아니라 존재감마저 아예 감춰버렸다. 그래서 그런지 악만기는 강진혁이 이곳에 와 있음을 전혀 눈치채지 못하고 있었다.

"어디 보자."

침입자의 뒤를 쫓아 연무장까지 온 강진혁이 축 늘어져 있는 악만기를 바라봤다. 풀이 죽을 대로 죽어 있는 모습. 얼마 전 악소호와 대련할 때와는 전혀 다른 모습을 그는 지금 보여주고 있었다. 그런데 실의와 좌절에 빠져 있는 모습이 강진혁은 남 같지 않았다. 왜냐하면 그 역시 질리도록 겪어본 일이었기 때문이다.

칠흑같이 어두운 암흑 속을 혼자 걸어가는 느낌. 방향도, 길도 모르지만 걸어가야만 하는 상황. 그때 느끼는 두려움과 공포심, 그리고 외로움은 상상을 초월했다.

오로지 자기 혼자만이 가야 하는 길. 그 길에 서 있는 느낌은 천장단애 끝에 서 있는 것과도 비교할 수 없었다.

적어도 천장단애 끝에 서 있다는 것은 자신이 어디에 있는지는 알 수 있으니까. 하지만 지금 악만기가 서 있는 곳은 빛 한 점 없는 혼자만의 공간이었다. 그렇기에 더더욱 무섭고 두려운 길이었다.

"하지만 그렇기에 더더욱 이겨내야만 하지. 결국 그곳을 빠져나올 수 있는 건 자기 자신뿐이니까."

방향을 제시해 줄 수는 있다. 그러나 다른 누군가가 그곳에서 악만기를 끌어내 줄 수는 없다. 그렇기에 강진혁은 안타깝기는 하지만 냉정하게 생각했다. 게다가 지금 그가 신경 써야 할 상대는 악만기가 아니라 살수였다.

스으으으…….

악만기에게서 눈을 뗀 강진혁이 슬그머니 움직이기 시작
하는 살수를 주시했다. 그런데 이상한 점이 있었다. 보통 살
수는 사람을 죽이기 위해 움직인다. 한데 지금 보이는 살수에
게서는 조금의 살기도 느껴지지 않았다.

물론 뛰어난 살수의 경우 살기를 완벽하게 제어할 수 있다
고 들었다. 하지만 지금 여기에 있는 살수는 그런 수준이 결
코 아니었다. 그래서 강진혁이 의아해한 것이다. 그러다가 강
진혁은 알게 되었다. 살수는 살기를 제어하는 게 아니었다.
아예 죽일 마음이 없었다. 그 사실을 강진혁은 뒤늦게 파악했
다.

"죽이는 게 목적이 아니라면, 경고의 의미인가? 조심하라
는."

강진혁은 만약 자신이 태안예가의 사람이고, 청부자라고
가정하며 생각했다. 그러자 제법 가능성이 높은 추측들이 떠
올랐다.

"하긴, 지금과 같은 상황에서 대놓고 죽이기에는 부담스럽
겠지."

이미 태안예가가 산동악가를 노린다는 사실은 전부 퍼져
있었다. 그런 상황에서 가주인 악만기가 암습을 받아 죽는
다? 그렇게 되면 자연스레 범인으로 지목되는 사람은 태안예
가주일 것이다. 그러니 살수를 보내 죽이는 건 멍청한 짓이나

다름없었다. 또한 더 이상 백도를 표방한다고 말할 수도 없었다.

비겁하고 치졸한 짓을 저지른 가문을 백도문파로 인정할 곳은 중원 어디에도 없었으니까. 득보단 실이 많은 계획이 바로 살수를 보내 죽이는 것이다. 그렇게 생각하니 모든 상황이 명확해졌다.

"그렇다면 조금 더 지켜봐 볼까. 이런 기회는 흔치 않으니까."

강호에서도 살수에게 암습을 받는 경우는 드물었다. 정말 엄청난 원한을 쌓지 않는 이상 살수에게 암습을 당하는 일은 거의 없었기 때문이다. 게다가 살수의 암습을 받고도 목숨을 부지하게 되는 경우는 더더욱 드물었다. 살수를 쓴다는 말은 반드시 죽이겠다는 뜻이나 마찬가지였으므로.

하지만 지금의 살수는 그런 것 같아 보이지 않았다. 그래서 강진혁은 일단 두고 보기로 했다. 이 흔치 않는 기회를 경험함으로써 악만기가 더욱 강해지길 바랐던 것이다.

파바바밧!

강진혁이 살수를 주시하는 사이 악만기가 자리에서 일어나 다시 악가창법을 펼치기 시작했다. 그래도 조금 쉬었다고 휘두르는 창에 힘이 제대로 실려 있었다. 그리고 살수도 본격적으로 악만기에게 접근하기 시작했다.

스르르르.

어둠이 짙게 내리깔린 장소로만 움직이는 살수는 아주 조금씩 악만기와의 거리를 좁혔다. 그가 절대 눈치채지 못하도록. 그리고 그 작전은 제대로 먹혀들어 갔다.

악만기는 연무에만 온 정신을 집중하고 있는지 살수의 접근을 조금도 알아차리지 못하고 있었다.

촤핫!

거북이걸음처럼 느릿하게 거리를 좁힌 살수가 악만기와의 간격이 일 장 정도 남았을 때 마치 개구리가 도약하는 듯한 자세로 몸을 날렸다. 소매에서 검게 처리된 단검을 꼬나 쥐고서.

"허업!"

갑작스레 나타난 살수의 습격에 악만기가 황급히 창을 휘둘렀다. 하지만 너무 급작스럽게 움직여서 그런지 자세가 흔들렸고, 결국 창두는 살수를 아쉽게 스치며 허공을 갈랐다. 그리고 그 틈을 타 살수는 악만기의 오른쪽 어깨, 정확하게는 견정혈을 노리며 단검을 뻗었다. 역시나 강진혁의 예상대로 목숨이 아닌 부상이 목적인 듯했다.

"잠깐."

살수의 단검이 악만기의 견정혈을 꿰뚫기 직전, 강진혁이 모습을 드러냈다. 창졸간에 수장의 거리를 건너뛰어 살수 앞에 나타난 강진혁은 너무나 여유로운 표정으로 손을 움직였다. 그러자 살수의 단검이 강진혁의 손가락 끝에 걸리며 허공으로 튕겨졌다.

"흐읍!"

하지만 이어지는 살수의 대응은 상당히 노련했다. 단검이 튕겨지자 단숨에 버리고는 새로운 단검을 꺼내 쥐었던 것이다. 게다가 악만기와는 달리 강진혁은 죽여도 상관없다고 여긴 것인지 살수는 가차없이 심장을 향해 단검을 찔러 넣었다.

"이런이런."

조금도 흔들리지 않는 살수의 눈동자를 보며 혀를 찬 강진혁이 재차 우수를 휘둘렀다. 그러자 부드러운 바람이 그의 손길을 따라 움직이며 살수의 단검이 베어오는 검로를 비틀어버렸다. 그 모습에 무심했던 살수의 눈빛에 조금이지만 놀란 감정이 떠올랐다.

"벌써 놀라긴 이르지."

일차적으로 단검의 경로를 방해한 강진혁이 남아 있는 왼손으로 가볍게 주먹을 쥐었다. 그리고는 허공을 향해 느릿하게 일권을 내뻗었다.

퍼억!

뻗은 모습은 가볍기 그지없었으나 결과는 결코 가볍지 않았다. 한 마리의 살쾡이처럼 날렵하게 달려들었던 살수가 강진혁의 일권을 맞고는 튕기듯이 뒤로 날아가 나뒹굴었던 것이다.

벌떡!

하지만 살수도 만만치 않았다. 분명 복부에 일격을 제대로 맞았음에도 불구하고 바닥에 쓰러진 것과 동시에 몸을 일으켰다. 그리고는 매서운 눈빛으로 강진혁을 노려보며 달려들었다. 그런 살수의 양손에는 어느새 두 자루의 거무튀튀한 단검이 쥐어져 있었다.

쉬이이익!

파공성마저도 최소화한 듯 단검이 허공을 가르는 소리는 미세하기 짝이 없었다. 그러나 두 눈에 훤히 보이는 공격은 더 이상 위협적인 공격이 아니었다.

"뒤로 물러나시길."

강진혁의 말에 악만기는 저도 모르게 뒤로 물러났다. 왠지 모르게 분위기상 그의 말에 따라야만 할 것 같았기 때문이다.

의문이 가득한 표정으로 악만기는 강진혁의 등을 바라봤다. 그 순간 살수의 예리한 단검이 강진혁의 머리와 심장을 노리고서 파고들었다. 뱀의 혓바닥처럼 기이한 각도로 휘어지며 덮쳐드는 살수의 단검은 창졸간에 간극을 좁혔다.

스슥!

하나 강진혁은 살수의 공격을 너무나 쉽게 피해냈다. 반응하기가 쉽지 않을 텐데도 그는 웃는 여유까지 보이며 살수의 단검을 피해냈던 것이다. 그리고 동시에 강진혁의 손이 움직였다.

후우우웅.

느릿하게 움직이는 강진혁의 손에서 희미한 소성이 들려왔다. 바람이 휘몰아치는 듯한 소리와 함께 강진혁이 손을 내뻗었다. 그러자 무지막지한 경력이 어지럽게 흔들리며 살수를 덮쳐갔다.

파파파팡!

이윽고 허공에서 무언가가 터지는 소리가 들리더니 이내 살수의 몸이 이리저리 뒤흔들리기 시작했다. 바로 강진혁의 손에서 뻗어나간 경기가 살수를 수십 번 가격한 것이었다.

"크으……!"

충격이 얼마나 대단한지 신음을 내지 않도록 훈련된 살수가 입술을 비틀며 미약하게나마 신음을 흘리면서 뒤로 비틀거리듯 물러났다. 그런 그의 눈동자에는 경악과 두려움이 떠올라 있었다.

이번의 격돌로 살수는 깨달은 것이다. 지금 눈앞에 있는 강진혁이 자신으로서는 어찌할 수 없는 고수라는 사실을. 그러나 물러나기에는 입은 부상이 너무 컸다. 게다가 설사 도망친다 하더라도 그는 빠져나갈 자신이 없었다.

자신과 악만기 사이에 나타났을 때 보여주었던 경신술을 떠올리면 감히 도망칠 수 있을 거란 생각이 들지 않았던 것이다.

"얌전히 잡혀라. 그러면 적어도 더 다치진 않을 거다."

단 한 번의 공격으로 살수를 무력화시킨 강진혁이 나지막

한 음성으로 말했다. 그에 살수가 몸을 부르르 떨었다. 지금 강진혁이 한 말이 결코 빈말이 아님을 본능적으로 느낄 수 있었던 것이다.

"아, 참고로 죽는 것도 안 돼. 알아내야 할 게 좀 있거든."

움찔!

강진혁의 눈동자에 기광이 서린 순간 살수가 흠칫하더니 이내 정신을 잃고 쓰러졌다. 암경(暗勁)의 수법으로 그가 살수의 혼혈을 짚은 것이다.

"역시 가지고 있군."

기절한 살수의 입을 열어 안을 살피던 강진혁이 어금니 중 한 곳에 박혀 있는 독단을 빼내며 중얼거렸다. 과거 사부에게서 살수에 관한 이야기를 들었을 때 신기해서 유심히 기억해 두었었는데, 그걸 이렇게 써먹게 될 줄은 몰랐다.

"자네는…… 누군가?"

너무나 자연스럽게 살수를 제압하고 독단까지 제거하는 강진혁의 등을 바라보며 악만기가 물었다. 그런 그의 음성은 미약하게 떨리고 있었다. 생전 처음 보는 사람에게 도움을 받았다는 사실보다는 느닷없이 나타난 고수를 경계하는 기색이었다.

스윽.

이윽고 강진혁이 몸을 돌렸다. 그리곤 악만기와 눈을 마주했다. 그러자 미세하게 흔들리는 악만기의 두 눈이 그의 눈에 들어왔다.

경계하는 기색이 완연한 표정. 그에 강진혁이 부드러운 미소를 지었다.

"이번에 새로 들어온 신입 무사입니다."

"허어?"

은근슬쩍 창대를 쥐고 있는 손에 힘을 주던 악만기가 순간적으로 어처구니없는 표정을 지었다. 그 정도로 강진혁의 대답은 뜻밖이었다. 하지만 그의 말은 아직 끝나지 않았다.

"그리고 악가주님을 뵈러 온 사람이기도 합니다."

강진혁이 무사 공모에 응시한 것, 그리고 산동악가에 수습 무사로 들어온 이유는 모두 산동악가주인 악만기를 만나기 위해서였다. 조금 더 설명하자면 자연스럽게 만나기 위해서랄까. 더불어 산동악가에 대해 알고 싶은 마음도 있었기에 강진혁은 일부러 이처럼 복잡한 방법을 선택했다.

자고로 위를 알기 위해선 밑에서 생활하는 것만큼 빠르고 효과적인 방법도 없었다. 하지만 그런 강진혁의 속내를 악만기가 알 리 만무했다.

그렇기에 악만기는 한층 더 경계 서린 눈빛으로 강진혁을 주시했다.

"왜 나를 만나고자 했는가."

악만기는 말을 함부로 하지 않았다. 아직 아군인지 적인지 명확하게 구분되지 않은 것도 이유 중 하나였지만, 가장 큰 이유는 따로 있었다.

그건 바로 강진혁이 보여준 무위였다. 그는 눈앞에 나타나기 직전까지도 강진혁이 있다는 기척조차 잡지 못했다. 또한 살수와 겨루는 모습에서 악만기는 강진혁이 그보다 윗줄에 있는 고수라는 사실을 알아차렸다.

별거 아닌 단순한 움직임 속에 그가 감히 따라 할 수 없는 오묘한 무리가 담겨 있다는 것을 볼 수 있었기 때문이다.

"선대로부터 이와 비슷한 물건을 물려받지 않으셨습니까."

경계하는 눈빛을 보내오는 악만기를 향해 강진혁이 품에서 반으로 조각 난 옥패를 하나 꺼내 보였다. 물론 갑자기 품속에 손을 넣는 행동에 악만기가 창을 들기는 했으나 강진혁은 그것 말고는 아무런 행동도 하지 않았다. 그러자 악만기가 살짝 무안한 표정을 지었다. 갑자기 품속에 손을 집어넣기에 그는 강진혁이 자신을 공격하는 줄 알았다. 그러나 그것은 그의 착각일 뿐이었다.

"허험!"

얼굴이 화끈거리는 무안함에 악만기는 헛기침을 크게 몇 번 하고는 강진혁의 손에 들린 옥패를 유심히 바라봤다. 그러다가 이내 눈을 크게 떴다. 왜냐하면 그의 기억 속에 있는 옥패와 너무나 똑같은 색깔, 그리고 모양을 지니고 있었기 때문이다.

“기억나신 모양이군요.”

“그렇네. 분명히 친부께선 자네가 들고 있는 옥패와 비슷한 것을 내게 물려주셨네.”

“그럼 혹 물려받으면서 들으신 얘기도 있으십니까?”

“특별한 건 없네. 그저 나중에 이 옥패로 인해 한 번의 도움을 받게 될 것이라는 것 정도랄까. 하지만 누구에게 도움을 받는 것인지, 또는 어떤 종류의 도움인지에 대해서는 전혀 말씀해 주지 않으셨지. 그냥 지니고 있으면 요긴하게 쓸 때가 오리라고만 말씀하셨네.”

과거를 회상하는 듯 떨떠름하게 말하는 악만기의 표정에 거짓은 없었다. 그 모습에서 강진혁은 악만기가 옥패에 대해 크게 생각하지 않았음을 파악할 수 있었다.

“흐음. 그러시군요.”

가만히 악만기의 말을 들으며 고개를 끄덕이던 강진혁이 몸을 돌렸다. 그리고는 땅바닥에 널브러져 있는 살수의 뒷목을 잡고는 그대로 들어 올렸다.

“할 얘기가 많지만 그건 나중으로 좀 미뤄두지요. 지금은 이쪽 일이 더 급한 것 같으니까요.”

“그렇군.”

갑자기 나타난 강진혁과 옥패로 인해 악만기는 그만 깜빡 잊고 말았다. 지금 가장 중요한 일은 살수에게서 배후를 알아내는 일이라는 것을. 그것을 뒤늦게 떠올린 악만기가 서늘한 눈빛으로 살수를 건네받았다. 그러면서 강진혁에게 고맙다는 뜻을 전했다. 만약 강진혁이 나타나지 않았다면 그는 큰 부상을 입었을 것이기 때문이다.

그러나 강진혁은 그의 말에도 그저 빙그레 웃기만 할뿐 다른 무언가를 요구하거나 바라지 않았다. 한데 그게 악만기에는 묘하게 인상적으로 다가왔다.

"나중에 여유가 생기시면 불러주시길."

"그리하겠네."

"그럼."

강진혁은 정중하게 악만기에게 읍을 하고는 몸을 돌렸다. 그리곤 나타났던 때와 마찬가지로 바람처럼 홀연히 사라졌다.

그 모습을 멍하니 지켜보던 악만기가 이내 고개를 강하게 저었다. 강진혁이란 존재가 궁금하긴 했으나 지금 중요한 것은 살수에게서 이번 일의 배후를 캐는 것이었다. 그렇기에 악만기는 굳은 얼굴로 살수를 옆구리에 끼고서 연무장을 나섰다.

*　　　*　　　*

이른 아침. 밤을 꼬박 새운 듯 악만기의 눈밑은 검게 물들어 있었다. 물론 초일류의 무위를 지닌 그가 고작 하룻밤을

샜다고 이처럼 피곤해할 리는 없었다. 비록 무위는 다른 명문 세가의 주인들보다 떨어질지 모르나 체력만큼은 절대 뒤떨어 지지 않는다고 생각하는 그였으니까.

그런데도 악만기가 이처럼 극도로 피로함을 느끼는 데에 는 다 이유가 있었다. 그것은 바로 살수를 보내온 곳을 그가 알아냈기 때문이다.

사실 악만기는 어느 정도 예상은 하고 있었다. 지금과 같은 상황에서 자신에게 살수를 보내올 만한 곳은 한정되어 있었 으니까. 아니, 바보가 아니라면 어디에서 살수를 보냈는지 능 히 짐작할 수 있을 것이다.

그가 부상을 당하게 되면 가장 좋아할 곳은 단 한 곳밖에 없으니까. 그러나 짐작하는 것하고 확인하는 것하고의 차이 는 상당히 컸다.

"정말 이렇게 나올 줄이야."

살수의 입을 열게 하는 일은 결코 쉽지 않았다. 비록 몰락 해 가고 있는 산동악가라고 하나 다른 이도 아니고 가주를 암 습하는 일이었다. 그런 만큼 비밀은 절대 엄수였다. 하지만 청부자나 살수가 모르는 사실이 하나 있었다.

한때 잘나갔던 산동악가는 군문에도 투신한 이가 적지 않 았고, 그로 인해 전해져 내려오는 고문기술이 있다는 사실을 말이다. 그것도 상당히 극악할 정도로 무서운 고문기술이.

얼마나 극악하냐면 오직 가주에게만 전해질 정도였다. 세

간에 알려져서 좋을 일이 없었으므로.

어찌 됐든 고문을 통해 악만기는 살수에게 청부를 한 배후를 알 수 있었고, 그로 인해 하룻밤을 꼬박 새우고 말았다.

"어찌해야 하나."

악만기가 고민할 수밖에 없는 이유. 그건 배후를 알아냈어도 딱히 할 수 있는 일이 없어서였다. 예전의 산동악가였다면 조금의 고민도 없이 전쟁을 일으켰을 것이다. 그러나 지금은 그럴 수 없었다. 그러기에는 배후가 지닌 힘이, 세력이 너무 컸다.

"하아."

그러자 나오는 것은 한숨뿐이었다. 분명 명분은 이쪽이 쥐고 있었다. 하지만 그뿐이다. 명분 말고는 산동악가가 쥐고 있는 게 아무것도 없었다. 그래서 악만기는 답답했다. 또한 자신의 무위에 실망감만 생겼다.

만약 자신이 강했다면, 절정의 벽을 넘어 그 이상에 도달했다면 이처럼 초라한 모습으로 홀로 고민하지도 않았을 것이기 때문이다.

"도움이라."

자괴감에 두 손으로 머리를 움켜잡고서 웅크리고 있던 악만기는 일순 어제 만났던 강진혁을 떠올랐다. 그리고 아주 오래전 부친이 했던 말도 동시에 생각이 났다.

도움을 받을 거란 말. 그 말이 묘하게 그의 머리를 가득 채우기 시작했다. 하지만 그는 이내 머리를 흔들었다.

분명 강진혁은 그보다 강해 보이기는 했다. 하나 강진혁의 나이는 아직 이립이 채 되어 보이지 않았으며 또한 세력을 가진 것처럼 보이지도 않았다. 그래서 그는 괜한 기대를 품었다고 생각했다.

강진혁의 도움을 받을 수는 있겠으나 그 도움으로 현재 상황을 타개할 수 있으리라고는 생각할 수 없었기 때문이다.

"난감하구나."

명분을 쥐고 있음에도 오히려 먹혀 버릴까 봐 전전긍긍하는 자신의 모습에 악만기는 냉소를 지으며 이내 고개를 숙였다.


악만기가 장고하고 있는 시각에 강진혁은 오늘도 어김없이 장이, 장삼 형제와 함께 연무장을 돌고 있었다.

물론 두 형제만큼 무식하게 많이 돌지는 않았다. 그저 가볍게 몸을 푸는 정도로만 달렸다. 그래서 그런지 강진혁의 움직임에는 여유가 흘러넘쳤다.

'어떤 부탁을 하려나.'

장이, 장삼 형제와 보조를 맞추면서 뛰고 있던 강진혁은 어제의 만남을 떠올렸다. 상황이 상황이니 만큼 깊은 대화를 나누진 못했지만 뜻은 분명히 전했다.

도움을 줄 것이라고. 그러니 도움을 받든, 받지 않든 선택하는 것은 악만기의 몫이었다.

'첫 번째부터 무지하게 어렵구만. 쉽게 쉽게 되는 일은 없다 이건가.'

뛰면서 딴 생각을 하는 것 정도야 강진혁에게 있어 별로 어렵지도 않은 일이었다. 그렇기에 강진혁은 생각에 생각을 이어갔다. 그러다가 아주 오래전 자신이 사부에게 물었던 말이 떠올랐다.


"왜 저 같은 놈을 선택하셨습니까?"

죽음을 넘나드는 수련을 끝내고 본격적으로 무공을 익힐 때, 그러니까 어느 정도 사문의 무공을 익힐 기틀이 잡혔을 때 강진혁은 사부에게 따지듯이 물었었다.

뒷골목을 전전하는 천애고아에 세상에 분노만 가지고 있는 자신에게 이만한 힘을 주려는 사부의 마음이 문득 궁금해졌던 것이다.

만약 그가 힘을 잘못 사용한다면 세상을 피에 잠기게 하는 것도 어려운 일이 아니었다. 그래서 궁금했었다. 이 정도의 힘을, 이러한 힘을 주려는 사부가 도대체 어떤 마음을 가지고 있는지 알 수가 없었기에.

그렇다고 사부가 세상에 숨어 있는 마인이라든지 악인은 더더욱 아니었다. 어떻게 보면 선인(仙人)과도 같은 삶을 살아가는 사부였기에 더욱 궁금했었다. 도대체 자신을 왜 제자로 선택했는지를.

“허허허. 이유가 궁금하느냐?”

“예.”

“가장 큰 이유는 네가 풍혈지체(風血之體)이기 때문이지. 하지만 이런 이유가 널 이해시키진 못하겠지?”

언제나 그렇듯 부드러운 표정으로 물어오는 사부를 향해 강진혁은 굳은 얼굴로 고개를 끄덕였다. 그러자 그의 사부는 주름이 자글자글한 손으로 턱을 쓰다듬었다.

“바람이라고 해서 꼭 좋은 바람만 있는 것은 아니지 않느냐. 선풍(善風)과 온풍(溫風)이 있는 반면에 광풍(狂風)과 폭풍(暴風)이 있는 것처럼 말이다.”

“만약 제가 광풍이 되려 하면 어찌하시겠습니까?”

강진혁이 진지한 눈으로 물었다. 그에 사부가 깊고 깊은 눈으로 그를 바라봤다. 그리고는 인자한 미소를 지으며 말했다.

“그게 너의 선택이라면 말리지 않겠다.”

“……!”

이어진 사부의 대답에 강진혁이 눈을 부릅떴다. 그가 예상한 대답과는 전혀 다른 대답에 놀랐던 것이다.

“다만 본문의 맥만은 끊지 말아다오. 신풍(神風)이 계속 존재할 수 있도록.”

“……알겠습니다.”

“그거면 되었다.”

시원한 바람처럼 싱그러운 미소를 짓던 사부를 떠올리는 것으로 강진혁의 회상은 끝났다. 그리고 문득 강진혁은 사부가 그리워졌다. 나이와 어울리지 않게 아이 같이 맑았던 눈동자와 소년이 지을 법한 싱그러운 미소가 사무치게 보고 싶었다.

"저기, 형님?"

"음?"

잠깐의 회상이었음에도 불구하고 너무 깊게 빠져들었던 모양이다. 옆에 있는 장이가 말을 걸어왔는데도 제대로 듣지 못할 정도였으면.

"무슨 생각을 그리 골똘히 하세요?"

"아아, 잠시 옛날 생각을 하느라고. 그런데 왜?"

그래도 며칠 꾸준히 훈련을 했다고 이제는 제법 호흡이 규칙적인 장이였다. 하지만 얼굴만큼은 여전히 폭발 직전처럼 시뻘겋게 변해 있었다.

"저기."

잠시 장이, 장삼의 상태를 둘러보던 강진혁이 장이가 손가락으로 가리키는 곳을 향해 시선을 옮겼다. 그러자 새초롬한 표정으로 서 있는 악소련의 모습이 눈에 들어왔다.

"아가씨께서 웬일로?"

"우리 아빠랑 아는 사이에요?"

"호오."

먼저 물었음에도 대답하지 않고 오히려 똑바로 쳐다보며
묻는 말에 강진혁이 씨익 웃었다. 그러나 대답을 하지는 않았
다. 그저 장난스러운 미소만을 지었다.

"가주님께서 저를 찾으신 모양이군요."

"대답 안 해줄 거예요?"

"다녀와서 해드리지요."

"치사해요!"

"그럼 급해서 이만."

강진혁은 악소련에게 눈을 찡긋거리고는 땅을 박찼다. 그
러던 중 잠시 일을 보러 나갔다가 돌아오는 악평후를 만났지
만 강진혁은 짧게 묵례를 하고선 가주전을 향해 달려갔다.

"무슨 급한 일이라도 있나?"

황급히 달려나가는 강진혁의 모습이 의아한지 악평후가
멀뚱히 서 있는 악소련에게 물었다. 그러나 악소련은 그의 말
을 듣지 못했는지 미간을 좁히며 중얼거렸다.

"근데 아빠가 어디 있는 줄 알고 가는 거지?"

악소련은 악만기가 강진혁을 찾는다고 은연중에 인정하긴
했으나 그렇다고 어디에 있다고 말해주지는 않았다. 한데 강
진혁은 마치 악만기가 어디에 있는지 아는 것처럼 움직였다.
그게 악소련은 의아했다. 하지만 그것에 대해 말해줄 사람은
여기에 없었다.

똑똑똑.

따사로운 햇살이 들어오는 창가에 서서 창밖의 풍경을 조용히 바라보던 악만기가 문을 두드리는 소리에 몸을 돌렸다.

"들어오게."

그의 짧은 말과 함께 문이 부드럽게 열리며 한 사람이 안으로 들어왔다. 바로 강진혁이었다. 체력 단련을 했음에도 불구하고 땀 한 방울 흘리지 않은 그가 악만기를 바라보며 다가왔다.

"앉게나."

가주전에 들어왔는데도 전혀 긴장하지 않는 모습에 악만기는 피식 웃었다. 왠지 모르게 지금의 모습이 강진혁과 너무나 잘 어울린다는 생각이 들었던 것이다. 당황하지 않고 당당하게 움직이는 모습이.

"결정을 하신 모양이군요."

"그 전에 묻고 싶은 게 하나 있네."

"말씀하십시오."

"구체적으로 내게, 아니, 우리 가문에 어떤 도움을 줄 수 있는가?"

악만기의 말을 듣던 강진혁이 순간 얼굴을 굳혔다. 어떻게 해서 옥패가 반으로 나눠졌는지, 그리고 왜 자신이 도와주게 되었는지를 먼저 물어야 함에도 악만기가 그렇게 하지 않았기 때문이다.

　그게 강진혁은 마음에 들지 않았다. 그러나 태안예가로 인해 마음이 다급해진 악만기는 그러한 강진혁의 변화를 알아차리지 못했다.

　"그 전에 이 옥패에 대해서 물어보시는 게 먼저 아닙니까?"

　툭.

　강진혁이 무미건조한 목소리로 품속에서 반 토막 난 옥패를 꺼내 탁자 위에 던졌다. 그러자 악만기가 자신의 실수를 눈치챘는지 얼굴을 살짝 굳혔다.

　"그리고 한 가지 말씀드리지 않은 사실이 있는데, 이 옥패에 꼭 맞는 나머지 옥패를 보여주셔야만 합니다. 그래야 제가 도와드릴 수 있으니까요."

　사실은 그냥, 무조건적으로 도와주어야 했지만 지금 보이는 악만기의 모습이 마음에 들지 않았기에 강진혁은 괜히 심술을 부렸다. 그런데 악만기는 강진혁의 말을 순순히 믿는 모양인지 기분 나쁜 표정 하나 없이 나머지 반쪽 옥패를 꺼내었다. 그리고는 두 개의 옥패를 맞췄다. 그러자 두 개로 나눠진 옥패가 마치 톱니바퀴 이빨이 맞듯이 딱 맞았다. 한 치의 빈틈도 없이.

第五章
전화위복(轉禍爲福)

  악만기는 하나로 만든 옥패를 지그시 바라보다가 강진혁에게 내밀었다. 물론 아교를 바른 게 아니었기에 손을 떼면 떨어지므로 조심스럽게 건넸다.

  "딱 맞네요."

  이제는 완전히 하나가 된 옥패를 바라보며 강진혁이 중얼거렸다. 그러자 악만기가 진지한 표정으로 입을 열었다.

  "이 옥패에 대한 이야기를 말해주겠나."

  "저 역시 사부님께 들은 얘기라 자세하진 않습니다. 하지만 최대한 기억나는 대로 말씀해 드리지요."

  차분한 음성으로 운을 뗀 강진혁이 과거에 사부로부터 들었던 얘기를 찬찬히 꺼내기 시작했다.

　아주 오래전 강진혁의 사부는 강호를 떠돌아다니던 도중 굉장한 고수와 맞닥뜨리게 되었다. 그런데 그 이유가 아주 단순했다. 사부의 무위를 알아본 고수가 다짜고짜 덤벼들었던 것이다. 그 결과 사부는 사흘 밤낮을 쉬지 않고 싸웠다. 그때 당시 사부의 무위는 이미 절대의 경지라 말해도 부족함이 없었을 시기였으나 문제는 갑자기 만난 사내의 실력 역시 사부 못지않다는 게 중요했다.

　그러나 결국 승자는 강진혁의 사부였다. 무려 오 일 동안 쉬지 않고 싸운 끝에 승부를 가를 수 있었다. 하지만 승리하기는 했으나 상처뿐인 승리였다. 이기긴 했으되 심각한 부상을 입게 된 것이다. 그로 인해 사부는 사경을 헤맸다. 워낙에 엄중한 내상을 입은 상태라 정신을 잃고, 차리기를 반복했다. 그러던 중 우연찮게 그곳을 지나가던 한 사람이 사부를 발견했다. 그리곤 정성을 다해 치료해 주었다.

　길에서 만난 생면부지의 사람을 아무것도 바라는 것 없이 치료해 준 것이다. 그에 사부는 감명을 받았고, 후일 구명지은을 갚기 위해 수중에 있던 옥패를 반으로 갈랐다. 그게 바로 지금 강진혁의 손에 들린 옥패였다.

　"그분이 내 부친이셨던 모양이군."

　"그런 것 같습니다."

　흔하게 들을 수 있는 이야기였으나, 의외로 강호에서는 흔치 않은 일이 바로 지금과 같은 경우였다. 괜히 냉혹무림, 비정강호라 불리는 것이 아니다. 그 정도로 강호인들은 친인이나 혈육이 아닌 이상 다른 사람에게 극도로 관심을 두지 않았다.

위명이 쟁쟁한 사람과 친목을 도모하기 위해서라는 특별한 목적이 있지 않는 한은 말이다.

"다시 본론으로 넘어가서 아까 내가 물었던 질문에 대한 답을 듣고 싶네."

"무엇을 원하십니까?"

"내가 궁극적으로 원하는 것은 본가의 명성 회복이네."

눈을 빛내며 말하는 악만기를 보며 강진혁은 고개를 끄덕였다. 지금 처한 산동악가의 상황을 생각하면 당연한 바람이었다. 그러나 쉽지 않기에 바라는 문제이기도 했다. 바람이란 이뤄지기 힘든 상황을 염원하는 데서부터 시작되니까.

"어려운 부탁이로군요."

"역시 그런가."

"하지만 적어도 그 근처까지는 가능할 것 같습니다. 중요한 건 가주님께서 어떻게 하시느냐가 가장 중요하겠지만요."

"…그게 무슨 말인가?"

사실 악만기는 크게 기대를 하진 않았다. 큰 기대를 가지기에는 그가 본 강진혁의 나이가 너무 어리기도 했고, 아직 알게 된 시간이 많지 않아서였다. 그런데 강진혁의 입에서 의외의 말이 흘러나오자 꺼져 가던 악만기의 눈빛이 되살아나기 시작했다.

"제가 생각하기에 지금 악가에 있어 가장 시급한 문제는 고수의 부재라고 생각합니다."

"그렇지."

"우선은 그것부터 해결을 해볼까 합니다."

강진혁의 말에 씁쓸한 표정을 짓던 그가 이어지는 뒷말에 눈을 끔뻑였다. 해결을 해주겠다는 게 믿기지가 않아서였다.

강진혁은 악만기의 눈빛을 받으며 의미심장한 미소를 지었다. 그리고는 다시 품속에 손을 넣었다.

"받으세요."

"뭔가, 이건?"

"열어보시면 알 겁니다."

강진혁의 품속에서 나온 것은 작은 목갑이었다. 손바닥만 한 크기의. 거기다 손때가 잔뜩 묻어 있어 더욱 볼품없어 보였다. 그래서 악만기는 약간 미심쩍은 표정으로 목갑의 뚜껑을 열었다. 그리고 이내 두 눈을 휘둥그레 떴다.

파아앗!

볼품없는 목갑 뚜껑을 열기 무섭게 청량하고 산뜻한 향이 방 안을 가득 채웠다. 그러나 악만기는 그 향을 느낄 새가 없었다. 왜냐하면 목갑 안에 들어 있는 것에 온 신경을 빼앗겼기 때문이다.

“이, 이건.”

“오백 년 정도 묵은 산삼입니다.”

“꿀꺽!”

눅눅한 흙과 함께 고이 담겨 있는 오동통한 산삼 한 뿌리를 보며 악만기는 절로 침을 삼켰다. 굳이 강진혁이 부가 설명을 해주지 않아도 그는 한눈에 알 수 있었다. 지금 손에 들린 산삼이 얼마나 대단한지를.

더구나 오백 년 정도 된 산삼이라면 능히 영약이라고 불러도 될 정도였다. 또한 값을 따질 수도 없는 무가지보였다.

돈이 아무리 많더라도 세상에 나오지 않는 이상 구할 수가 없는 게 바로 이와 같은 영약이었다. 그래서 악만기는 두 손을 덜덜 떨며 강진혁을 바라봤다. 그리고는 탁자 위에 조심스럽게 내려놓고서 크게 심호흡을 했다.

“이걸… 진짜 나에게 주는 건가?”

“사부께서 입은 구명지은에 대한 보답입니다.”

강진혁은 하산하면서 곰곰이 생각해 봤다. 산동악가에 무엇을 어떻게 해주어야 할 것인지를. 그러다가 떠올린 것이 마침 수중에 있던 산삼이었다.

원래는 기력이 쇠한 사부님에게 달여 드리기 위해 구한 것인데, 복용을 원치 않으셨기에 결국 쓰지도 못하고 남게 되었다. 그렇다고 자신이 먹어봤자 쓸모도 없을 것이기에 강진혁은 이 산삼을 주면 되지 않을까 생각했었다.

　강호에서 열 손가락 안에 꼽히는 명문세가에게 그가 해줄 수 있는 일은 생각보다 적을 것이기 때문이다. 게다가 영약이란 게 하늘이 내린다는 말처럼 쉽게 구할 수 있는 것도 아니었기에 이 정도면 그래도 보은(報恩)하는 데 있어 부족함은 없으리라 생각했다. 하지만 그렇다고 딱 이렇게 마음먹은 것은 또 아니었다.

　대충 이런 식으로 하면 되지 않을까 생각했었다. 중요한 것은 우선 가서 보는 게 중요했으니까. 그러다가 상황이 이렇게 되자 강진혁은 마음을 정했다.

　산삼을 악만기에게 주기로. 적어도 지금 상태에서 내력이 증진된다면 눈에 띄게 강해질 수 있으니 그리 나쁜 방법은 아니었다.

　"그래도 너무 귀한 물건인데……."

　악만기는 말을 하면서 눈을 질끈 감았다. 산삼을 계속 보고 있으면 탐욕을 감출 수 없을 것 같아서였다. 그 정도로 산삼의 가치는 컸다. 하지만 그렇기 때문에 악만기는 받을 수 없었다. 아무리 은혜에 보답하기 위해 주는 선물이라고 하나, 그 선물이 너무 과했다. 차라리 판다고 하면 그는 가지고 있는 전 재산을 모조리 팔아서라도 살 의향이 있었다. 그러나 그냥 받는 것은 아니었다.

　"아무리 귀해도 사부님보단 아닙니다. 그러니 부담 갖지 마시고 받으십시오."

“정말 그래도 되겠는가?”

“물론입니다.”

악만기가 강진혁의 눈을 바라봤다. 그러자 흔들림없이 심유한 강진혁의 눈동자가 보였다. 그의 눈동자에는 조금의 아쉬움도, 아까움도 담겨 있지 않았다. 그저 처음 봤을 때와 마찬가지로 잔잔하고 촉촉한 눈빛만이 자리 잡고 있었다.

“그렇다면 고맙게 받겠네.”

“그거면 됩니다.”

악만기는 덜덜 떨리는 손으로 산삼을 잡았다. 그러나 두 손으로 잡았음에도 그의 손에 들린 목갑은 여전히 흔들거리고 있었다.

그 상태로 악만기는 멍하니 산삼만 바라봤다. 꿈인지 생시인지 믿기지가 않는 얼굴로 말이다.

“지금 복용하십시오.”

“지금 말인가?”

넋을 놓고서 산삼만 하염없이 바라보던 악만기가 강진혁의 말에 퍼뜩 정신을 차리며 물었다.

“예. 제가 호법을 서 드리겠습니다.”

“그래도 아무런 준비도 되어 있지 않은데…….”

악만기가 살짝 주저했다. 영약이라 불리는 것들은 보통 약성이 어마어마하게 강하다. 그래서 잘못 먹으면 죽을 수도 있는 게 영약이었다.

몸에 좋다고, 귀하다고 함부로 먹으면 되레 복이 화가 될 수도 있기에 복용하기 전에 그에 알맞은 준비가 필요했다. 그렇기에 악만기는 선뜻 먹으려 하지 않았다.

"저를 못 믿으십니까?"

"아니, 믿지. 암. 믿고 말고."

무가지보라 칭할 수 있는 영약을 단지 과거에 사부가 은혜를 입었다고 선뜻 내놓은 이가 강진혁이었다. 그런 이를 믿지 못할 정도로 악만기는 부정적인 사람이 아니었다. 더구나 자신보다 강한 강진혁이 호법을 서준다면 현재로서는 가장 안전한 것이나 마찬가지기에 그는 대뜸 바닥에 가부좌를 틀고 앉았다.

"마음을 편히 가지고 운기하시길."

"알겠네. 그리고 부탁하네."

"염려 마십시오."

굳건한 눈으로 강진혁을 한차례 바라본 후 악만기는 도톰한 산삼을 단번에 집어넣었다. 두툼하기도 하거니와 잔뿌리가 많아 한 입에 다 들어가지 않았지만, 그는 어떻게든 꾸역꾸역 입안에 다 넣었다. 그리고는 두 눈을 감고서 천천히 씹어 먹기 시작했다.

"으으음!"

시간이 흐를수록 서서히 약력이 오는 모양인지 악만기의 얼굴이 삽시간에 붉게 달아올랐다. 그뿐만 아니라 몸 전체에서 열기가 뿜어져 나왔다.

'시작이군.'

악만기의 씹어 넘김이 줄어들수록 전신에서 흘러나오는 열기도 강해졌다. 그러자 방 안이 순식간에 후끈하게 달아올랐다.

우우우웅.

영약의 기운을 본격적으로 흡수하는 모양인지 묘한 소성이 그의 몸에서 흘러나왔다. 동시에 아지랑이처럼 일렁였던 열기가 몸을 중심으로 휘돌기 시작했다.

"흐읍! 흐으윽!"

운기행공은 계속해서 이어졌다. 백 년도 아니고 자그마치 오백 년이나 묵은 산삼이었기에 기운을 일체화하기란 쉽지 않을 것이었다. 그래서 그런지 악만기는 정말 이를 악물고서 운공을 이어가고 있었다. 하지만 그것도 한 시진이 흐르자 한계가 도달한 듯 몸이 사정없이 떨리기 시작했다.

'지금이 승부처다.'

악만기를 바라보는 강진혁의 두 눈이 빛났다. 사실 강진혁은 이러한 상황을 예견했었다. 오백 년 묵은 산삼의 기운이 엄청날 것이라는 것 정도는 충분히 짐작할 수 있기 때문이다. 그런데도 일부러 독촉하듯 복용시킨 데에는 다 이유가 있었다.

[제 말을 잘 들으십시오.]

부르르!

강진혁은 터질 듯이 붉어진 얼굴로 이를 악물고 있는 악만기에게 전음을 보냈다. 그러나 전음을 들었음에도 악만기는 반응을 보이지 않았다. 아마도 약 기운과의 사투로 강진혁의 전음을 제대로 듣지 못한 것 같았다. 그에 강진혁이 악만기의 등 뒤로 돌아가 명문혈에 양손을 댔다. 그러자 엄청난 열양지기가 그의 손을 태워 버릴 듯한 기세로 뿜어져 나왔다.

[정신을 똑바로 차리셔야 합니다!]

강진혁이 이러한 상황을 만든 이유. 그것은 단순히 내공증진에서 끝내지 않고 지금보다 한 단계 더 위로 성장시키기 위해서였다. 막대한 내공과 더불어 경지까지 상승된다면 악만기는 지금보다 족히 세 배는 더 강해질 수 있었다. 그리고 그것은 곧 산동악가의 힘이 세 배는 더 강해진다는 말과도 같았다. 그렇기에 강진혁은 일부러 이와 같은 상황을 만들었다.

[힘든 거 압니다. 고통스럽다는 것도 압니다. 하지만 견뎌 내셔야 합니다. 그래야만 약기운을 온전히 흡수하고 벽을 부술 수 있습니다.]

움찔!

이번에는 강진혁의 음성을 들었는지 악만기가 반응을 보여왔다. 미약하지만 자의로 몸을 움찔거렸던 것이다.

그것을 본 강진혁이 희미하게 웃으며 공력을 더욱 쏟아부었다. 그러자 악만기의 체내에서 미친 듯이 날뛰던 산삼의 약

기운이 점차 수그러들었다.

악만기가 가지고 있는 기운이 몸을 보호하고 강진혁의 공력이 짓누르니 산삼의 기운이 주춤했던 것이다.

강진혁은 그 틈을 타 다시 전음을 날렸다.

[지금이 기회입니다. 절정으로 가는 벽을 허물 수 있는. 그러니 집중하십시오. 그리고 고민하십시오. 가주님께서 지금 가지고 있는 게 무엇인지를]

강진혁은 경험에서 우러나오는 조언을 해주었다. 하지만 이것을 알아듣고 깨닫는 건 오로지 그의 몫이었다. 강진혁이 해줄 수 있는 것은 칠흑같이 어두운 암흑 속에서 한줄기 방향을 알려주는 것뿐이니까.

이제부터 모든 것은 악만기에게 달렸다. 벽을 허물고 절정지경에 오를지, 아니면 초일류의 경지에서 내공만 절정고수 못지않게 많은 무인이 될지는.

'제아무리 두꺼운 방죽도 손톱만 한 구멍에 의해 무너집니다. 그러니 자신을 믿고 도전하시길!'

강진혁은 알고 있었다. 벽을 허무는 것이 생각보다 어렵지 않다는 것을. 단지 모르기에, 두렵기에 벽이 더욱 커지고 두꺼워진다는 사실을 말이다. 게다가 악만기의 경우 자괴감이 또 다른 자괴감을 낳고 낳아 벽이 되어 쌓인 경우였다. 즉, 이상은 높은데 현실은 따라가지 못해 좌절한 상태였다. 그러니 자신감만 있다면, 자신을 믿기만 한다면 얼마든지 벽을 허물 수 있었다.

자신을 오롯이 살피고, 알고, 믿으면 충분히 벽을 부수고 나아갈 수 있었다.

드드드드!

점차 굵어지는 이마의 땀방울을 닦지도 못하고 산삼의 기운을 억누르던 강진혁의 표정이 밝아졌다. 점점 격렬하게 떨리는 육신과는 달리 악만기의 기운이 점차 확대되는 걸 느낄 수 있었기 때문이다.

이 징조가 알려주는 것은 단 하나. 바로 악만기가 벽을 넘어섰음을 알려주는 것이었다.

우우웅!

이윽고 강렬한 소성을 들은 강진혁이 명문혈에 대고 있던 두 손을 뗐다. 이제부터는 굳이 그가 산삼의 기운을 억누르지 않아도 되었다. 증폭된 악만기의 기운이 알아서 산삼의 기운을 제압하며 흡수할 것이기 때문이다.

"후우. 이젠 안심해도 되겠어."

빠른 속도로 신색을 되찾아가는 악만기를 보며 강진혁은 이제야 이마에 맺힌 땀방울을 소매로 닦아냈다. 그러자 기다렸다는 듯이 창문을 통해 한줄기 미풍이 불어와 그의 전신을 가볍게 훑어줬다.

후우웅.

팔짱을 낀 채로 묵묵히 서서 호법을 봐주던 강진혁이 씨익 웃으며 팔을 풀었다. 본능적으로 악만기의 운공이 끝났음을 알아차렸기 때문이다.

잠시 후 몸 주위에 흐르던 아지랑이까지 모조리 흡수한 악만기가 천천히 눈을 떴다. 그러자 날카로운 안광이 섬전처럼 뿜어졌다가 사라졌다.

"절정지경에 오른 것을 축하드립니다."

덥석!

"감사합니다, 은인!"

"어라?"

절정지경에 오르게 된 악만기에게 축하의 말을 건네던 강진혁이 일순 얼빠진 표정을 지었다. 운공을 잘 마치고 일어난 악만기가 갑자기 그의 발 앞에 무릎을 꿇었기 때문이다.

그것도 전과는 달리 존칭을 취하면서 말이다. 그에 강진혁이 의아하다 못해 당혹스러운 표정을 지었다.

"왜 이러시는 겁니까?"

"큰 은혜를 입었으니 당연히 감사의 인사를 올려야 하지 않겠습니까."

"하아. 이러지 마십시오. 전 그저 사부님께서 받으신 구명지은에 보답하기 위해 그랬을 뿐입니다."

"알고 있습니다. 하지만 은혜를 두 번이나 받았으니 이 정도는 해야 하지 않겠습니까."

"그래도 너무 부담스럽습니다."

　도저히 일어날 기미를 보이지 않는 악만기를 보며 강진혁
이 손을 움직였다. 이대로 놔두면 절대 일어나지 않을 것 같
았기에 무형지기를 이용해 일으켜 세웠다.

"으음!"

　보이지 않는 힘에 의해 몸이 움직이는 생소한 경험이 신기
한 듯 악만기가 눈을 반짝이며 강진혁을 바라봤다. 그러나 그
의 눈에 부러움은 없었다. 무형지기는 절정고수가 되면 사용
할 수 있는 힘이었고, 그도 머지않아 다루게 될 힘이었기에
부러워할 이유가 없었던 것이다.

"예전처럼 편하게 대해주십시오. 그게 저도 편합니다."

"그렇다면, 그리하겠네."

　강진혁이 진심으로 불편해하자 악만기도 고집을 부릴 수
는 없었다. 하지만 그렇다고 말을 아예 놓지는 않았다. 그러
기에는 강진혁에게 받은 것이 너무나 많았다.

"훨씬 낫군요."

"그런데 한 가지 궁금한 게 있네."

"물어보십시오."

"어찌 알았나?"

　악만기가 궁금증이 가득 담긴 눈빛으로 물었다. 그는 운공
중에 강진혁이 보내오는 전음을 듣고 정말 소스라치게 놀랐
다. 마치 그의 화두를 관통하는 듯한 강진혁의 말에 정신이
번쩍 들었던 것이다. 그래서 궁금했다. 도대체 강진혁이 어떻

게 자신의 고민을 알고 있었는지에 대해서.

"저 역시 처절하게 겪어봤고, 느껴봤기 때문이지요. 아무리 노력해도 달라지는 것은 없고 항상 제자리인 듯한 느낌에 조급함이 몰려오죠. 그러면서 시야는 좁아지고 생각은 계속 부정적으로 변하게 되고. 마음은 할 수 있다, 언젠가는 넘을 수 있다 생각하지만 머리는 이미 끝났다고 결정을 내려 버리는 상황. 몸은 하나인데 머리와 마음이 따로 놀게 되면서 끊임없이 반복되는 악순환. 그것을 저도 겪어봤거든요. 그래서 조언을 해드린 것입니다."

"아!"

강진혁의 말에 악만기는 십분 공감했다. 정말 그가 느꼈던 감정들과 너무나 많은 부분들이 흡사했던 것이다. 특히 시야가 좁아진다는 말에서 악만기는 고개를 절로 끄덕였다.

좁아진 시야 때문에 자신이 가지고 있는 것들이 무엇인지 잊어버리게 되었다. 정작 중요한 것은 지금 손에 쥐고 있는 것들인데 말이다.

벽을 부술 도구가 바로 손에 쥐어져 있었음에도 그는 멀리 있는, 손에 닿지 않는 것을 바랐다. 그리고 그게 그를 힘들게 하는 이유였다.

가질 수 없는 것을 가지려 하니 당연히 마음이 힘들 수밖에 없는 것이다.

"자신을 되돌아보란 말. 저는 그 말을 듣고 깨달았었습니다. 그리고 정리를 할 수 있었죠."

악만기가 고개를 끄덕였다. 무릇 쌓는 것도 중요하지만 쌓은 후도 그 못지않게 중요했다. 높게, 그리고 튼튼하게 쌓기 위해서는 한 번쯤 주변을 정리할 필요가 있었다. 쓸모없는 것들은 빼내고, 보수가 필요한 곳은 채워줘야 했다. 그래야 더 높이 쌓을 수 있었다.

강진혁의 말에는 바로 그러한 내용이 담겨 있었다.

"한 번쯤 만나 뵙고 싶군, 자네의 사부님을."

"귀천하셨습니다."

"아, 내가 실언을 했군."

"괜찮습니다."

구명지은을 입었음에도 본인이 직접 오지 않고 제자를 보냈다면 그만한 이유가 있을 터였다. 그것을 헤아리지 않고 말한 듯해 악만기가 멋쩍게 웃으며 뒷머리를 긁적거렸다. 그러다가 악만기가 슬그머니 강진혁의 눈치를 살폈다. 무언가 하고 싶은 말이 있는데 차마 꺼내지 못하는 티가 역력했다.

"저기."

강진혁을 바라보며 우물쭈물하던 악만기가 힘겹게 말문을 열었다.

"이러는 내가 염치없는 거 알고 있지만, 한 번만 더 도와줄 수 있나?"

"어떤 걸 말씀이십니까?"

"그러니까……."

일단 거절하지 않는 강진혁의 모습에서 살짝 안도한 악만기가 무언가를 말하기 시작했다. 그런데 그가 설명을 하면 할수록 강진혁의 표정이 이상야릇하게 변해갔다. 그러더니 연신 고개를 끄덕였다. 그러자 악만기가 흥이 돋은 듯 계속해서 말을 이었다.

"나쁘지 않은 방법 같습니다."

"그렇지? 하지만 여기에는 자네의 도움이 반드시 필요하네."

"이런 일이라면 당연히 도와드려야지요."

"정말 고맙네!"

혹시나 강진혁이 거절할까 봐 조마조마했던 악만기는 조금도 고민하지 않고 승낙해 주는 그의 손을 부여잡으며 연신 같은 말을 반복했다. 이미 과분할 정도의 은혜를 받았기에 악만기는 내심 거절해도 어쩔 수 없다고 생각했었다.

그 정도로 그가 받은 은혜는 컸기 때문이다. 하지만 강진혁은 머뭇거리지 않았고, 그게 악만기는 너무 기뻤다. 그러면서 속으로 다짐했다. 이 은혜를 살아생전에 모두 갚을 것이라고. 언제가 됐던지 간에 반드시 보답하겠다고 말이다.

그 후로도 두 사람의 대화는 계속됐다. 작전을 보다 더 완벽하게 짜기 위해서였다.

＊　　　＊　　　＊

아침이라고 하기에는 늦었고, 낮이라고 하기에는 조금 이른 시간에 태산을 오르는 일단의 무리가 있었다. 숫자는 총 열 명가량이었는데 풍기는 분위기가 하나같이 날카롭고 묵직했다.

그중 선두에서 산길을 오르는 중년인은 심기가 별로 좋지 않은 듯 처음부터 끝까지 얼굴이 굳어 있었다. 그런 그의 모습 때문인지 일행의 분위기는 무겁게 가라앉아 있었다.

"아직 멀었나?"

"조금만 더 가면 됩니다, 가주님."

"정말 산골짜기에 있는 가문이군. 이러니 가문이 망하지. 자고로 위치가 좋아야 사람이 모이고 돈이 모이는 법이거늘."

시종일관 언짢은 기색으로 산을 오르던 중년인이 혀를 차며 말했다. 산에 오른 지 시간이 제법 흘렀음에도 불구하고 아직도 산동악가의 장원은 보이지 않았다. 그게 중년인은 마음에 들지 않았다.

또한 산길도 정비가 되지 않아 지저분한 것도 그의 신경에 거슬렸다. 더구나 아침 이슬 때문인지 길이 질척해 짜증까지 나게 했다.

"그러니 이제는 역사의 뒤안길로 사라져야 하지 않겠습

니까?"

"그렇지."

옆에서 나란히 움직이며 길을 안내하는 수하의 말에 중년인이 고개를 끄덕였다. 정말 그의 마음에 쏙 드는 말을 해서 그런지 짜증났던 기분이 조금은 가시는 듯했다.

"이제야 보이는군."

한 식경 정도를 더 걸어가서야 중년인은 산동악가의 대문을 볼 수 있었다. 그런데 대문 앞에 한 명의 노인이 서 있었다. 마치 기다리고 있었다는 듯이 서 있는 노인을 보며 중년인이 고개를 갸웃거렸다. 문지기라고 보기에는 나이가 너무 많았던 것이다.

"태안예가에서 오셨소이까?"

"그렇소."

일행이 지근거리에 올 때까지 미동도 않고 서 있던 노인이 중년인을 향해 물었다. 그러자 중년인이 노인의 전신을 가볍게 훑어보며 대답했다.

"약속 시간보다 조금 늦게 오셨구려."

"보다시피 산동악가가 좀 멀어서 말이오."

문 앞에 서 있던 노인, 악평후가 눈썹을 꿈틀거렸다. 사과는커녕 오히려 비꼬듯이 말하는 태안예가주의 행태가 마음에 들지 않았던 것이다. 그러나 엄연히 가주가 초대한 손님이기에 악평후는 일단 참았다. 하지만 얼굴만큼은 더 이상 딱딱해질 수 없을 정도로 경직되어 있었다.

"따라오시오. 가주님께 안내해 드리겠소."

냉기를 풀풀 날리며 악평후가 몸을 돌렸다. 노련한 일류고수의 기세를 숨기지 않고서 문을 연 악평후는 따라올 테면 따라와 보라는 듯이 빠른 속도로 걸음을 옮겼다. 그러자 태안예가주 예심추가 피식 웃으며 땅을 박찼다. 뻔히 보이는 악평후의 심보가 우스웠던 것이다.

이윽고 예심추를 비롯한 태안예가의 무사들이 단숨에 악평후의 뒤를 따라잡았다. 놀랍게도 예심추를 비롯한 열 명 모두가 일류에 오른 고수들이었다.

"으음!"

그 모습을 힐끗 본 악평후가 묵직한 침음성을 흘렸다. 이것만 봐도 산동악가와 태안예가의 격차를 절실하게 느낄 수 있었던 것이다. 그러나 악평후는 이내 그러한 생각을 떨쳐냈다. 며칠 전이라면 좌절했겠지만 지금은 달랐다. 지금부터 산동악가는 달라질 것이고, 예전의 명성을 되찾을 것이기에 악평후는 웃으며 가주전으로 향했다.

똑똑똑.

"가주님. 손님을 모시고 왔습니다."

"수고하셨습니다, 장로님."

잠시 후 가주전에 도착한 악평후는 문을 조심스럽게 두드리고는 태안예가주가 왔음을 알렸다. 그러자 방 안에서 악만기의 음성이 들려오며 문이 열렸다.

"안으로 드시지요."

"크흠!"

"잠깐만."

살짝 거들먹거리는 표정으로 가주전에 들어가려던 예심추가 악만기의 제지에 이마를 살짝 찡그리며 그를 바라보았다. 그런 예심추의 모습에서 악만기에 대한 존중이나 예의는 눈을 씻고 찾아봐도 찾을 수 없었다.

"명색이 본가의 가주전이외다. 아무나 출입할 수는 없소."

악만기는 대답을 요구하는 예심추의 눈빛에 빙그레 웃으며 뒤따라 들어오려던 태안예가의 무사들을 가리키며 말했다. 즉, 모두가 들어올 수는 없다는 말이었다. 그리고 악만기의 말은 타당했다.

가주전이라 함은 일가의 가주, 즉 수장이 머무는 곳이었다. 그런 곳이니만큼 아무나 함부로 들어갈 수 없었다.

"몇 명이면 되오?"

"한 명만 허락하겠소."

"알겠소."

의외로 예심추는 순순히 악만기의 말에 따랐다. 왜냐하면 안에 데리고 들어가든, 문 밖에서 대기하든 큰 차이가 없었기 때문이다.

무인이라고 해봤자 열대여섯 명이 전부인 산동악가였기에

예상치 못한 일이 벌어진다 하더라도 걱정할 필요가 없었다.

지금 데려온 수하들만으로도 현재 산동악가를 쓸어버리는 것은 일도 아니었으므로.

"앉으시오."

예심추와 그의 수하 한 명을 가주전으로 들인 악만기는 미리 준비해 놓은 자리를 권하며 자신 역시 그의 앞에 앉았다. 그러자 시녀 한 명이 조신한 걸음으로 들어와 예심추의 찻잔에 차를 따랐다.

"입맛에 맞으시려나 모르겠소."

"흠."

시녀가 정성스레 차를 따랐음에도 예심추는 찻잔에는 손도 대지 않았다. 그저 물끄러미 바라보기만 했다. 그 모습이 마치 마시지 않겠다고 말하는 것 같았다.

"독 같은 것은 없으니 마셔도 되오이다."

"생각 없소."

악만기가 의미심장한 미소를 지으며 말했다. 하지만 예심추는 그런 악만기의 표정에서 아무것도 느끼지 못한 듯 여전히 무뚝뚝한 얼굴로 짧게 대답했다.

"아쉽구려. 매우 힘들게 구한 귀한 차인데."

"그것보다 초대한 이유부터 듣고 싶소만, 악가주."

"역시 듣던 대로 성격이 상당히 급하시구려."

"시간을 금쪽같이 여기는지라."

악만기는 고개를 끄덕였다. 확실히 상재가 뛰어난 예심추다운 대답이었다. 그러나 감탄은 거기까지였다. 그는 차갑게 가라앉은 눈빛으로 예심추를 바라봤다. 그러자 방 안의 분위기가 삽시간에 변했다.

"그럼 본론을 꺼내보도록 하지요."

"……."

예심추가 말해보라는 듯이 입을 다물고 그를 지그시 바라봤다. 그에 악만기가 씨익 웃으며 말을 이었다.

"아마 예가주께서는 제가 본가의 전답을 팔지 않을까 하는 생각에 찾아오셨을 거라 생각합니다. 하지만 제가 예가주를 초대한 이유는 그게 아닙니다."

"그렇다면 왜 불렀소?"

예심추가 짜증스런 표정으로 물었다. 전답 문제가 아니라면 그가 올 필요가 없었기 때문이다. 하지만 그건 예심추의 입장에서만 보면 그랬다. 악만기의 입장에서는 반드시 예심추가 와야만 했다. 그와 꼭 해야만 하는 이야기가 있었기에.

"재미있는 일을 벌이셨더군요. 설마하니 백도를 표방하는 태안예가에서 본가에, 아니, 정확하게는 제게 살수를 보내실 줄은 몰랐습니다."

흠칫!

생각지도 못한 말을 들어서일까. 예심추의 얼굴이 순간적으로 딱딱하게 경직됐다. 그러나 그러한 변화는 찰나에 사라졌다. 그는 다시 본래의 신색으로 되돌아와서는 그게 무슨 소리냐는 듯이 잡아뗐다.

"괜한 사람에게 누명을 씌우려 하는군."

"아니라는 말이오?"

"당연히 아니오. 나는 악가주에게 살수를 보낸 적이 없소이다."

"그 말, 진심이오?"

"하늘에 맹세하오."

입술에 침도 바르지 않고 거짓말을 하는 예심추의 모습에 악만기가 비릿한 미소를 지었다. 가증스러운 모습을 보자 가슴 속에서 울화가 치밀었으나 악만기는 일단 그 분노를 가라앉혔다. 지금은 흥분할 때가 아니었다. 차분히 그의 추악함을 들추어낼 때였다.

"그럼 이자가 거짓말을 하고 있는 것이겠구려."

"으음!"

문이 열리며 악평후가 한 명의 사내를 데리고 들어왔다. 나이는 삼십대 초반으로 보였는데 심한 부상을 입은 것인지 제대로 걷지를 못하고 있었다. 하지만 겉으로 보기에는 아주 멀쩡해 보였다.

"아는 얼굴이지 않소이까?"

"생사람 잡지 마시오. 나는 처음 보는 남자이외다."

"아, 복면을 해야 알아보시려나."

여전히 그런 적 없다는 듯이 잡아떼는 예심추를 보며 악만기가 악평후를 향해 손짓했다. 그러자 악평후가 자연스럽게 데리고 온 사내의 얼굴에 복면을 씌웠다. 그러나 그 모습에도 예심추의 표정은 변하지 않았다.

처음과 마찬가지로 무표정한 얼굴을 유지하고 있었다.

"다시 한 번 말하지만 난 그대에게 살수를 보낸 적이 없소."

"한데 이자는 예가주께서 청부를 했다고 하는데 말이오."

"한낱 살수 나부랭이의 말을 믿는 것이오? 내가 아니라?"

"상황이 그렇지 않습니까. 제가 다치면 가장 좋아할 이가 예가주시니."

지지부진한 상황이 이어짐에도 악만기는 여유로웠다. 애당초 예심추가 이렇게 나올 것을 이미 예상했기에 놀랄 것도 없었다. 게다가 이렇게 살수를 대면시킨 이유는 경고를 하기 위함이지 예심추에게서 보상이나 사과를 받기 위해서가 아니었다.

"반대로 생각하면 본가와 귀가를 양패구상시키려는 제삼자의 속셈일 수도 있소만."

"그럴 수도 있지요. 하지만 저로서는 저 살수의 말에 더 믿음이 가는군요. 정황이 그러하니까."

"갑자기 궁금해지오. 도대체 어떤 정황을 보고 그러는 건지."

"모른 체하지 마십시오. 본가의 식솔들을 돈으로 유혹해 빼내어 간 사실을 제가 모를 줄 알았습니까?"

이것만큼은 잡아뗄 수 없었는지 예심추가 입을 다물었다. 최대한 소문이 나지 않게 조심한다고 했는데 결국 새어 나간 듯했다. 그러자 드는 생각은 살인멸구였다. 이왕 이렇게 된 거 아예 산동악가를 지우고 모든 재산을 강탈해 버릴까 하는 생각이 문득 들었다.

망하기 직전의 산동악가쯤이야 지금의 전력으로도 충분히 지울 수 있었다. 그런데 그때 예심추가 흠칫 몸을 떨었다. 갑자기 온몸에서 한기가 느껴졌던 것이다.

"괜한 생각은 하지 않는 게 좋소이다. 귀하를 위해서 말이오."

몸이 오싹해지는 한기에 정신을 차려보니 눈앞에 있는 악만기가 자신을 매서운 눈으로 노려보고 있는 게 보였다. 그런데 그에게서 풍겨 나오는 기도가 장난이 아니었다. 분명 세간에 알려지기로 악만기의 무위는 초일류의 끝에 도달해 있다고 했다. 한데 지금 느껴지는 악만기의 기도는 결코 초일류의 무인이 뿜어내는 기도가 아니었다.

'적어도 절정이다. 언제 이렇게 강해진 것이지?

악만기가 절정의 벽에 막혀 오 년 동안 정체되어 있다는 사실은 태산 인근에 살고 있는 무인이라면 모두가 알고 있는 사실이었다. 그렇기에 예심추 역시 악만기의 무위를 초일류 극

으로 상정하고 수하들을 데리고 왔다. 하지만 악만기가 절정
에 올랐다면 생각을 다시 해봐야만 했다.

예심추의 시선이 뒤에 시립하듯 서 있는 삼십대 중반의 남
자에게로 향했다.

'난 무리지만 하류경이라면 충분하지. 절정에 오른 지 얼
마 안 된 악만기 정도야 이미 완숙의 경지에 다다른 하류경의
상대가 아니니까.'

뜻밖의 기도에 잠시 당황했던 예심추가 다시 여유로운 표
정으로 돌아왔다. 그리고 품어선 안 될 독심을 품었다. 악만
기의 갑작스런 성장이 그에게 위협으로 다가왔던 것이다.

지금 이대로 놔두면 산동악가가 다시 재기할 것이 분명했
기에 예심추는 이번에 아예 싹을 밟아버리기로 마음먹었다.
게다가 살수를 잡고 있다는 사실도 그를 껄끄럽게 만들었다.

잡아떼는 것도 한계가 있는 데다가 일단 논란이 일면 여러
모로 불리한 것은 태안예가였다. 그렇기에 예심추는 이참에
모든 걸 끝내기로 했다.

"결국 좋지 않은 선택을 했군."

"그건 네 쪽에서 봤을 때이고. 나에게는 가장 좋은 선택이
지."

"과연 그럴까?"

"너무 아쉬워하지 말도록. 그래도 꿈에 그리던 절정에 오
른 후에 죽는 거니까."

스윽.

예심추가 비릿한 미소를 지으며 말한 순간, 뒤에 있던 하류경이 움직였다. 무심한 표정이 인상적인 하류경은 악만기를 정면으로 바라보며 두 손을 가볍게 흔들었다.

우득. 우드득!

그러자 마치 은율을 맞추듯 하류경의 손에서 뼈가 꺾이는 소리가 요란하게 들려왔다. 뒤이어 목을 좌우로 꺾으며 험악한 분위기를 조성한 하류경이 악만기에게 손가락을 까딱했다.

"정말 후회 안 할 자신 있나?"

"물론."

"그럼 나도 더 이상 참을 필요는 없겠군."

"푸하핫!"

악만기의 말을 들은 예심추가 파안대소를 터뜨렸다. 현재 처지도 깨닫지 모르고서 자신만만해하는 악만기의 모습이 너무나 웃겼기 때문이다. 그리고 그건 하류경도 마찬가지인지 옅은 비웃음을 흘렸다.

"뒤를 조심하게나, 무무철장(無無鐵掌)."

두 사람의 비웃음에도 악만기는 미소를 풀지 않았다. 아니, 오히려 하류경의 별호를 거론하며 주의를 주기까지 했다. 하지만 하류경은 악만기의 말을 한 귀로 듣고 흘려 버렸다. 그의 말에 귀 기울여야 할 필요가 없다 생각해서였다.

“어른의 말을 무시하면 안 되지. 어른을 공경하라는 격언도 있는데 말이야.”

흠칫!

표정이 없고 말이 없다 하여 무무(無無)라는 이름과 두 손이 강철처럼 단단하다 하여 철장(鐵掌)이라는 별호를 얻은 하류경이 귀 바로 옆에서 들려오는 낯선 음성에 몸을 떨었다. 그러나 몸을 돌릴 수는 없었다. 움직이는 순간 등 뒤에 있는 자가 가만히 있지 않을 것임을 경험상 잘 알고 있었기 때문이다.

“제법 똑똑한데. 어리석은 놈들은 곧바로 몸을 돌리는데 말이야.”

“……누구냐.”

“글쎄. 누구일까?”

하류경의 등 뒤에서 귀신같이 모습을 드러낸 강진혁이 비아냥거리듯 말하며 놀란 눈을 하고 있는 예심추를 바라봤다. 그런데 웃고 있는 표정과는 달리 강진혁의 눈동자는 서늘한 빛을 발하고 있었다.

파팟!

강진혁의 시선이 자신에게서 잠시 떠났다는 걸 본능적으로 느낀 모양인지 하류경이 재빠르게 몸을 돌리며 두 손을 빠르게 움직였다. 힘보다는 속도 위주로 휘둘러서 그런지 그의 두 손은 전광석화와 같이 빨랐다. 하지만 몸을 회전시킴과 동시에 휘두른 그의 두 손에선 아무런 감촉도 느껴지지 않았다.

"호오. 제법인데."

몸을 돌리는 것과 동시에 양손을 휘젓는 기술을 보여준 하류경을 보며 강진혁이 칭찬하듯 중얼거렸다. 그러나 하류경은 웃을 수가 없었다. 방금 전 짧게나마 본 강진혁의 움직임에서 그의 실력을 조금은 엿볼 수 있었기 때문이다.

"이걸로 이 대 이로군."

"으음!"

하류경이 느닷없이 나타난 강진혁과 대치하게 되자 예심추가 입술을 깨물었다. 예상치 못한 인물의 등장으로 그의 계획에 차질이 생겨 버렸기 때문이다. 그런데 문제는 새로이 등장한 존재가 하류경 못지않게 강해 보인다는 것이었다. 이대로 가다간 그가 악만기를 상대해야 하는 상황이 될 것 같았다.

'그렇게는 안 되지!'

일류고수인 그가 절정에 오른 악만기를 상대하는 건 이란격석이나 마찬가지였다. 게다가 개인적으로 예심추는 치고박는 싸움을 별로 좋아하지 않았다. 그렇기에 그는 악만기를 직접 상대하기보다는 수하들을 동원하기로 마음먹었다.

"문을 열어도 소용없을 텐데."

악만기를 주시하며 슬금슬금 문 쪽을 향해 이동하던 예심추가 강진혁의 말에 고개를 돌렸다. 그러자 재수없는 미소를 짓고 있는 강진혁의 얼굴이 보였다. 그리고 동시에 불안감이 엄습했다.

이상하게 강진혁의 얼굴을 보자 왠지 모를 불안감이 온몸을 덮쳐왔던 것이다.

달칵!

하지만 예심추는 애써 그런 느낌을 털어내며 문을 열었다. 그리고 볼 수 있었다. 하나같이 잠든 모습으로 땅바닥에 널브러져 있는 수하들의 모습을.

"이게……."

"얌전히 있는 게 좋을 것 같아서 미리 손 좀 봐두었지."

반항한 흔적도 없이 바닥에 쓰러져 있는 수하들의 모습에 예심추가 얼빠진 표정을 지었다. 믿기지 않는 광경이었으나, 그렇다고 믿지 않을 수도 없었다. 두 눈으로 생생하게 보이는 광경은 이게 현실임을 확실하게 자각시켜 주었으므로.

"지금 당신에겐 두 가지 선택지가 있다. 하나는 여기에 지장을 찍는 것. 그리고 다른 하나는 이 자리에서 죽는 것."

"웃기는군!"

상황이 최악으로 흘러가고 있었음에도 예심추는 포기하지 않았다. 왜냐하면 아직 그에게는 믿을 수 있는 한 수가 남아 있었기 때문이다.

파아앗!

예심추의 말이 끝나기 무섭게 강진혁의 앞에 서 있던 하류경이 움직였다. 그는 마치 산불 맞은 멧돼지마냥 강진혁을 향해 저돌적으로 달려들었다. 이윽고 철장이라 불리는 두꺼운 손이 강진혁의 머리를 짓뭉개 버릴 기세로 쇄도했다.

"귀찮게 하는군."

무모한 자들에게는 공통적인 특징이 하나 있었다. 그것은 바로 자신의 눈으로 직접 보지 않는 이상 아무것도 믿지 않는다는 점이었다. 지금 여기에 있는 예심추와 하류경처럼 말이다.

부우웅!

벼락같은 기세로 묵직한 파공성을 일으키며 뻗어오는 하류경의 공격을 보며 강진혁이 발을 움직였다. 그러자 마치 안개처럼 강진혁의 신형이 흩어지기 시작했다.

"어딜!"

이미 강진혁의 놀라운 경신술을 봤었기에 하류경은 절대 놓치지 않겠다는 듯이 두 손을 더욱 빠르게 뻗었다. 하지만 종이 한 장 차이로 강진혁은 그의 손아귀에서 빠져나갔다.

파아앙!

하류경의 일장이 애꿎게 허공을 터뜨린 순간, 강진혁의 신형이 위에서 아래로 떨어져 내렸다.

"위다!"

"흐읍!"

눈앞에서 놓친 강진혁을 찾기 위해 사방을 두리번거리던

하류경은 뒤에서 들려오는 예심추의 말을 듣고는 재빨리 두 손을 위로 뻗었다. 그러자 이번에는 제대로 된 손맛이 느껴졌다.

퍼퍽!

묵직하게 양손을 짓눌러오는 무게감에 하류경이 입가에 미소를 지었다. 일단 잡기만 하면 그 다음부터는 일사천리였다. 그렇기에 하류경은 득의양양한 얼굴로 두 손아귀에 힘을 잔뜩 주었다. 그런데 순간 갑자기 손안이 허전해졌다.

"쯧쯧."

혀를 차는 소리에 고개를 돌려보니 팔짱을 긴 채로 서 있는 강진혁의 모습이 보였다. 그에 하류경이 얼굴을 굳혔다. 분명히 잡았음에도 강진혁을 놓쳤다는 사실에 자존심이 상한 것이다. 하지만 그러한 기색은 얼마 가지 않았다. 왜냐하면 지금 중요한 것은 그의 자존심이 아니라 강진혁을 제압하거나, 혹은 죽이는 것이었기 때문이다.

"하압!"

다시금 힘찬 기합성과 함께 하류경이 달려들었다. 이번에는 아예 빠져나갈 구멍을 주지 않겠다는 듯이 양팔을 크게 벌린 그는 단전의 공력을 모조리 끌어올렸다.

우우우웅!

이윽고 그의 쌍장에 진기가 실리기 시작하면서 묵직한 소성이 흘러나오기 시작했다. 그러더니 이내 그의 우수가 점차 커지기 시작했다. 바로 그의 독문무공인 태산장(太山掌)이 본격적으로 펼쳐지기 시작한 것이었다.

그것도 하나가 아닌 두 개의 거대한 장영(掌影)이 강진혁을 휩쓸 듯이 뻗어왔다.

콰앙!

다가오는 장력을 그저 바라만 보고 있던 강진혁이 발을 움직였다. 가볍게 땅을 박찬 그의 발은 정확하게 쇄도해 오는 첫 번째 장력과 부딪쳤다. 그러자 굉음이 터져 나오며 흙먼지가 솟구쳤고, 두 사람은 이내 짙은 먼지구름 속에 파묻혀 버렸다. 그로 인해 두 사람의 승부는 어찌 되었는지 알 길이 없었다. 그런데 그 순간 두 번째 굉음이 터져 나왔다.

쾅!

첫 번째 들렸던 굉음보다 조금 더 큰 굉음이 터지며 먼지구름을 뒤로 밀어내 버렸다. 그 덕에 두 사람의 모습이 악만기와 예심추의 눈에 보였다. 그리고 둘은, 아니, 정확하게는 예심추가 경악한 표정으로 눈을 부릅떴다.

먼지구름이 걷히자 그로서는 도무지 믿을 수가 없는, 아니, 믿기 싫은 광경이 펼쳐져 있었다.

"쿨럭!"

단 두 번의 격돌이 있었을 뿐인데 하류경은 피를 토하고 있었다. 산동성에서 제법 무명이 알려진 하류경이 말이다. 게다가 더욱 충격적인 것은 강진혁의 모습이었다.

격돌 전과 마찬가지로 팔짱을 끼고 있는 강진혁에게서는 조금의 상처도 보이지 않았다. 심지어 안색 하나 변하지 않았다.

그 모습에 예심추의 안색이 창백하게 변했다.

"별거 없군."

손을 쓸 필요도 없다는 듯이 두 발만으로 하류경의 공격을 받아내고, 받아쳤던 강진혁이 각혈하고 있는 하류경을 바라보며 말했다. 하지만 하류경은 강진혁의 말에 대답할 수가 없었다. 목구멍에서 솟구치는 핏물을 입 밖으로 토해내기도 벅찼던 것이다.

잠시 후 한 차례 각혈을 모두 끝낸 하류경이 소매로 입가를 닦으며 강진혁을 노려봤다. 그런 그의 눈에는 핏발이 짙게 서 있었다.

"왜 공격하지 않았지?"

"공격할 필요가 없으니까."

"크크큭!"

무시하는 듯한 발언이었으나 하류경은 따지지 않았다. 왜냐하면 그의 말이 사실이었기 때문이다.

지금 앞에 있는 강진혁은 광오할 자격이 있는 무인이었다. 그렇기에 하류경은 말 대신 씨익 웃으며 다시 강진혁에게 달려들었다. 이번에는 가진 바 모든 내력을 일장에 쏟아붓고서. 그래서 그런지 그의 손에는 보기에도 섬뜩한 시퍼런 강기가 짙게 서려 있었다.

짜앙!

그러나 혼신의 힘을 다한 일격도 강진혁에게는 통하지 않았다. 절정고수의 상징이라는 강기를 전력으로 펼쳤음에도 강진혁의 일퇴(一腿)에 허무하게 박살 나며 고꾸라졌던 것이다.

아무런 기운도 서리지 않는 발차기에 강기가 산산조각 나는 광경을 마지막으로 보며 하류경은 정신을 잃었다.

털썩.

힘없이 허물어지는 하류경의 모습처럼 지켜보던 예심추의 어깨 역시 늘어졌다. 마지막으로 믿었던 하류경이 처참하게 패배하자 그토록 당당했던 기세도 자연스럽게 꺾이고 말았다.

"이제는 선택할 시간이 된 것 같은데."

허탈한 표정으로 서 있는 예심추를 향해 악만기가 말했다. 그리고는 천천히 그에게 다가갔다.

"허허허……."

예심추는 허탈한 웃음을 흘리며 악만기가 내미는 불가침조약서를 바라봤다. 내용은 그리 길지 않았다. 향후 5년간 산동악가를 공격하지 않고, 산동악가의 영역을 침범하지 않겠다고 약조하는 게 전부였다. 하지만 이 불가침조약서에 지장을 찍는 순간, 모든 것이 끝이었다. 적어도 5년 동안 그는 아무엇도 할 수 없게 되는 것이기 때문이다.

"싫은가?"

"찍겠소."

"잘 생각했다."

아무리 그래도 죽는 것보다는 차라리 5년 동안 시간을 주는 게 나았다. 그동안 태안예가 역시 힘을 기르면 되니까. 더욱더 철저하게 준비를 하면 될 일이었다. 그렇게 생각하자 예심추는 마음이 한결 편안해졌다.

꾸욱.

악만기가 미리 준비해 놓은 인주에 오른손 검지를 살짝 찍은 후 예심추는 불가침조약서에 지장을 힘껏 찍었다. 그러자 악만기의 얼굴에 미소가 떠올랐다. 이것으로 적어도 5년의 시간은 벌게 되었다. 물론 음흉하고 비열한 예심추이니만큼 이대로 순순히 물러나리라고는 생각하지 않았다. 하지만 그래도 지금처럼 대놓고 욕망을 드러내진 못할 것이었다. 그렇다면 악만기는 충분히 막아낼 자신이 있었다.

"수고했소이다. 그럼 조심히 돌아가시구려."

원하는 것을 모두 얻은 악만기는 대뜸 축객령을 놓았다. 더 이상 가주전에, 아니, 장원에 예심추를 두고 싶지 않았기에 나가라 한 것이다. 그리고 그 말에 예심추는 거부할 수 없었다.

치욕적이고 굴욕적이지만 그는 패자였기에 입이 있어도

말하지 못했다. 그저 악만기의 말에 따를 수밖에 없었다. 하지만 지금 느낀 치욕과 모욕만은 가슴속 깊이 묻어두었다. 나중에 몇 배로 되돌려 주기 위해서.

"후우. 이걸로 한시름 놨군."

"잘하셨습니다."

무서운 표정으로 하류경을 업고 문 앞에 기절해 있는 수하들을 깨운 후 나가는 예심추를 보며 악만기가 입을 열었다. 강한 척했지만 사실 악만기는 내심 잔뜩 긴장해 있었다. 강자로서의 면모를 보인 적이 없기에 연기를 하듯 예심추를 상대할 수밖에 없었던 것이다.

"어색하지 않았나?"

"저는 좀 보였는데 예가주는 정신이 없어서 눈치채지 못했을 겁니다."

"하하하!"

강진혁의 가벼운 농담에 악만기가 기분 좋은 웃음을 터뜨렸다. 그런 그의 얼굴에는 기쁜 기색이 완연했다. 이제부터 산동악가의 비상이 시작된다고 생각하니 웃음이 절로 나왔던 것이다. 그리고 그건 가주전 근처에서 상황을 지켜보고 있던 모든 이들도 마찬가지였다. 정말 오랜만에 장원 전체에 웃음꽃이 활짝 피었다.

다음 날 아침. 산동악가의 정문에 가주인 악만기를 비롯하

여 악소호, 악소련 남매와 악평후, 그리고 장이, 장삼 형제가
나와 있었다.

"정말 가는 거예요?"

"일을 끝냈으니 떠나야지."

"조금 더 있으면 안 돼요?"

짧은 사이에 정이 제법 들었는지 악소련이 얼굴 가득 아쉬
운 얼굴로 강진혁에게 말했다. 그리고 그건 장이, 장삼 형제
도 마찬가지인 듯 나이답지 않게 촉촉한 눈으로 그를 바라봤
다.

"아직 할 일이 남아 있어서 말이야. 대신 일을 다 하면 또
찾아올게."

"약속한 거예요?"

"물론."

새끼손가락을 내미는 악소련에게 강진혁은 씩 웃으며 새
끼손가락을 걸었다. 그제야 악소련은 안심이 된 듯 환하게 웃
으며 고개를 끄덕였다.

"형님."

"둘 다 건강히 지내고, 나중에 또 보자. 그리고 너무 조급
해하지 말고 꾸준히 정진해. 힘들 때마다 티끌 모아 태산이라
는 말을 떠올리면 도움이 될 거다."

"네!"

누가 형제 아니랄까 봐 똑같이 말하고 똑같이 대답하는 장

이, 장삼을 보며 강진혁은 가볍게 어깨를 두드려 주었다.

"은혜만 받고 그냥 보내는 것 같아 미안하군."

"원래 그러려고 온 거니까 부담 갖지 않으셔도 됩니다."

"만약 내 힘이 필요한 일이 있다면 언제라도 연락하게. 본가는 어느 때라도 자네에게 갈 것이네."

여비라도 좀 챙겨주고 싶었으나 현재 산동악가의 사정이 넉넉지 않아 그러지도 못한 게 많이 아쉬운 듯 악만기가 씁쓸한 표정으로 말했다.

"그 말 꼭 기억해 두겠습니다."

"하하하!"

"그럼 이만 가보겠습니다."

마지막으로 한 명 한 명과 눈을 맞춘 후 길게 읍을 한 강진혁이 몸을 돌렸다. 악가와 맺은 좋은 인연들을 남겨두고서. 이윽고 어디선가 불어온 바람에 섞여 강진혁의 신형이 아스라이 사라졌다.

第六章
천하십대고수

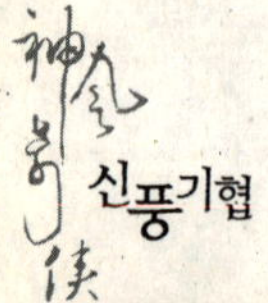

산동악가가 있는 태산에서 출발한 강진혁은 하북성을 지나 산서성으로 향했다. 사부의 두 번째 부탁이 산서성 태원에 있는 은가장(殷家莊)과 관련이 있어서였다.

급한 일도 아니었기에 느긋한 발걸음으로 유람하듯 이동하다 보니 거의 한 달에 가까운 시간이 흘렀다. 물론 서둘렀다면 보름 안에 도착할 수도 있었다. 그러나 서두를 필요가 전혀 없었기에 강진혁은 보고 싶은 것을 보고, 먹고 싶은 것을 먹으며 천천히 움직였다.

그렇게 여유로운 일정으로 산서성의 성도에 도착한 강진혁은 또 다른 도시의 멋을 보고서 감탄하고는 은가장으로 향했다. 그런데 은가장에 도착한 강진혁은 생각지도 못한 상황에 대면하게 되었다.

"대단하네."

은가장의 대문은 수많은 사람들로 인산인해를 이루고 있었다. 말 그대로 발 디딜 틈 하나 없을 정도로 가득한 사람들의 모습을 보며 강진혁은 미간을 살짝 좁혔다.

은가장 소속의 무인들이 나름대로 줄을 세우거나 정리하려는 듯해 보이기는 했으나, 그렇다고 해서 정리가 될 것 같지는 않았다.

"이거, 기다려야 하나."

강진혁은 정말 진지하게 고민했다. 지금 대충 눈대중으로 봐도 대문 앞에서 순서를 기다리고 있는 사람이 이삼백 명은 족히 되어 보였다. 그렇다고 단순하게 신분만 확인하고 들어가는 게 아니라 따로 절차가 있어 시간이 더 소모되고 있었기에 오늘 내로 들어가기란 요원해 보였다.

"으음."

은가장에 오기까지 보여주었던 여유로운 표정은 삽시간에 사라지고 강진혁이 심각한 표정을 지었다.

두두두두!

그런데 그때 뒤쪽에서 힘찬 말발굽 소리가 들려왔다. 동시에 은가장의 무사인 듯 오른쪽 가슴팍에 은가(殷家)라고 수놓아진 무복을 입고 있는 무사 한 명이 부리나케 마차를 향해 달려갔다. 그리고는 이내 안내하듯 은가장의 대문으로 모셔 갔다.

그 모습에 강진혁은 정말 오랜만에 부러움이라는 감정을 느꼈다. 그리고 다시 진지하게 고민했다. 이왕 이렇게 된 거 야밤에 월담을 할까 말까 하고.

"아니, 안 되지. 그래도 몇 안 되는 사부님의 지우께서 머무시는 곳인데."

간단하게 하자면 야밤에 담을 넘는 게 가장 좋았다. 들키기 않게 들어가서 만나기만 하면 되니까. 하지만 이 방법에는 한 가지 치명적인 단점이 존재했다.

그건 바로 누구를 만나야 하는지는 아는데, 그 사람이 어떻게 생겼는지는 모른다는 사실이었다. 더구나 강진혁은 태원이 초행이었다. 그렇다는 말은 은가장도 처음 방문했다는 소리였고, 찾는 이의 처소가 어디에 있는지도 모른다는 말과도 같았다.

"에효. 영락없이 땡볕 아래에서 기다리게 생겼군."

갖가지 방법을 떠올렸으나 하나같이 큰 문제점을 안고 있자 강진혁은 결국 정공법을 택할 수밖에 없었다. 가장 시간이 오래 걸리는.

그는 끝내 시끌벅적하게 사람들이 모여 있는 곳으로 걸어가 맨 끝에 자리를 잡았다. 그러나 시간이 흘러도, 해가 저물어 가도 강진혁의 차례는 올 생각을 하지 않았다. 그러자 강진혁은 슬슬 불안한 마음이 들었다. 이대로 은가장의 대문이 닫혀 내일 다시 오라는 말을 들을 것만 같았던 것이다.

"에잉. 오늘도 글렀구만. 내일 다시 와야겠어."

"내일은 꼭두새벽부터 오자고."

"그러자고."

내심 전전긍긍하고 있던 강진혁의 눈이 동그랗게 떠졌다. 앞을 굳건하게 채우고 있던 사람들이 마치 썰물 빠지듯 빠져나갔기 때문이다.

하나같이 손으로 배를 쓰다듬으면서 말하는 것을 보니 다들 많이 허기진 듯해 보였다. 하지만 그것보다 더 중요한 사실은 저들은 머물 곳이 있어 보인다는 점이었다.

"뭐지? 이 상황은."

생각지도 못한 반전과도 같은 상황에 강진혁이 얼떨떨한 표정을 지었다. 하지만 이내 강진혁은 고개를 끄덕였다. 좋은 게 좋은 거라고 그는 그냥 이 상황을 좋게 받아들였다. 그 결과 강진혁은 마지막으로 은가장의 대문 앞에 도착하는 영광을 누렸다.

물론 마지막인 이유는 뒤에 남아 있는 사람이 없어서였다. 사람들이 많이 빠지긴 했으나 오늘 내로 못 들어갈 것 같다고 지레짐작한 사람들이 모두 돌아갔기에 마지막에 남아 있는 사람은 강진혁밖에 없었다.

"오래 기다리게 해서 죄송합니다."

“괜찮습니다.”

오늘 하루 종일 사람을 상대했을 텐데도 웃으며 말을 하는 중년인을 보며 강진혁은 속으로 대단하다는 생각을 했다. 많은 사람들이 의외로 대수롭지 않게 생각하지만, 사람을 상대하는 일은 진짜 고달프고 짜증나는 일 중 하나였다. 그런데 지금 앞에 있는 중년인에게서는 그러한 모습이 전혀 보이지 않았다. 그렇다는 말은 정말로 이 일을 좋아하거나 혹은 자기 관리가 철저한 인물이라는 뜻이었다.

“실례가 안 된다면 무슨 일로 본가에 찾아오셨는지 알고 싶습니다.”

“만나 뵙고자 하는 분이 있어서요.”

“그분 성함이 어떻게 되시죠?”

“은, 기 자, 영 자입니다.”

친절했던 중년인의 얼굴이 순간적으로 굳었다. 거의 정색이라고 할 정도로. 그러한 그의 변화에 강진혁이 의아한 표정을 지었다.

“은기영이라는 분을 찾는 게 맞습니까?”

“그렇습니다.”

“으음.”

다시 한 번 확인을 한 중년인이 묘한 침음을 흘리며 턱을 쓰다듬었다. 그리고서는 좀 전과 달리 날카로운 눈빛으로 강진혁을 살펴봤다.

"혹시 말씀하신 분과 친분이 있으십니까?"

"직접 만나 뵌 적은 없습니다. 다만 사부님의 벗이시기에 찾아온 것입니다."

벗이라는 말에 중년인의 표정이 살짝 누그러졌다. 그러나 여전히 그의 눈빛은 날카로움을 유지하고 있었다.

"그러시군요. 한데 말씀하시는 것을 들어보니 은기영이라는 분을 잘 모르시는 것 같습니다."

"사부님께 들은 것은 그저 절친한 지우라는 말뿐이라서요."

"그렇습니까."

의외로 고분고분하게 대답을 하는 강진혁의 태도가 마음에 든 것인지, 아니면 원하는 것을 알게 되어서 그런 건지 중년인이 다시 처음의 모습으로 돌아와서는 고개를 끄덕였다.

"혹시 제가 너무 늦게 찾아온 겁니까?"

강진혁은 엄연히 손님으로 은가장에 방문한 것이었다. 그렇기에 그는 최대한 중년인의 물음에 성실히 대답했다. 외인을 집 안으로 들이는 일이니만큼 허술하게 할 수 없다는 사실을 충분히 알고 있기도 했고, 사부님의 지우가 머무는 곳이기에 예의를 다했다.

"그렇지는 않습니다. 다만 찾으시는 분이 본가에서는 정말 중요한 분이시라서요."

"그렇다면 다행이군요."

“그래서 바로 안내해 드리지는 못할 것 같습니다. 저도 뵙기 힘든 분이시라. 대신 공자의 사부님 함자를 말씀해 주시면 그분께 전해 드리도록 하겠습니다.”

“으음.”

부드러운 미소를 지으며 중년인이 말했으나 강진혁은 의외로 곧장 대답하지 않았다.

그런 그의 모습에 중년인이 살짝 의아한 표정을 지었다. 그가 생각하기에 전혀 고민할 문제가 아니었기 때문이다.

한편 강진혁은 속으로 크게 놀란 상태였다. 지금의 상황이 사부가 했던 말과 조금도 틀리지 않고 일치해서였다. 마치 앉아서 천리를 내다보는 듯한 사부의 선견지명에 강진혁은 놀라고 있었다.

“저기 공자?”

중년인은 말없이 멍한 표정을 짓고 있는 강진혁을 불렀다. 그제야 강진혁이 정신을 차린 듯 눈을 한 차례 끔뻑이고는 입을 열었다.

“아, 사부님께서 이렇게 말씀하시면 될 거라고 하셨습니다. 바람이 부는 곳에서 왔다고.”

“바람이 부는 곳에서 왔다라. 정말 이렇게만 전해 드리면 됩니까?”

“예.”

통상적으로 이름이나 별호를 말하는데 그런 게 아닌 생뚱

맞은 말을 하자 중년인이 살짝 당혹스러운 표정을 지으며 재차 물었다. 그러나 강진혁은 고개를 끄덕이는 것으로 그렇게 해달라는 뜻을 전했다.

"그럼 잠시만 기다리시길."

중년인이 뒤에 있는 하인에게 손짓한 후에 강진혁의 말을 전했다. 그러자 하인이 꾸벅 허리를 숙인 후 쏜살같이 장원 안으로 달려갔다.

잠시 후 들어갔던 하인이 다시 돌아왔는데, 표정이 좀 전과 사뭇 달랐다. 강진혁을 바라보는 눈빛에 긴장감이 짙게 서렸던 것이다.

"저, 저를 따라오십시오."

"응? 그분께서 모시라고 했는가?"

"예, 호 서기님. 공자님을 정중하게 별채로 모셔오라 하셨습니다."

말을 더듬으며 대답하는 하인의 모습에 중년인, 호석견이 해연히 놀란 표정을 지으며 물었다. 그분이 직접 명을 내렸다는 것도 놀라웠지만 별채로 데려오라 했다는 말에 그는 더욱 놀랐다.

은가장의 별채는 아무나 머물 수 있는 곳이 아니었다. 적어도 명성이 한 성을 떨쳐 울리거나, 그에 준하는 이만이 초대받을 수 있는 곳이 별채였다. 그런 별채로 눈앞의 청년을 모셔오라 했다 하자 호석견은 놀란 표정을 감추지 않고 강진혁을 바라봤다.

'대체 누구지?'

사실 그는 강진혁을 은기영의 명성을 듣고 막무가내로 찾아온 뜨내기라 생각했다. 그런 이들이 의외로 은가장에 많이 찾아왔기 때문이다. 그래서 호석견은 강진혁도 당연히 그러한 부류일 거라고 생각했다.

볼품없어 보이는 외관은 둘째치고 무인으로서의 기세가 전혀 느껴지지 않아서였다. 비록 무공을 익히진 않았으나 호석견의 안목은 뛰어났다.

삼십 년 넘게 이름 난 고수들을 곁에서 보며 살아온 그였기에 적어도 무인인지, 아닌지 정도는 구별할 수 있었다. 그런데 그가 보기에 강진혁은 결코 무인이 아니었다. 그러기에는 발걸음부터 행동거지 하나하나가 너무 자유분방했다.

'무림이 아닌 다른 분야인가?'

은기영의 명성을 생각한다면 친우를 굳이 무림으로만 한정할 필요는 없었다. 그렇기에 호석견은 더 이상 짐작하는 것을 멈추고 강진혁에게 먹물을 충분히 적신 붓을 내밀었다. 그리곤 쓰기 편하게 방명록을 잡아주었다.

"여기에 성함을 쓰시면 됩니다. 별호가 있으시면 별호를 쓰셔도 되고요."

"이름밖에 없는데요."

"그럼 이름만 쓰시면 됩니다."

강진혁은 당당하게 자신에게 별호가 없음을 밝혔다. 별호가 없다는 게 부끄러운 것은 아니기 때문이다.

게다가 그는 아직 무림인으로 살지, 아니면 평범한 범인으로 살지 결정을 내리지 않았다. 그렇기에 강진혁은 방명록에 자신의 이름 석 자만 간단하게 썼다.

"저를 따라오십시오."

"예."

방명록에 이름을 쓰고 붓을 다시 호석견에게 건네주자 하인이 공손히 말하며 몸을 돌렸다. 그 뒤를 강진혁은 묵묵히 뒤따랐다.

저벅저벅.

하인의 뒤를 따르며 강진혁은 새삼 놀라고 있었다. 산동악가도 굉장히 크다고 생각했었는데, 은가장은 그보다 더했다.

하인의 뒤만 따라 걷고 있어 자세하게 살펴보지는 못했으나 한 가지만은 확실하게 알 수 있었다.

은가장은 산동악가의 장원보다 족히 두 배 이상은 크다는 것을.

"이제 거의 다 와갑니다."

주변을 두리번거리는 걸 아직도 멀었냐고 보채는 것으로 지레짐작한 하인이 미안한 기색으로 강진혁을 돌아보며 말했다.

"저는 괜찮으니 천천히 가세요. 어차피 시간은 늦었으니까요."

"예."

강진혁의 표정에서 진심을 읽은 하인이 보다 편해진 얼굴로 고개를 끄덕였다. 그리고는 조금 느려진 걸음걸이로 앞장서서 걸어갔다.

'그런데 지나가는 사람들이 별로 없네. 아까 전에는 그렇게 많은 사람들이 기다리고 있었는데.'

시간이 제법 늦었다고는 하나 마주치는 사람들이 하인들이나 하녀들밖에 없다는 사실에 강진혁이 고개를 갸웃거렸다.

대문에서 문전성시를 이뤘던 사람들이 하나도 보이지 않는 게 신기했던 것이다.

"다 왔습니다."

"호오."

오랜 이동 끝에 드디어 별채에 도착한 강진혁이 저도 모르게 탄성을 흘렸다. 그 정도로 별채의 모습은 상당히 아름다웠다. 인위적이지 않고 자연의 모습을 그대로 살렸다고나 할까.

주변의 풍광과 너무나 자연스럽게 어우러진 한 채의 전각을 보며 강진혁은 멋있는 집은 이런 것이구나 하는 생각이 들었다.

"마음에 드시는지요?"

"정말 멋지네요. 그런데 제가 이런 곳에 머물러도 됩니까?"

"그분께서 직접 이곳으로 모시라 하셨으니, 싫으셔도 별채에 있으셔야 합니다."

"그렇습니까."

말의 내용은 상당히 강압적인데 이상하게 강진혁에게는 그 말이 강제적으로 들리지 않았다. 왜냐하면 말하는 하인에게서 깊은 존경심이 묻어나왔기 때문이다.

강진혁은 그러한 하인의 모습에서 만나고자 하는 사람의 인격을 대충이나마 예상할 수 있었다.

"그럼 저는 이만 물러가겠습니다."

"고생하셨습니다."

보잘 것 없는 하인임에도 예의를 잃지 않는 강진혁의 모습이 마음에 든 듯 하인은 빙그레 웃으며 짧게 읍을 했다. 그리고는 다시 몸을 돌려 왔던 길로 되돌아갔다.

후우우웅.

땀을 시원하게 식혀주는 산들바람을 한껏 맞으며 강진혁이 별채를 바라봤다.

"저곳이 앞으로 내가 머물 곳이란 말이지."

이처럼 호화스러운 곳에서 지내봤던 적이 단 한 번도 없었기에 강진혁은 살짝 부담스러웠다. 그렇지만 애써 피할 생각도 없었다. 머물라고 했으니 아주 잘 머물 생각이었다. 하지만 그 전에 해야 할 일이 있었다.

"장난은 그만하시고 이제 나오시지요."

한손에 봇짐을 들고 있는 채로 별채를 바라보며 서 있던 강진혁이 몸을 돌렸다. 그런 그의 시선은 별채 우측에 자리 잡은 노송의 가장 높은 가지 위를 향하고 있었다.

"허허허."

뜬금없는 말. 그러나 강진혁의 말은 헛소리가 아니었다. 그의 말이 끝나기 무섭게 아무도 없었던 노송 위에 한 명의 풍채 좋은 노인이 모습을 드러냈기 때문이다.

육 척이 약간 안 될 것 같은 평범한 키에 깔끔한 백의장삼을 입은 노인은 아이처럼 티 없이 맑은 눈동자로 강진혁을 바라보며 웃고 있었다.

"함자가 은, 기 자, 영 자 되십니까?"

"그래. 내가 바로 은기영이다."

"인사드리겠습니다. 강진혁입니다."

강진혁이 은기영을 향해 공손이 읍을 했다. 그러자 은기영이 고개를 끄덕였다.

"만우가 제자를 잘 키웠구나."

강진혁의 인사를 받으며 유심히 살펴보던 은기영이 흡족한 표정으로 말했다. 그가 보기에 강진혁의 실력은 상당히 뛰어났다. 아니, 뛰어나다고 말할 수준을 이미 넘어서 있었다. 그러나 은기영은 그 사실에 크게 놀라거나 하지 않았다.

다른 누구도 아닌 강만우의 제자였다. 이 정도 무위는 어찌 보면 당연했다.

"감사합니다."

"한데 그 재미없는 놈이 직접 오지 않고 제자를 보낸 것을 보면 아마도 간 것이겠지?"

"그렇습니다. 대신 이 편지와 책을 전해주라 하셨습니다."

"흐으음."

친우의 귀천 소식에 미소가 가시질 않을 것만 같았던 은기영의 얼굴이 미약하게나마 굳어졌다. 나이가 있기에 언제 가더라도 이상할 게 없지만, 그래도 갔다고 하니 마음이 울적해졌던 것이다.

은기영은 강진혁이 건네주는 편지를 천천히 펼쳤다. 그러자 익숙한 친우의 필체가 눈에 가득 들어왔다.

길지 않은 내용을 찬찬히 읽어 내려가는 은기영의 표정은 시시각각 변했다. 어쩔 때는 웃었고, 어느 때에는 씁쓸한 표정을 지었다. 하지만 눈동자에는 오직 한 가지 감정만이 서려 있었다. 그것은 바로 그리움이었다.

이제는 볼 수 없게 된 친우를 떠올리며 은기영은 편지를 접었다. 딱히 특별한 내용은 없었지만 이상하게 여운이 길게 남았다. 게다가 말미에 적힌 두 개의 내용이 그를 웃게 만들었다.

"평소에는 참 신선과도 같은 녀석이 은근히 집착이 있어. 안 그런가?"

"묘한 집착이 있으시죠."

씨익 웃으며 자연스럽게 뒷담화를 시작하는 은기영의 말에 강진혁이 마주 웃으며 받았다. 그러자 은기영의 미소가 더욱 짙어졌다. 의외로 강진혁의 성격이 재미있을 것 같다는 느낌을 받았던 것이다.

"혹시 이 비급 읽어보았나?"

"제가 봐야 하는 겁니까?"

은기영의 은근한 물음에 강진혁이 시큰둥하게 반문했다. 그러자 은기영이 피식 웃었다. 이번 대답으로 강진혁의 성격을 어느 정도는 알 수 있었던 것이다.

"이 비급은 나와 자네 사부의 내기로 인해 만들어진 책일세. 엄연히 따지자면 본가의 무공이긴 하지만 말이야."

"그렇습니까."

대답을 하긴 했으나 강진혁은 별로 비급에 관심을 가지지 않았다. 지금 익히고 있는 무공도 완벽히 체득하지 못한 상태였기에 다른 무공에 눈을 둘 여유가 그에겐 없었다.

"이거 자존심이 상하는데. 다른 무공도 아니고 은가사공(殷家四功) 중 하나로 꼽히는 무공인데 말이야."

"원래는 은가삼공이지 않습니까?"

"그건 잘못 알려진 것이고. 본 가의 신공은 본래 네 가지거든. 단지 은섬장(銀閃掌)의 주요 구결이 소실되어 사공이 삼공이 되었던 것뿐이지."

"그럼 제가 들고 온 비급이?"

　강진혁이 살짝 놀란 표정을 지으며 은기영의 손을 바라봤다. 정확하게는 그가 가져온 제목조차 쓰여져 있지 않은 책자를.

　"맞네. 바로 은섬장이네. 그것도 복구가 된."

　한 번 슥 읽어본 것뿐이지만 은기영은 확신할 수 있었다. 소실된 부분이 말끔하게 채워져 있음을. 물론 꼼꼼하게 확인 작업을 하긴 해야 했다. 겉으로 보기에 완벽해 보인다고 무턱대고 익힐 수는 없으니까 말이다.

　"그래서 사부님께서 꼭 제 손으로 가져다주라고 하셨던 거군요."

　"그 친구가 시키는 일에는 다 이유가 있거든. 그보다 지금 많이 피곤하나?"

　은기영의 물음에 강진혁은 고개를 저었다. 급하게 온 것도 아니고 여유를 부릴 대로 부리며 온 것이었기에 쌓인 피로는 전혀 없다시피 했다.

　"잘됐군. 그럼 나랑 대련 한 번 하세."

　"예?"

　뜬금없이 대련을 하자는 은기영의 말에 강진혁이 어리둥절한 표정을 지었다. 하지만 은기영은 강진혁이 당황하거나 말거나 개구쟁이와 같이 천진난만한 표정을 지으며 은섬장의 비급을 한쪽 바위 위에 올려놓았다. 그것도 허공섭물의 기예를 사용해서.

"편지에 만우가 자네를 잘 부탁한다고 적어놨거든. 그러니 잘 돌봐줘야 하지 않겠나?"

"그런 걸 부탁하실 분이 아니신데요."

"어허! 그럼 내가 거짓말을 하고 있다는 겐가?"

은기영이 순간 정색하며 말했다. 그러자 강진혁으로서는 뭐라 할 말이 없었다. 두 사람의 사적인 내용이 담긴 편지를 보여달라고 할 수도 없었고, 그렇다고 따지기도 애매했다. 더구나 은기영은 돌아가신 사부의 벗이었다. 그렇기 때문에 강진혁으로서는 대함에 있어 조심스러울 수밖에 없었다.

"알겠습니다."

"후후. 좋아. 그럼 시작해 볼까."

사실 강만우가 쓴 편지에는 강진혁의 짐작대로 부탁한다는 내용은 전혀 적혀 있지 않았다. 다만 부족한 게 있다면 조금 신경 써달라는 약간의 부탁조의 글만 짧게 적혀 있었을 뿐이다. 그런데 그것을 은기영은 제멋대로 해석하여 받아들였다.

툭.

속옷을 비롯한 여벌의 옷이 들어 있는 봇짐을 한쪽 구석에 조심스럽게 내려놓은 강진혁이 가볍게 몸을 풀면서 은기영에게 다가갔다.

"그럼 시작하겠습니다."

나이 먹었다고 상대도 해주지 않는 자식들과 조카들 때문

에 심심하기 짝이 없는 일상을 보내던 은기영이 얼굴 가득 신
난 표정을 지으며 고개를 끄덕였다. 그리고 그 순간 강진혁의
신형이 사라졌다.

파아앗!

미세한 바람 소리만을 남기고 사라진 강진혁의 모습에 은
기영은 입꼬리를 말아 올렸다. 두 눈에 강진혁이 보이지 않았
지만, 그는 당황하지 않았다.

"정말 오랜만에 보는 환풍신기보(幻風新奇步)로군."

사방에서 들려오는 바람 소리에 은기영이 중얼거렸다. 그
런 그에게서는 조금의 당혹스러움도 느껴지지 않았다. 아니,
오히려 여유가 느껴졌다. 강자로서의 여유가.

"하지만 아직 미숙한데?"

파파팡!

제자리에 서서 가만히 있던 은기영이 손을 들었다. 그러자
한줄기 은빛 섬광이 허공을 갈랐다. 정확히 강진혁이 있었던
자리를.

"일부러 그런 겁니다."

"하하하!"

퉁명스러운 강진혁의 대답에 은기영이 크게 웃었다. 젊은
이다운 패기와 자신감이 서린 음성이 그를 들뜨게 만들었던
것이다. 거기다 강진혁의 실력이 자신과 어울릴 만하다는 것
도 그를 즐겁게 만들었다.

"이제부터가 진짭니다."

강진혁의 눈빛이 달라졌다. 그러자 그에게서 흘러나오는 기세 역시 돌변했다. 전까지는 있는 듯 없는 듯 평범한 기세였다면, 지금은 마치 폭풍과도 같은 기세를 뿌려댔다.

"오게."

파밧!

환풍신기보를 극성으로 펼치며 강진혁이 은기영에게 달려들었다. 그리고는 동시에 양손을 어지럽게 움직였다. 그러자 그의 손짓에 따라 주위의 바람들이 어지러이 움직이기 시작했다. 바로 강진혁이 익힌 진풍십절(眞風十絶) 중 난풍쇄혼수(亂風碎魂手)가 시전된 것이었다.

쉬이이익!

미세한 파공성을 흘려내며 뻗어가는 바람들은 놀랍게도 강기(罡氣)를 머금고 있었다. 그것도 하나가 아닌 수십 개가. 하지만 난풍쇄혼수의 무서운 점은 그런 게 아니었다. 난풍쇄혼수의 진짜 무서움은 바로 육안으로는 볼 수 없다는 점에 있었다.

뻐어어엉!

하지만 무릇 모든 무공이 그렇듯 난풍쇄혼수도 완벽한 무공은 아니었다. 당연히 파훼법이 존재했고, 은기영은 그 파훼법을 지금 제대로 보여주었다.

"흐읍!"

은빛 섬광에 관통당한 난풍쇄혼수가 허공에서 아스라이 흩어지는 모습에 강진혁이 입술을 깨물었다. 처음부터 은기영이 자신보다 고수라는 점은 알고 있었다. 하지만 이렇게 허망하게 막힐 줄은 몰랐기에 강진혁은 조금 당혹스러운 표정을 지었다.

"은광섬전수(銀光閃電手)라는 무공이네. 자네가 가져온 은섬장과 함께 은가사공 중 하나이지."

"대단하군요."

"당연하지. 나를 천수존(天手尊)으로 만들어준 무공인데."

은기영이 자랑스러움이 가득한 표정을 지으며 말했다. 그런 그의 눈동자에는 자부심이 짙게 서려 있었다. 그러나 강진혁은 그 모습을 멀뚱히 쳐다보기만 했다. 은광섬전수가 대단하다는 사실은 알고 있었으나 천수존이라는 별호는 처음 듣는 것이었기 때문이다.

그러한 강진혁의 모습에 은기영이 살짝 당황한 표정을 지었다.

"혹시 천수존이라는 별호 처음 듣나?"

"예."

"그럼 천하십대고수는?"

"그것도 처음 듣는데요."

내심 자랑하려던 속셈으로 자신의 별호를 은근슬쩍 말한 은기영이 아무것도 모른다는 표정을 짓고 있는 강진혁을 보며 얼빠진 표정을 지었다.

"허허허……."

강진혁의 순진한 표정을 보고 있자니 나오는 것은 실소뿐이었다. 동시에 은기영은 부끄러운 마음이 들었다. 강호초출인 강진혁 앞에서 나이 먹고 자랑질을 한 것이나 다름없었기 때문이다.

'내가 그걸 왜 잊어먹어 가지고…….'

지우이자 강진혁의 사부인 강만우의 편지에는 분명히 적혀 있었다. 강진혁이 강호초출이라 무림에 대해서는 잘 모른다고. 그러니 그러한 부분들에 대해서 알려주라고 말이다.

그것을 뒤늦게 떠올린 은기영은 민망함에 고개를 들 수가 없었다.

"천하십대고수라 하면 강호에서 가장 강한 사람 열 명을 뜻하는 것이겠군요."

"그런 셈이지."

"그리고 그 중에 어르신께서 포함되어 있으신 거구요."

"크흠! 큼! 그렇지."

제 손으로 얼굴에 금칠하는 것 같아 민망했지만 틀린 말은 아니었기에 은기영은 헛기침을 하면서도 대답은 다 했다.

"그럼 전 지금 천하십대고수를 앞에 두고 대련을 하는 것이었네요."

아직 결정을 내리진 않았으나 강진혁은 무공을 익힌 무인이었다. 또한 남자였다. 그래서 그런지 천하에서도 손꼽히는 강자와 겨루고 있다 하자 호승심이 생기는 듯 두 눈에 투지가 서렸다.

"겁 안 나나?"

"전혀요."

"그렇다면, 와야지!"

잠시 간의 짧은 대화를 끝내고 두 사람이 다시 움직이기 시작했다. 그런데 이번에는 은기영도 움직였다. 좀 전까지 가만히 있던 것과는 달리 은기영이 움직이자 그의 신형이 마치 환영처럼 여기저기에 생겨나기 시작했다. 바로 경신술의 최상위 경지 중 하나인 이형환위(以形換位)를 연속적으로 펼쳐 보이고 있는 것이었다. 그로 인해 강진혁은 은기영의 실체를 파악하기가 어려웠다. 하지만 그렇다고 움직이지 않을 수도 없었다.

제자리에 있을 경우 은기영이 그 기회를 놓치지 않을 것이기 때문이다.

파파파팟!

츠츠츠츠!

두 사람이 쉬지 않고 움직이자 공터에 소용돌이가 일기 시작했다. 그러던 중 은기영이 선공을 날렸다. 바로 좀 전에도 펼쳤던 은광섬전수를 다시금 펼친 것이다.

파아앙!

허공을 관통하는 듯한 매서운 파공성과 함께 은색의 빛줄기가 강진혁을 꿰뚫을 기세로 뻗어왔다. 하지만 이번에는 강진혁도 만만치 않았다. 난풍쇄혼수 대신 벽풍신장(壁風神掌)으로 은광섬전수를 막아냈던 것이다.

콰앙!

"호오. 제법인데?"

안정적으로 은광섬전수를 막아내는 강진혁의 모습에 은기영이 살짝 감탄한 듯 말했다. 그러나 아직 놀라긴 일렀다. 강진혁의 공세는 지금부터가 시작이었기 때문이다.

스스슥!

전력을 다해 움직이는 강진혁의 신형은 은기영의 움직임과 비교해도 뒤떨어지지 않았다. 아니, 순간적인 속도로만 따지면 오히려 은기영보다 위였다. 게다가 체력적으로도 은기영보다 뛰어났다. 강진혁은 그러한 점을 십분 활용했다.

콰앙! 쾅! 쾅! 쾅!

사방팔방으로 움직이는 강진혁의 손에서 연거푸 난풍쇄혼수가 펼쳐졌다. 무형지기와 바람이 합쳐져서 펼쳐지는 난풍쇄혼수는 아까 전 날렸던 난풍쇄혼수와는 천양지차의 위력이 담겨 있었다. 그렇기에 은기영도 경시할 수 없었다.

전후좌우 할 것 없이 쏟아져 내리는 난풍쇄혼수를 한 번에 튕겨내는 건 그조차도 쉽지 않은 일이었던 것이다.

그로 인해 공터에서는 연신 굉음이 터져 나왔다. 강기와 강기가 격돌하니 폭발음이 끊이질 않았다.

"어디 이것도 한번 받아보거라!"

정신없이 몰아치는 강진혁의 공세를 일일이 받아치던 은 기영이 크게 소리치며 우수를 앞으로 강하게 내밀었다. 그러 자 한줄기 은빛 섬광이 허공을 가르며 강진혁에게 쏜살같이 날아갔다. 그런데 그 속도가 가히 전광석화와 같이 빨랐다.

"흐읍!"

간격을 무용지물로 만들어 버리는 엄청난 속도의 일격에 강진혁이 다급한 표정으로 양손을 가슴 앞으로 모았다. 그리 고는 마치 원을 그리듯 흔들었다. 하지만 은기영이 날린 회심 의 일격은 강진혁이 벽풍신장을 펼칠 틈을 주지 않았다.

퍼억!

"큭!"

수강으로 이루어진 은광섬전수는 강진혁의 두 손 사이를 뚫고 정확하게 어깨를 가격했다. 그러나 피가 튀기거나 살점 이 떨어지거나 하지는 않았다. 기본적으로 호신강기를 두르 고 있었기에 충격은 입었을지언정 상처가 나지는 않았던 것 이다.

"아직 끝난 게 아니다!"

강진혁이 일격을 맞고 흔들린 사이, 은기영이 간격을 좁혀 왔다. 거의 찰나라고 할 만한 시간에 강진혁의 코앞에 도착한 은기영은 주름이 가득한 얼굴로 싱긋 웃어 보이며 쌍수를 연거푸 휘둘렀다. 그러자 두 개의 거대한 수강(手罡)이 강진혁을 짓뭉갤 듯한 기세로 떨어져 내렸다.

짜앙!

흐트러진 자세를 바로 잡을 틈도 없이 몰아쳐 오는 은기영의 공격을 강진혁은 가까스로 피해냈다. 하지만 피해냈다고 해서 끝난 게 아니었다. 거의 그만한 크기의 거대한 수강은 땅을 헤집어놓고도 본래의 모습을 유지한 채로 강진혁에게 재차 날아왔다.

"후욱!"

손의 모양을 그대로 가지고 있는 두 개의 거대한 수강을 노려보며 강진혁이 단전의 공력을 모조리 끌어올렸다. 그러자 그의 몸을 중심으로 무지막지한 회오리바람이 불기 시작했다. 진풍십절의 중심이자 정수라고 할 수 있는 풍원심혼기(風原心魂氣)를 극성으로 일으키면 나타나는 현상이었다.

부아아앙!

회오리바람에 휩싸여 있는 강진혁이 묵직한 기세로 날아오는 두 개의 수강을 보며 주먹을 말아 쥐었다. 그러자 어마어마한 기운이 그의 주먹으로 집중되기 시작했다. 지금까지와는 사뭇 다른 막대한 공력이 끝없이 집중된 순간, 강진혁이 주먹을 내질렀다.

쾅릉!

강진혁의 주먹에서 연푸른빛의 권강이 뻗어나가자 마치

벼락이 치는 듯한 굉음이 들려왔다. 그리고 동시에 강진혁의 권강이 은기영의 수강 하나와 충돌했다.

꽝!

담겨 있는 진기의 수준이 달라서 그런지 폭음 역시 전과는 비교도 할 수 없을 정도로 컸다. 또한 충돌로 인해 파생되는 충격파 역시 어마어마했다.

큰 동심원을 그리며 주변을 휩쓸어 버리는 충격파는 짙은 먼지구름을 일으키는 것은 물론이고 웬만한 바위들조차 밀어 낼 정도로 힘이 강력했다. 그러나 그토록 대단한 충격파도 두 사람에게는 큰 영향을 끼치지 못했다. 충돌 직전 두 사람 다 천근추의 수법으로 몸의 중심을 잡았기에 충격파에 휩쓸리지 않았던 것이다.

빠지지직!

충격파를 견디며 권강과 수강의 힘겨루기를 지켜보고 있던 강진혁의 얼굴이 일순 밝아졌다. 그가 날린 권강과 부딪친 수강에 점차 금이 가고 있는 게 보였기 때문이다.

그것도 실금이 아니라 큼지막하게 가는 금을 보며 강진혁은 주먹을 더욱 강하게 쥐었다.

째애앵!

이윽고 수강이 유리처럼 산산조각 나며 허공에서 흩어졌다. 하지만 아직 끝난 게 아니었다. 수강은 한 개가 더 남아 있었다.

까드드득!

수강 한 개가 박살 나자 마치 기다렸다는 듯 다른 수강 하나가 강진혁의 권강을 움켜잡았다. 그리고는 강하게 옥죄기 시작했다. 그러자 강진혁의 얼굴도 점차 붉어지기 시작했다.

권강이 받는 압박감을 그 역시 동시에 받았기에 나타나는 모습이었다.

"크으윽!"

하나의 수강을 파괴하긴 했으나, 그로 인해 다소 힘이 빠진 권강은 힘을 제대로 발휘하지 못했다.

"포기할 테냐?"

"당연히… 아니지요!"

퍼석!

승리를 예감한 듯 느긋하게 뒷짐을 지고 서 있던 은기영이 말했다. 그런데 그 순간 변화가 일어났다. 은빛의 수강에 옥죄어 있던 권강이 느닷없이 터져 버린 것이다. 그러면서 동시에 강진혁이 땅을 박찼다. 그런 그가 향한 곳은 바로 은기영이 있는 곳이었다.

"접근전이냐."

달려드는 강진혁의 의도는 명백했다. 강기를 이용한 싸움에서 우세를 점하지 못하자 접근전으로 전투 방법을 선회한 것이다. 그리고 그 선택은 나쁘지 않았다. 육체가 한창 절정을 향해 달려가는 강진혁과는 달리 은기영의 육신은 이미 노쇠할 대로 노쇠해진 상태였다. 체력과 근력을 유지하기 위해 매일 수련을 한다고는 하지만, 아무리 그래도 이십대의 강건한 육체와 칠십대의 육신은 비교할 수가 없었다.

째애액!

순식간에 간격을 좁힌 강진혁의 두 주먹이 폭우처럼 은기영의 전신에 쏟아졌다. 강인한 육신에서 뿜어져 나오는 막강한 일격은 단지 보는 것만으로도 은기영을 긴장케 만들기에 충분했다.

쩌엉! 쩡! 쩌정!

폭풍처럼 몰아치는 강진혁의 권격을 하나하나 받아칠 때마다 대기가 진동하는 듯한 소성이 울려 퍼졌다. 그리고 동시에 충격파가 강렬한 파문을 일으키며 공터를 휩쓸었다.

"후우. 이쯤 하자."

쉴 새 없이 이어지는 강진혁의 공세를 호신강기로 튕겨내며 은기영이 입을 열었다. 그러자 강진혁이 살짝 아쉬운 표정을 지었다. 그는 지금부터 슬슬 흥이 나기 시작했던 것이다.

"알겠습니다."

"적당히 하자, 적당히. 내 나이도 생각해 줘야지."

"아직 정정하신데요, 뭘."

강진혁이 무슨 소리냐는 듯이 히죽 웃자 은기영은 손으로 어깨를 두드리며 아픈 척을 해댔다. 하지만 그런 눈속임에 넘어갈 강진혁이 아니었다. 저게 다 연기임을 알아차렸던 것이다.

"오늘은 이만 푹 쉬어라. 내일 다시 찾아오마."

더 있다가는 거짓말이 들통 날 것 같았는지 은기영은 제 할 말만 하고는 냅다 몸을 돌려 도망쳤다.

그 모습을 강진혁이 피식 웃으며 바라봤다. 나이는 많은데 하는 행동은 어린 소년과도 같았기에 웃음이 절로 나왔다.

나이로 따지면 그의 사부와 비슷한 연배인데 어째 하는 행동은 정반대였다.

"후후."

점잖고 느긋하며 인자한 사부의 모습이 오랜만에 떠오르자 강진혁은 자연스럽게 미소가 지어졌다. 세상과 동 떨어진 삶을 살며 신선처럼 사셨던 분. 그러나 누구보다 정이 많고 사람답게 사셨던 분을 떠올리자 강진혁은 가슴이 따스해졌다.

그분이 있어 강진혁은 미친개에서 사람이 될 수 있었다. 그리고 사람답게 사는 게 어떤 것인지, 사람으로서 세상을 산다는 게 어떤 것인지를 배웠다.

'또한 성도 받았지.'

처음 강진혁에게는 성이 없었다. 진혁이라는 이름도 그냥 강해 보여서 그 스스로 지은 이름이었다. 그가 기억하는 가장 어렸을 때부터 그는 혼자였으니까. 다른 아이들은 이름이 있는데 자신은 없어서 꿀리기 싫어, 없어 보이는 게 싫어 혼자 이름을 만들었다. 그래서 만들어진 이름이 진혁이었고, 사람이라는 걸, 인간이라는 걸 알게 되었을 때 성을 받았다.

"사부님의 친우를 만나서 그런가. 오늘 따라 상념이 많아지네."

체력이라면 천하 누구와 비교해도 떨어지지 않는다고 자신하는 그였지만 은기영과의 대련은 그의 심력과 체력을 많이 소모하게 만들었다. 그래서 그런지 정말 오랜만에 피곤함을 느낀 강진혁은 곧바로 별채로 들어가 침상에 몸을 뉘었다.

째짹. 짹.

새들이 막 잠에서 깨어나 기지개를 피는 이른 아침에 옅은 안개가 별채를 슬그머니 뒤덮어 버렸다. 그런데 그게 또 은근히 멋있었다. 마치 한 폭의 산수화처럼 너무나 운치 있고 아름다웠다.

그런 별채의 앞마당에서 강진혁이 가부좌를 틀고 있었다. 운기조식을 하면서 어제 있었던 은기영과의 대련을 복기하는 그의 얼굴에는 진지함이 가득했다. 그리고 새벽부터 시작된 운공과 명상은 해가 떠오른 아침이 되어서야 끝을 맺었다.

"잠은 잘 잤느냐?"

"오셨습니까."

복기를 마치고 눈을 뜨니 존재감없이 서 있는 은기영의 모습이 눈에 들어왔다. 상당히 오랜 시간을 기다린 듯 은기영의 어깨 부분이 살짝 젖어 있었다.

"아침이나 같이 먹을까 해서 왔다."

"오래 기다리셨다면 죄송합니다."

"입에 발린 소리 하지 말고 일어나기나 해라. 곧 아이들이 음식을 들고 올 테니까."

"예."

말 속에 뼈를 담는 화법에 강진혁은 실소를 흘리며 몸을 일으켰다. 그런데 새벽안개를 흠뻑 맞았음에도 불구하고 그의 무복엔 조금의 습기도 서리지 않았다. 운공을 하면서 생긴 열기가 습기의 침입을 허용하지 않은 것이었다.

잠시 후 별채 안으로 들어온 은기영은 마치 자신의 안방처럼 자연스럽게 의자를 빼놓고 앉았다. 그러자 한 식경이 채 되기도 전에 하녀들이 쟁반에 음식을 가득 담아와 원탁 위에 올려놓기 시작했다. 한데 상차림이 상당히 거했다.

불과 두 명이 먹는 아침상치고는 음식이 지나치게 많았던 것이다.

"자, 먹자."

낭비라 할 정도로 원탁을 가득 채운 음식들을 강진혁이 멍하니 바라보고 있을 때 은기영은 너무나 자연스럽게 젓가락을 들고서 식사를 시작했다.

"뭐해? 안 먹고."

"아, 예."

처음 받아보는 진수성찬에 강진혁이 살짝 놀란 표정을 짓다가 정신을 차리고는 뒤늦게 수저를 들어 자신의 앞 접시에 음식을 덜어 조금씩 입에 가져갔다.

"결정은 내렸느냐?"

조용히 식사를 이어가던 은기영은 어느 정도 식사를 끝마치자 강진혁에게 물었다. 그에 강진혁이 입안에 있는 음식을 마저 씹어 삼킨 후 입을 열었다.

"아직 내리지 못했습니다."

"아, 하산한 지 얼마 안 됐다고 했었지?"

"예."

은기영이 알기로 신풍의 무(武)를 이은 자들은 일정한 경지에 오르면 결정을 해야 했다. 은둔자가 되어 살 것인지, 아니면 무림인이 되어 살 것인지. 여기서 무인과 무림인은 차이가 조금 있었다. 무인(武人)은 말 뜻 그대로 무공을 익힌 사람을 뜻하고 무림인(武林人)은 무림이라는 세계에서 살아가는 무인을 뜻했다.

강진혁의 사부인 강만우는 은거를 선택했다. 물론 지금 강진혁의 시기에는 무림인을 택했었다. 하지만 비정하고 냉혹하며 배신이 판을 치는 무림에 염증을 느껴 결국 은거 아닌 은거를 선택하고 말았다. 그래서 은기영은 함부로 조언을 해줄 수가 없었다.

적어도 이 문제에서만큼은 강진혁이 스스로 느끼고 본 후에 결정을 내려야 함으로.

"그렇다면 많이 보고, 느끼거라. 단지 보는 것만으로도 느끼는 바가 적지 않을 테니까 말이다."

"그럴 생각입니다."

"이번이 두 번째라면 이제 하나가 남았구나."

"그렇습니다."

강만우가 남긴 편지에는 현재 강진혁이 하고 있는 일에 대해서도 간략하게 적혀 있었다. 그래서 은기영이 아는 체를 한 것이다.

"저기 말이야."

"하실 말씀이 있으시면 하시죠."

"너 혹시 정인 있냐?"

은기영이 시원하게 우려낸 냉차를 한 모금 들이켜면서 조심스럽게 물었다. 그런데 그의 눈동자는 연신 강진혁의 표정을 살피고 있었다.

"아직 없습니다."

"흠흠. 스물여덟이면 적지 않은 나이인데 이제 슬슬 혼처를 구해야 하지 않겠냐?"

대련을 한 후부터 은근슬쩍 말을 놓는 은기영이었으나 강진혁은 딱히 거론하지는 않았다. 나이로 보나 배분으로 보나 말을 놓는 게 당연했기 때문이다. 더구나 사부님의 친우이기에 강진혁은 그다지 신경 쓰지 않았다.

"안 그래도 친구들이 그러더군요. 얼른 장가가라고. 너 이젠 노총각이라고요."

"너만 괜찮다면 내가 괜찮은 아이를 소개시켜 줄 수도 있는데 말이다."

말을 하는 은기영의 눈이 초롱초롱하게 빛났다. 그러나 그 안에는 먹이를 노리는 맹수의 눈빛이 서려 있었다.

"말씀은 감사합니다만 아직은 생각이 없습니다."

"흐음? 그래? 그렇다면 어쩔 수 없구만."

은기영은 아쉽다는 듯 입맛을 다셨지만 그의 눈빛은 여전히 빛나고 있었다. 그러면서 무언가를 생각하는 듯 턱을 쓰다듬었다. 그러더니 이내 사악한 미소를 짓기 시작했다.

'흐흐흐! 한번 보면 마음이 달라질 거다. 다른 이도 아니고 천상화(天上花)라 불리는 내 손녀인데.'

어제 강진혁과 대련을 한 후 은기영은 아주 좋은 생각을 떠올려 냈다. 바로 자신의 손녀와 강진혁을 맺어줄 생각을 한 것이다.

실력도 후기지수의 수준은 이미 아득히 뛰어넘은 상태에다가 성격도 그리 모나지 않았다. 단지 흠이라면 나이 차가 좀 있다는 것인데, 그것은 무림세가에 있어 그다지 큰 문제가 아니었다.

중요한 것 능력이었다. 남자에게 있어 가장 중요한 것은 누가 뭐래도 능력이었으니까. 더구나 강호에서는 당연히 무력이 중요했다. 그리고 강진혁의 무력은 이미 누구와 견주어도 모자라지 않았다.

　'출신이 좀 걸리지만 그래도 신풍(神風)의 무를 이은 아이다. 다른 곳도 아니고 신풍의 무예를 말이야.'

　은기영은 강만우의 절친한 벗이기도 하지만, 은가장의 태상가주이기도 했다. 그렇기에 그는 강진혁 몰래 음모를 짜기 시작했다. 누이 좋고 매부 좋은, 그야말로 일석이조, 일거양득의 계획을.

　다만 문제는 이 생각이 그 혼자만의 생각이라는 게 중요했다. 강진혁의 의사 따위는 조금도 들어가지 않은.

　그것을 아는지 모르는지 강진혁은 그저 담담한 얼굴로 냉차를 맛있게 들이켜기만 하고 있었다.

第七章
투쟁하는 자

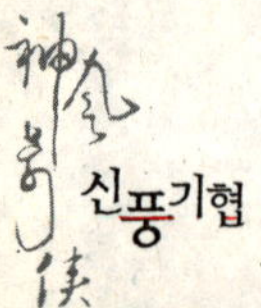
신풍기협

　대부분의 사람들이 잠들어 있는 야심한 시각에도 은가장의 장주 집무실에서는 여전히 빛이 새어 나오고 있었다.

　스극스극.

　가문의 대소사와 관련된 서류 결재 작업을 하는 중인지 선이 굵고 눈이 큰 것이 특징인 중년인이 매의 눈처럼 날카로운 눈빛으로 서류들을 빠르게 읽어·내려가며 결재를 하고 있었다.

　똑똑.

　"나다. 들어가도 되겠느냐?"

　엄청난 집중력을 보여주며 서류를 확인하던 중년인이 집

무실 문을 두드리는 소리에 고개를 들었다가 뒤이어 들려오는 음성에 자리에서 벌떡 일어났다. 그리곤 문으로 다가가 직접 문을 열었다.

"아버지."

"흐흠. 잠깐 할 얘기가 있어서 말이다. 시간 있느냐?"

"없어도 만들어야지요. 이쪽으로 오십시오."

전대 은가장주이자 현재는 태상가주로 불리는 은기영의 등장에 현 가주이자 아들인 은부중이 공손하게 자리를 안내했다.

"업무가 많은가 보구나."

은기영이 자리에 앉으면서 힐끗 책상을 보며 물었다. 그러자 은부중이 웃으며 대답했다.

"간단한 일들이라 힘든 건 없습니다."

"그래도 저 정도 양이면 귀찮기 짝이 없지."

과거 그가 앉았던 자리였기에 은기영은 누구보다 잘 알고 있었다. 아무리 간단한 일이라도 그게 많아지면 결코 단순한 일이 아니라는 사실을.

게다가 서류 결재는 결코 간단한 일이 아니었다. 그가 가주직을 넘겨주고 무공에 전념하자마자 천하십대고수의 일인이 된 것만 봐도 알 수 있었다.

앉아서 확인하고 결재만 하는 일이라고 무시할 만한 일이 아닌 것이다.

"그보다 오늘은 어떤 바람이 불으셔서 찾아오셨습니까?"

은기영의 앞에 마주 앉은 은부중이 서류를 읽을 때와는 전혀 다른 표정으로 물었다. 그가 아는 은기영은 엉덩이가 무거운 사람이었다. 게다가 집무실을 무지 싫어하는 성격이었기에 정말 중요한 일이 있지 않은 이상에는 이곳에 절대로 오지 않았다.

즉, 그것을 돌려 말하면 중요한 얘기가 있어 찾아왔다는 소리였다.

"다름이 아니라 괜찮은 혼처를 찾아서 말이야."

"하궁이의 짝을 말씀이십니까?"

안 그래도 장남의 혼처 고르기가 애매했던 그였던지라 반색한 표정을 지으며 물었다. 그런데 부친의 표정이 이상했다. 좋은 혼처를 구했으면 당연히 얼굴이 밝아야 하는데 그렇지가 않았다.

"아니, 하연이 말이다."

"……."

하연이라는 말이 나오기 무섭게 은부중의 얼굴이 딱딱하게 경직됐다. 그러면서 날카로운 눈빛으로 은기영을 바라봤다. 지금까지 보여준 모습과는 사뭇 다른 모습이었다.

"크흠! 한번 들어봐. 정말 좋은 녀석이라니까!"

은부중이 딸을 얼마나 애지중지하는지 누구보다 잘 알았기에 은기영은 일단 큰소리부터 쳤다. 하지만 그럼에도 은부중의 얼굴은 풀릴 기미를 보이지 않았다. 오히려 더욱 서늘한 눈빛으로 그를 바라봤다.

"진짜다. 설마 내가 하연이를 아무 놈팽이에게 소개시켜 줄 거라고 생각하느냐?"

"…그렇진 않으시겠죠."

은부중은 미약하게 고개를 끄덕였다. 그만큼은 아니더라도 은기영 역시 손녀인 은하연을 끔찍하게 여겼다. 그런 만큼 웬만한 인물이 아니고서는 아예 입 밖에도 꺼내지 않을 것이었다.

"일단 들어보라고. 들어본 다음에 결정해도 늦지 않으니까 말이야."

"그 전에 제가 몇 가지 물어봐도 됩니까?"

아버지와 아들 사이이기에 그는 누구보다 은기영의 성격을 잘 알고 있었다. 그렇기에 그는 말의 선수를 뺏으며 공격하듯 물었다.

"그, 그래."

왠지 모르게 살벌한 은부중의 눈빛에 은기영이 살짝 밀린 듯한 기세로 고개를 끄덕였다. 그러자 은부중은 진지하고 신중한 눈빛으로 첫 번째 질문을 꺼냈다.

"집안이 어떻게 됩니까?"

"고아야."

"별호는 무엇입니까?"

"아직 없어. 강호초출이거든."

"사문은 어디입니까?"

"그게, 그러니까……."

사문은 알고 있으나 말할 수는 없었다. 왜냐하면 함부로 거론할 수 있는 곳이 아니었기 때문이다. 아무리 아들이라고 하나 은기영은 말해줄 수 없었다. 이 부분에 대해서는 친구와 굳게 약속했기 때문이다.

"이유가 있는 모양이군요. 그럼 좋습니다. 재산은 많습니까?"

"……넉넉하진 않아."

"그럼 더 들어볼 필요는 없을 것 같습니다."

"잠깐만! 무공이 뛰어나다! 같은 연배엔, 아니, 웬만한 명숙과는 비교도 안 될 정도로 무위가 대단해!"

"무공은 가르치면 됩니다. 그리고 가장 중요한 건 본 가에 도움이 안 된다는 사실입니다. 물론 그렇다고 하연이를 정략 결혼시킬 생각은 아닙니다. 하지만 이왕이면 본가에 도움이 되는 곳과 혼인을 시키고 싶습니다."

은부중은 완강했다. 더 이상의 말은 들을 필요도 없다는 듯이 딱 잘라 말하는 아들을 보며 은기영이 얼굴을 굳혔다. 지금 표정을 보아하니 더 말해봐도 소용이 없을 것 같은 느낌이 들었던 것이다.

"정말 죄송하지만 아버지께서 보셨다는 그 아이는 안 될 거 같습니다."

"끄응!"

입이 있으나 말을 할 수가 없었다. 그 사실이 은기영은 너무나 답답했다. 돈이야 벌면 되는 것이고 별호야 지금 당장 강호에서 몇 달 지내다 보면 자연스레 생길 게 분명했다. 사문도 명문대파라는 구파일방과 비교해도 절대 밀리지 않았다. 아니, 어떤 의미로는 더욱더 대단한 역사를 지니고 있었다. 하지만 문제는 그러한 것들을 말할 수가 없다는 사실이었다.

그게 은기영은 미치도록 답답했다.

"밤이 깊었습니다. 이만 돌아가시지요."

옴짝달싹하는 입술로 보건대 아직 무언가 할 말이 더 남아 있는 것 같았으나 은부중은 더 이상 듣고 싶은 마음이 없었다. 만약 이중 하나라도 해당이 되었다면 고민은 해보았을 것이다. 하지만 단 하나도 해당되는 것이 없었기에 은부중은 더 이상 생각조차 하지 않았다.

"후우. 알았다."

끝내 입을 열었지만 나오는 말은 체념의 말이었다. 어깨가 축 처진 모습이 보기에 안쓰러웠으나 은부중은 저 모습에 넘어가지 않았다. 그러기에는 그가 살아오면서 당한 게 너무 많았다.

"멀리 나가지 않겠습니다."

　은부중은 문을 직접 열어주며 은기영을 배웅했다. 그러나 은기영에게서는 아무런 말이 나오지 않았다. 이윽고 문이 닫히며 은부중은 작게 한숨을 내쉬었다. 하지만 그는 보지 못했다. 뒤돌아서 있는 은기영이 의미심장한 미소를 짓고 있는 것을.

　은기영은 아직 포기하지 않았다. 단지 방법을 바꿨을 뿐이다.

　'흐흐흐. 자고로 자식 이기는 부모는 없다고 했지. 아직 내 계획은 끝나지 않았다.'

　축 늘어졌던 어깨를 다시 세우며 은기영이 히죽 웃었다. 그리고는 가벼운 발걸음으로 자신의 처소로 향했다.


　강진혁은 하루 대부분의 시간을 수련에 할애하고 있었다. 생각지도 못한 은기영과의 대련이 그에게 큰 자극을 주었던 것이다.

　사실 강진혁은 자신의 무위가 강호에서도 최상위에 속한다고 내심 생각하고 있었다. 수련한 시간은 짧았으나 그 시간의 처절함은 그 어떤 누구와도 비교할 수 없다는 생각 때문이었다. 그리고 그러한 생각은 어느 정도 맞았다.

　하산한 뒤로 그가 상대할 법한 이들은 찾아보기가 힘들었다. 물론 그 기준은 당연히 무림인이었다.

　직접 겨뤄보지 않아도 강진혁 정도 되면 그저 보는 것만으로도 상대방의 무위를 가늠할 수 있었다. 그런데 산을 내려오고 강소성, 산동성, 하북성, 산서성을 지나오는 동안 수많은 무림인들을 지나쳤지만 그중 강진혁의 상대는 없었다.

그러다가 은기영을 만나고 대련을 하게 되면서 강진혁은 자신이 자만하고 있다는 사실을 알게 되었고, 아직은 부족하다는 사실을 다시 한 번 깨닫게 되었다.

"후우."

명상수련을 마친 강진혁이 깊은 숨을 내쉬며 눈을 떴다. 그러자 연푸른색의 안광이 뿜어져 나왔다가 허공으로 흩어지듯 사라졌다.

"확실히 경험이 중요하긴 한 모양이군."

단순히 은기영의 움직임을 되새기고, 대련을 복기하는 것만으로도 무공의 이해도가 늘어가는 것을 느끼며 강진혁이 중얼거렸다.

단 한 번의 대련일 뿐인데도 얻은 것이 적지 않았던 것이다. 특히 풍원심혼기의 성취가 가장 도드라졌다.

최선을 다해, 모든 것을 뿜어대며 대련을 해서 그런지 지금 그의 단전엔 공력이 거의 포화상태라 할 정도로 가득 차 있는 상태였다.

그 기분 좋은 포만감을 만끽하며 강진혁은 자리에서 일어나 가볍게 몸을 풀었다.

"으아아!"

이리저리 몸을 비틀며 움직이자 몸 곳곳에서 우드득거리는 소리가 들려왔다. 동시에 시원한 느낌이 전신에서 느껴졌다.

"정말 잘 지은 건물이야."

강진혁은 노을을 받아 불그스름하게 물들어가는 전각을 보며 감탄을 금치 못했다. 아침, 낮, 저녁의 모습이 전혀 다른 별채는 건축물이라는 느낌보다는 하나의 작품 같았다. 정말 보면 볼수록 놀랍고 새로운 모습에 강진혁은 이 별채를 지은 목수를 한 번 만나고 싶었다. 나중에 자신의 집을 지을 때 지어달라고 부탁하고 싶었던 것이다.

"음?"

묵묵히 건물을 바라보던 강진혁이 멀지 않은 곳에서 느껴지는 인기척에 고개를 돌렸다. 그러자 은기영을 필두로 일남일녀가 따라오는 게 그의 시선에 들어왔다.

"뭘 그리 넋 놓고 서 있어?"

"노을빛에 물든 전각이 아름다워서요."

언제나 그렇듯 툭 내뱉는 것처럼 묻는 은기영의 말에 강진혁이 가볍게 대답하며 그의 뒤에서 어리둥절한 표정으로 서 있는 두 명을 슬쩍 가리켰다.

"매일 수련만 하는 네가 불쌍해 보여서 내 손주들을 데려왔다. 나 같은 늙은이보다는 그래도 비슷한 또래가 더 좋지 않을까 싶어서 말이야."

“굳이 그러지 않으셔도 됩니다만.”

“뭐, 알고 지내면 좋지 않으냐. 게다가 따지고 보면 남도 아닌데.”

어색해하는 강진혁의 팔을 잡고서 은기영이 능청스럽게 안으로 들어갔다. 그가 들어가자 따라온 두 명의 남녀도 어쩔 수 없다는 듯이 별채 안으로 걸음을 옮겼다.

“아직 저녁식사 전이지?”

“예.”

얼떨결에 끌려 들어온 강진혁은 자리에 앉으며 의문이 가득한 표정으로 은기영을 바라봤다. 그러나 은기영은 설명해 줄 마음이 전혀 없는지 그저 씨익 웃기만 할 뿐 따로 전음을 보내거나 하지는 않았다.

“자자, 음식은 곧 올 테니 우선은 각자 소개부터 하자. 서로 모르는 상태에서 밥을 먹을 수는 없으니 말이야.”

마치 번갯불에 콩을 볶아 먹을 듯이 빠르게 상황을 주도해 나가는 은기영의 모습에서 강진혁은 의문만 짙어졌다. 도대체 그가 무슨 속셈으로 이러는지 도무지 감이 잡히지 않았던 것이다. 그리고 그건 따라온 두 사람도 마찬가지인 듯 둘의 표정도 강진혁과 별반 다르지 않았다.

“이쪽은 내 벗의 제자인 강진혁이다. 얼마 전에 은섬장을 가져온 녀석이기도 하지.”

“아!”

은가삼공을 다시 은가사공으로 만들어준 강진혁의 이야기를 들었는지 스무 살 안팎의 청년이 살짝 놀란 표정을 지으며 강진혁을 바라봤다. 그런 그의 눈빛에는 미약하지만 호의가 서렸다.

복구된 은섬장을 돌려받았다는 것은 은혜를 입은 것이나 마찬가지였기에 그는 좀 전과 다른 눈빛으로 강진혁을 바라봤다.

"은섬장을 가져다주서서 정말 감사합니다. 귀하 덕분에 본가는 오랜 숙원을 해결하게 되었습니다. 진심으로 감사합니다."

"아, 예."

지나칠 정도로 예의를 차리며 인사해 오는 청년의 모습에 강진혁도 반사적으로 포권을 했다. 무인들의 인사가 익숙지 않아서 그런지 강진혁의 자세는 살짝 어설펐다. 그런데 그 모습을 여인이 용케 봤는지 손으로 입을 가리며 작게 웃었다.

"이름을 밝혀야지."

"아, 제 이름은 은하궁입니다."

"강진혁입니다."

옆에 앉아 있는 은기영과는 사뭇 다르게 예의 바른 은하궁의 모습에 강진혁은 속으로 가정교육을 참 잘 받았다고 생각했다. 말을 하는 것도 그렇고 행동거지 하나하나에서 오만함이나 거들먹거림을 느낄 수 없었다.

충분히 그래도 될 법한 집안의 자식인데도 불구하고 말이다.

"그리고 이쪽은 내 손녀다."

두 사람의 통성명이 끝나자 은기영은 회심의 미소를 지으며 입을 열었다. 그리고 그의 예상대로 강진혁은 은하궁의 옆에 앉아 있는 은하연을 보고는 눈을 크게 떴다.

갸름한 얼굴에 비단결처럼 곱고 긴 머리카락. 거기에 붓으로 그린 듯 부드럽게 휘어진 눈썹과 긴 속눈썹, 그리고 큰 눈과 오똑한 코는 절세가인이라 칭하기에 부족함이 없었다.

더구나 백옥처럼 희다 못해 투명한 피부는 매끄러웠고, 살짝 붉은 듯해 보이는 진분홍색 입술은 앙증맞고 매력적이었다.

"은하연이에요."

"……강진혁입니다."

새침하게 이름을 밝히는 은하연을 보며 강진혁이 저도 모르게 침을 꿀꺽 삼켰다. 그 정도로 강하연의 미모는 대단했다. 오래전에 부동심을 이룬 강진혁이 잠시나마 흔들릴 정도로.

'흐흐흐! 어떠냐, 이 녀석아. 눈이 확 뜨이지?'

통성명을 했음에도 이상하게 어색해진 분위기를 보며 은기영이 속으로 파안대소를 터뜨렸다. 강진혁이 예상대로의 모습을 보여주었기 때문이다. 하지만 진도는 이 이상 나아가지 못했다.

은하연은 억지로 끌려왔기에 기분이 별로 좋지 못했고, 강진혁은 딱히 할 말이 없었기에 입을 열지 않았다. 게다가 자신에게 전혀 신경 쓰지 않는 그녀와 달리 그는 은하연의 마음속을 어느 정도는 읽고 있었기에 더더욱 말을 꺼내지 않았다.

지금 은하연이 보여주는 모습은 어릴 적, 그러니까 강진혁이 무석현에서 친구들과 골목이 좁다하고 돌아다녔을 때 예쁘장한 여아들이 보여준 모습과 비슷했다.

마치 너 따위는 안중에도 없다는 듯 거들떠도 보지 않는 모습에 강진혁은 속으로 쓴웃음을 삼켰다. 그러나 눈치없는 은기영은 강진혁의 속내도 모른 채 연신 두 사람을 번갈아 바라보기에 바빴다.

탁. 타닥.

분위기가 점차 어색해져 갈 때 다행히 음식들이 들어오기 시작했다. 때마침 차려지는 음식들로 인해 점점 가라앉아 갔던 분위기가 조금이나마 풀어졌다.

"크흠! 술도 한 병 가져 오거라."

"예, 태상가주님."

분위기가 예상했던 대로 흘러가지 않자 은기영이 음식을 놓고 나가려던 하녀에게 조금은 초조한 표정으로 말했다. 그러자 은하연 또래의 하녀가 공손히 대답하며 문 밖으로 나갔다. 잠시 후 다시 돌아온 하녀의 쟁반 위에는 한눈에 봐도 고급스러워 보이는 술병 하나가 놓여 있었다.

뻥!

하녀가 가져온 술병을 단숨에 딴 은기영은 자신의 앞에 놓인 술잔에 술을 가득 따랐다. 그러자 향긋하면서도 쌉싸름한 주향이 은은하게 풍겨왔다.

"자, 두 사람도 한 잔씩 받거라."

"예, 할아버지."

은기영은 자연스럽게 은하궁과 강진혁의 술잔에도 술을 따랐다. 그리고는 마지막으로 은하연의 술잔에도 딱 반잔만 따라주었다.

"하연이는 딱 그것만 마시거라."

"네."

분위기를 돋우기 위해서 딱 반잔의 술만 허락한 은기영이 만족스러운 표정을 지은 후 수저를 들었다. 그러자 세 사람도 젓가락을 들어 음식을 덜기 시작했다.

"저기, 강 소협은 나이가 어떻게 되십니까?"

각자 알맞게 음식을 덜었을 때 은하궁이 먼저 말문을 열며 물어왔다.

"몇 살처럼 보입니까?"

"하하하!"

무뚝뚝한 얼굴과는 어울리지 않게 농담을 해오는 강진혁이 의외였는지 은하궁이 웃음을 터뜨렸다.

"솔직히 말하면 저보다 많아 보이십니다."

생각지도 못한 반문에 웃음을 터뜨렸던 은하궁이 강진혁과 눈을 맞추며 말을 이었다. 그러나 정확한 나이는 입에 담지 않았다. 굳이 말할 필요가 없다고 생각해서였다.

"올해로 스물여덟입니다."

"저보다 여덟 살이 더 많으시네요. 아, 제 동생은 참고로 강 소협과 열 살 차이가 납니다."

"그렇습니까."

조용히 식사를 하던 은하연이 고개만 살짝 들어 은하궁을 째려봤다. 굳이 여자의 나이를 거론하는 그의 행동이 마음에 들지 않은 듯했다. 하지만 은하궁은 그녀의 눈빛을 느끼지 못했는지 아니면 모른 척하는 건지 고개를 돌리지 않았다.

"강호는 많이 돌아보셨습니까?"

"이번이 처음입니다. 그래서 우선은 한 번 크게 돌아볼 생각입니다."

"아, 부럽네요. 저도 그러고 싶은데 위치가 위치인지라."

은하궁이 진심으로 부럽다는 표정을 지었다. 그 역시 소장주라는 지위만 아니라면 무림을 질타해 보고 싶었다. 하지만 다음 대 은가장의 후계자이기에 그럴 수가 없었다.

가주가 되기 위해서 배워야 하는 것도 산더미처럼 많았고, 익혀야 하는 것도 엄청나게 많았기 때문이다. 그래서 은하궁은 더더욱 강진혁을 부러운 눈으로 바라봤다.

한편 이 만남을 주도한 은기영은 속이 바짝 타들어가고 있었다. 어째 흘러가는 상황이 그가 원했던 방향과는 전혀 다른 방향으로 흘러가고 있어서였다.

원래 그가 원했던 상황은 강진혁과 은하연이 만나자마자 서로가 서로에게 반하는 것이었다. 그러면 자신이 자연스럽게 나서서 두 사람을 엮어줄 생각이었다. 그러나 작금의 상황은 그의 바람대로 흘러가지 않았다.

은하연은 도도한 얼굴로 식사에만 열중하며 강진혁에게는 눈길 하나 주지 않았다. 심지어 탐탁지 않은 기색을 대놓고 드러냈다. 그러한 모습에 은기영은 목이 탔다.

'이게 아닌데.'

단숨에 술잔을 들이켠 은기영이 이번에는 강진혁을 바라봤다. 하지만 강진혁 역시 은하연에게는 별달리 관심을 표현하지 않고 있었다.

처음에만 은하연의 미모에 놀랐을 뿐, 지금은 그저 은하궁과의 대화에만 집중하고 있었다.

'저 녀석은 돌인가? 아님 부처인 건가?'

다른 이도 아니고 무림이화(武林二花) 중 한 명인 천상화 은하연이었다. 보통 남자라면 침을 흘리며 바라봐야 했고, 어떻게든 말 한마디 섞어보기 위해 갖은 애를 써야 했다. 그런데 강진혁에게서는 그러한 모습이 전혀 보이지 않았다. 아니, 오히려 은하연을 없는 취급하고 있었다.

그게 은기영으로서는 너무나 답답했다.

대련을 할 때에는 그렇게 박력이 넘치더니 지금은 소심하기 짝이 없었다.

[뭘 그렇게 노려보십니까?]

속이 타는 심정에 연거푸 술잔을 비우던 은기영이 눈을 번뜩였다. 그런 그의 시선은 강진혁에게서 못 박힌 듯 움직이지 않았다.

[갑자기 왜 이러시는 겁니까?]

[뭐가?]

너무나 자연스럽게 은하궁과 대화를 주고받고 있는 강진혁을 바라보면서 은기영이 퉁명스레 대꾸했다. 그러자 강진혁의 전음이 곧바로 들려왔다.

[지금 이 자리, 일부러 만드신 거 아닙니까? 중매하려고.]

[아닌데? 난 그저 젊은 아이들끼리 교분이라도 나누라고 데려온 것뿐이다.]

[그러면 왜 그렇게 저와 손녀를 번갈아 보셨습니까?]

강진혁의 송곳과도 같은 한마디에 은기영이 뜨끔한 표정을 지었다. 설마하니 강진혁이 눈치챘을 줄은 몰랐기에 은기영은 재빨리 표정을 관리했다. 하지만 그러한 모습도 이미 강진혁의 눈에 모조리 들킨 후였다.

[그냥 잘 어울리는 듯해서 본 것뿐이다.]

[그렇다면 다행이군요.]

[뭐야? 지금 내 손녀가 마음에 안 든다는 말이냐?]

일순 은기영이 노한 얼굴로 전음을 보내왔다. 얼마나 흥분했는지 전음으로 인해 귀가 따가울 지경이었다.

[그런 뜻으로 말한 게 아니라는 것은 어르신도 알고 계시지 않습니까.]

강진혁이 덤덤한 음성으로 말했다. 분명히 은하연은 아름다웠다. 그리고 그 미모에 걸맞게 자존심이 매우 높았다. 그 사실을 짧은 대화를 통해 알아내었기에 그는 은하연에게 말을 걸지 않았다.

걸어봤자 좋게 받아줄 것 같지도 않았고, 굳이 대화하고 싶은 마음도 없었다.

이런 경우를 어렸을 적에 많이 겪어봤기에 말을 걸으면 어떤 상황이 벌어질지 강진혁은 너무나 잘 알고 있었다.

[남자가 말이야 패기가 없어. 남자란 자고로 패기가 있어야 하거늘.]

[후후후.]

은근히 자존심을 건드리는 은기영의 전음에 웃음으로 답하며 강진혁은 은하궁과의 대화를 이어갔다. 은하연은 바라보지도 않고서.

그리고 그렇게 저녁 식사는 끝을 맺어갔다.

*　　　*　　　*

해가 중천에 떠 있는 시각에 강진혁은 별채의 앞마당에서 가볍게 몸을 풀고 있었다. 식사 시간이나 청소하는 시간이 아닌 이상에는 찾아오는 사람들도 없기에 강진혁은 가볍게 환풍신기보를 밟으며 난풍쇄혼수의 투로를 펼쳤다. 그 다음으로 벽풍신장, 풍룡번천권(風龍飜天拳)을 내공 없이 오로지 몸으로만 펼쳤다.

고도로 집중한 상태로 느리게 펼치자 강진혁의 얼굴에 금세 땀이 송골송골 맺히기 시작했다.

스으으윽. 스윽.

개미가 기어가는 것과 비슷한 속도로 느릿하게 투로를 펼치는 그의 모습에선 묘한 경건함마저 느껴졌다. 그 정도로 강진혁은 투로 하나하나에 온 정신을 집중해서 펼쳤다. 그러자 신기한 일이 벌어졌다.

분명 강진혁은 공력을 조금도 사용하지 않고 있었다. 그런데도 희한하게 주위의 바람들이 그의 손길에 따라 움직이기 시작했다. 물론 바람이기에 눈에 보이지는 않았다. 하지만 바람을 따라 이리저리 흔들리는 낙엽들로 인해 강진혁의 주위에 바람이 일고 있음을 알 수 있었다.

"후우."

무려 반 시진에 가까운 시간 동안 쉬지 않고 투로를 펼치던 강진혁이 길게 숨을 내뱉으며 자세를 가다듬었다. 그런 그의 전신은 땀으로 흠뻑 젖어 있었다.

"개운하네."

호흡을 가다듬은 후 강진혁이 기분 좋은 표정을 지었다. 그동안 초식이나 투로를 펼치는 것보다 명상수련을 주로 했었는데 역시 수련은 몸으로 직접 하는 게 가장 좋은 것 같았다.

잡생각도 사라지고 오롯이 무공에만 집중할 수 있으니 말이다.

짝짝짝.

흘린 땀으로 인해 수분을 보충하기 위해 한쪽에 미리 준비해 둔 수통을 들어 입에 가져가던 강진혁이 느닷없이 들려오는 박수 소리에 고개를 돌렸다. 그러자 별채의 지붕 위에 앉아 있는 은기영의 모습이 눈에 들어왔다.

"대단한데? 내공도 없이 주변의 기운을 끌어다 쓰고."

"기운이 아니라 바람입니다."

"그게 그거지, 뭐. 한데 방금 전에 펼친 세 가지 무공이 난풍쇄혼수, 벽풍신장, 풍룡번천권 맞지?"

"예."

"그런데 왜 나하고 대련했을 때 펼친 것하고는 달라 보이는 거냐?"

두둥실 떠올라 지붕에서 내려온 은기영이 의아한 얼굴로 물었다. 그가 보기에 지금 보여준 무공이랑 대련했을 때 펼쳤었던 무공은 너무나 달랐다. 그렇기에 물은 것이다.

“지금 것이 기본형이고 대련했을 때 펼친 건 응용형이라서 그런 겁니다.”

“호오.”

일반적으로 고수라 불리는 무인들도 실전에서는 초식을 변형해서 사용하는 경우가 적지 않았다. 일관적인 공격보다는 변화가 들어간 공격이 더욱 효과적이기 때문에 그렇다. 또한 은기영 역시 자주 사용하는 공격 방식 중 하나고. 단지 놀라는 이유는 변형된 수준이 너무 컸기 때문이다. 하지만 그는 이내 무슨 생각을 했는지 고개를 끄덕거렸다.

다른 곳도 아니고 신풍의 맥을 이은 강진혁이기에 이 정도 변화는 당연한 것이라 스스로 이해한 것이다.

“그보다 재미있는 구경거리가 있는데 함께 가지 않을 테냐?”

또 무슨 재미있는 구경거리를 찾았는지 은기영이 눈을 반짝이며 물었다. 표정으로 보건대 그와 함께 가고 싶어 하는 기색이 역력했다.

“우선은 씻어야 할 것 같습니다만.”

어서 가자고 조르는 듯한 은기영의 눈빛에 강진혁이 땀으로 축축하게 젖어 있는 옷을 살짝 들어 보였다. 그러자 은기영이 어쩔 수 없다는 표정을 지었다.

“얼른 씻고 와.”

“예.”

그래도 거절은 하지 않아서 그런지 은기영의 얼굴은 밝았다. 하지만 가만히 앉아서 기다리기는 지루했던 모양이었는지 은기영은 강진혁을 따라 움직였다.

별채 뒤에 있는 우물가에 도착한 강진혁이 옷을 훌렁 벗어던지고는 곧바로 우물물을 떠서 몸을 씻기 시작했다. 그러자 그의 몸 곳곳에 있는 흉터들이 은기영의 눈에 들어왔다.

'평탄치 않은 삶을 살아왔군.'

사람의 몸에는 그 사람이 살아온 인생이 담겨 있다는 말이 있다. 그 말은 인생의 흔적이 몸에 고스란히 남아 있다는 말이었다. 그리고 은기영은 강진혁의 벗은 몸을 보고서 그의 삶이 그리 평탄하지만은 않다는 것을 알 수 있었다.

"남자가 씻는데 뭘 그렇게 오래 걸려?"

"이왕 씻는 거 확실하게 씻어야 하지 않겠습니까?"

"흥. 유난 떨기는."

물 한 번 부으면 될 일을 가지고 몸 구석구석 꼼꼼히 씻는 강진혁의 모습에 은기영이 툴툴거렸다. 하지만 이런 일이 한두 번이 아니었기에 강진혁은 여유롭게 대답하며 무명천으로 물기를 깨끗하게 닦아내고는 잘 개어져 있는 흑의무복을 입었다.

"됐으면 가자."

"예."

은기영은 강진혁이 옷을 다 입기 무섭게 몸을 날렸다. 그리고 그 뒤를 강진혁이 바짝 따라붙었다.

잠시 후 은기영을 따라 이동했던 강진혁은 연회장으로 보이는 장소가 한눈에 내려다보이는 전각 지붕에 내려섰다. 정확하게는 은기영의 바로 옆자리에.

"이제 시작한 모양이다."

강진혁이 도착하기 무섭게 지붕 위에 엉덩이를 깔고 앉은 은기영이 눈을 반짝이며 연회장을 바라보았다. 그에 덩달아 강진혁도 주저앉고서 연회장 쪽에 시선을 두었다. 그러자 이내 열댓 명의 남녀가 화기애애하게 대화를 나누는 모습이 눈에 들어왔다.

그중 강진혁의 시선을 가장 먼저 끈 이는 바로 은하연이었다.

옆에 앉아 있는 은기영의 손녀이자 여기 은가장의 금지옥엽인 그녀는 마치 빛을 내뿜는 보석처럼 화사한 빛을 아낌없이 뿌리고 있었다. 그로 인해 주위의 청년들은 그녀에게서 눈을 떼지 못했다.

연회장에는 그녀 말고도 여인이 두 명이나 더 있었으나, 은하연의 미모에 가려 남자들의 시선을 받지 못하고 있었다.

"흐흐흐. 역시 내 손녀다. 아주 눈들이 뒤집혔구나."

넋을 놓고 은하연을 바라보는 사내들의 시선에 은기영이 흡족한 듯 웃음을 터뜨렸다. 그런데 은기영은 잘 웃다가 갑자기 고개를 홱 돌려 강진혁을 바라봤다. 그것도 상당히 못마땅한 시선으로.

"저게 정상인데 말이야."

"지금 제가 이상하다고 말씀하시는 겁니까?"

"당연한 거 아니냐? 어떻게 천상화를, 아니, 내 손녀를 앞에 두고 무심한 척을 해?"

"무심한 척이 아니라, 진짜 관심이 없었던 겁니다."

"뭐시라!"

순간 은기영이 호통을 쳤다. 금쪽같다 못해 천금같이 여기는 은하연에게 관심이 없다고 하자 자존심이 상했던 것이다. 이런 말은 할아버지로서 받아들일 수가 없었다.

"목소리가 너무 크신 것 같습니다. 몰래 훔쳐보기에는요."

"크흠!"

강진혁의 말이 끝나기 무섭게 은기영이 공력을 일으켜 음파를 차단했다. 그리고는 강진혁을 죽일 듯이 노려봤다.

"어? 저기 웬 남자가 접근하는데요?"

"뭐? 어디!"

외간 남자가 은하연에게 접근한다는 소리에 은기영의 고개가 번개같이 돌아갔다. 그 모습에 강진혁은 실소를 흘리고는 좀 전보다 훨씬 편한 자세로 연회장 내부를 둘러봤다.

여름이 다가와서 그런지 창문을 활짝 열어놓았기에 건물 안을 보기가 그리 힘들지는 않았다.

'호오.'

대부분이 이십대 안팎이거나 초반으로 보이는 청춘남녀들을 가만히 살펴보던 강진혁의 눈이 일순 반짝였다. 다른 이들과는 다른 눈빛을 가진 청년이 그의 시선을 끌었던 것이다.

"너 진짜 아무렇지도 않냐? 속이 부글부글 끓는다거나 짜증이 확 치솟는다거나 그렇지 않아?"

"네. 그리고 아직 눈치채지 못하신 거 같은데, 손녀 분은 제게 전혀, 눈곱만큼의, 아니, 먼지만큼도 관심이 없으니 더 이상 엮으려고 하지 마세요."

"그걸 네가 어떻게 알아?"

이상하게 시선을 끄는 청년을 보면서 은기영의 말에 대꾸한 강진혁이 고개를 돌려 그를 바라봤다. 그리고는 언뜻 처연해 보이는 눈빛으로 말했다.

"많이 겪어봤거든요. 저런 눈빛, 행동, 그리고 말투를요."

"……"

왠지 모르게 음울하게 느껴지는 목소리와 눈빛에 은기영은 입을 열 수가 없었다. 무거운 분위기에 선뜻 입이 벌어지지 않았던 것이다.

"그리고 저런 미인이 뭐가 아쉬워서 저 같은 놈에게 호감을 느끼겠습니까? 지금으로서는 아무것도 가진 게 없는데."

"대신 넌 그 모든 단점들을 뒤덮어 버릴 정도로 강하잖아."

"하지만 아직 결정을 내리진 않았죠."

강진혁은 자신의 장점과 단점을 명확하게 알고 있었다. 분

명 그는 무림세가에서 보기에 나쁘지 않은 신랑감임은 분명
했다. 처음에는 잘 알지 못했지만 지금은 확실하게 알았다.

현 무림에서 자신의 수준이 어느 정도에 위치해 있는지를.

지금 그의 수준은 이미 후기지수라 말할 수 있는 수준을 가
볍게 넘어서 있었다. 아니, 웬만한 중견 명숙조차도 그에겐
상대가 되지 못했다. 그 사실을 은기영과의 대련을 통해, 그
리고 은가장에 와서 알게 되었기에 강진혁은 자신에게도 나
름 경쟁력이 있다는 사실을 알 수 있었다. 하지만 단점도 존
재했다. 그렇기에 강진혁이 이리 말한 것이다.

'물론 진짜 이유는 따로 있지만 말이지.'

강진혁이 보기에도, 아니, 객관적으로 봐도 은하연은 예뻤
다. 무인으로 따지자면 천하에 적수가 몇 없는 절대고수라 봐
도 좋았다. 그러나 강진혁은 예쁘다고 해서 사랑에 빠지진 않
았다.

아마 몇 년 전이었다면, 저기 연회장 안에 있는 청년들과
비슷한 또래였다면 강진혁은 이것저것 따지지도 않고 달려들
었을 것이다.

은하연의 관심을 받기 위해, 환심을 얻기 위해서 말이다.
하지만 그러기에는 이제 나이가 어느 정도 들었다. 주변을 보
지 않고 앞만 보고 달려들기에는 나이가 적지 않았던 것이다.
거기다 강진혁은 아직 결정을 내리지 못했다. 무인으로 살아
갈 건지, 아니면 무림인으로 살아갈 건지를 말이다.

"소심한 놈."

"다시 한 번 말씀드리지만, 소심한 게 아니라 냉정한 겁니
다."

"남녀 사이는 머리로 판단하는 게 아니다. 여기로 판단하
는 거지."

은기영은 퉁명스럽게 말하며 손가락으로 자신의 심장을
가리켰다. 그런 그의 표정에는 못마땅함 대신에 답답함이 서
려 있었다.

"죄송합니다."

"하아."

그는 지금이라도 강진혁이 적극적으로 나서기만 한다면
전적으로 도와줄 마음이 있었다. 그 정도로 은기영은 강진혁
이라는 남자를 높게 봤다. 강진혁 정도라면 은하연의 짝으로
부족함이 없다 생각했기 때문이었다. 그러나 운명의 장난인
지 강진혁과 은하연은 서로에게 조금도 관심을 보이지 않았
다.

그 사실이 은기영은 너무나 아쉬웠다. 후기지수 중 최고라
고 손꼽히는 구룡(九龍)들도 만나본 그였지만, 강진혁과 비교
할 수는 없었다.

구룡이 그냥 평범한 용이라면, 승천을 앞두고 있는 이무기
라면 강진혁은 이미 천룡(天龍)이었다. 그것도 막 하늘을 날
기 직전의. 그래서 잡고자 했다.

하늘을 날고 있는 용은 잡을 수가 없기에. 하지만 그마저도 끝난 것 같았다. 그러자 나오는 것은 아쉬움이 듬뿍 담긴 한숨뿐이었다.

"그보다 저기 저 청년은 누구입니까?"

"누구?"

아쉬움에 연신 한숨을 내쉬던 은기영이 건성으로 대답하며 고개를 들었다. 그러자 그의 눈에 강진혁의 손가락이 잡혔다. 이윽고 은기영의 시선이 강진혁의 손가락이 가리키는 곳으로 움직였다.

"저기 앉아 있는 청년이요."

"흐음. 안색이 위험할 정도로 창백한 녀석 말이냐?"

"예."

강진혁이 가리키는 곳에는 홀로 외따로이 앉아서 차를 마시고 있는 청년이 있었다. 다른 사람들이 화기애애한 분위기 속에서 담소를 나누고 있는 것과 달리 그는 홀로 앉아 차만 홀짝였다. 마치 고독의 옷을 입고 있는 듯 누구에게도 접근하지 않고, 접근을 허용치 않는 듯한 분위기가 인상적이었다.

"갑자기 저 아이는 왜 묻는 게냐?"

청년을 바라보는 은기영의 눈빛에 안쓰러움이 떠올랐다. 그것을 놓치지 않고 잡은 강진혁은 더욱 호기심이 서린 눈빛으로 대답했다.

"그냥 궁금해서요."

"여자가 아닌 남자가 궁금하다고? 너 취향이 그쪽이었냐?"

은하연을 비롯하여 여인만 세 명이나 있는데도 여자에겐 관심도 두지 않고 남자에 대해 묻는 강진혁을 보며 은기영이 눈을 크게 떴다. 그러면서 직설적으로 물었다.

"전 여자가 좋습니다."

의심이 가득 담긴 은기영의 눈빛에 강진혁이 절대 아니라는 듯이 한 자 한 자 딱딱 끊어 말했다. 그런데 언젠가 이와 비슷한 말을 한 적이 있는 것 같았다. 지금 한 말이 왠지 모르게 익숙했던 것이다.

"그런데 왜 저 녀석에 대해서 물어?"

"저와 비슷해서요."

"엥? 너랑?"

은기영이 눈썹을 꿈틀거렸다. 그가 보기에 강진혁이나 청년은 비슷한 점이 전혀 없었기 때문이다.

삶 자체가 다를 뿐더러 생김새도 확연하게 달랐다.

강진혁이 길거리 어디에서나 흔하게 볼 수 있는 외모를 가지고 있다면 청년은 병약해 보이긴 하나 잘생긴 축에 들었다. 게다가 병약한 모습은 여자들에게 모성애를 자극할 정도였기에 강인한 인상을 풍기는 강진혁과는 닮은 점이 전혀 없었다.

"저 눈빛. 저 사람이 가진 눈빛이 제가 과거에 가졌던 눈빛과 똑같습니다."

"흐으음."

　도무지 이해할 수 없는 소리만 해대는 강진혁을 보며 은기영은 고개를 저었다. 그로서는 눈빛 어쩌고저쩌고 하는 강진혁의 말이 당최 무슨 말인지 알 수가 없었다. 하지만 강진혁은 그저 희미하게 웃기만 할 뿐 덧붙여서 설명하지는 않았다.
　"알고 계시는 게 있다면 말씀해 주세요."
　"나도 많이는 알고 있지 않다. 그저 내가 아는 것이라고는 저 녀석의 이름이 위지명이라는 것과 현 위지세가주의 차남이라는 것, 그리고 앞으로 살아갈 날이 얼마 남지 않았다는 것 정도다."
　말을 하는 은기영의 눈빛에 안쓰러운 기색이 잠시 떠올랐다가 사라졌다. 그 모습에서 강진혁은 아직 하지 않은 말이 있음을 알아차렸다.
　"그게 무슨 말입니까? 살아갈 날이 얼마 남지 않았다니요?"
　"구양절맥(九陽絶脈)이라고 혹 들어 봤느냐?"
　"인체 내에 있는 아홉 개의 대혈에서 양기가 치솟아 음양의 균형이 깨져 죽음에 이르는 병으로 알고 있습니다."
　"위지명은 바로 그 구양절맥을 앓고 있다."
　은기영이 지금까지와는 달리 사뭇 무거운 어조로 말했다. 아무리 그가 개구쟁이와 같은 기질을 갖고 있다 하더라도 남의 생사와 관련된 말을 가볍게 할 정도로 행동이 경박하지는 않았다.

“치료하지 못한 모양이군요.”

“그런 셈이지. 치료법은 있지만, 그 치료법이라는 게 사실상 없는 것이나 마찬가지니까.”

절맥이라 부르는 병에는 다 그만한 이유가 있다. 하지만 음이 있으면 양이 있고, 빛이 있으면 어둠이 있듯이 절맥이라 불리는 병에도 치료법은 있었다. 다만 그 치료법이라는 게 실행하기가 거의 불가능에 가깝다는 것이 문제였다.

구양절맥의 경우 구음절맥(九陰絶脈)을 가지고 있는 여인이나, 태음지체를 타고 난 여성과 교합을 하면 치료가 가능했다. 그러나 문제가 있었으니 구양절맥이 백 년에 한 번 나올까 말까한 절맥인 것처럼 구음절맥도 쉽사리 찾아보기 힘든 체질이라는 게 문제였다.

“삶과의 투쟁(鬪爭)이라.”

은기영의 말을 들으며 강진혁이 중얼거렸다. 경우는 살짝 달랐지만 그 역시 과거에는 살아남기 위해 매일매일을 싸웠었다. 그렇지 않으면 죽을 수밖에 없었으니까. 한데 위지명도 이와 같았다.

그도 하루하루를 싸워가면서 삶을 연명해 가고 있었다. 구양절맥이라는 자기 자신과 말이다.

“전 이만 돌아가 보겠습니다.”

“왜? 말이라도 걸어보지?”

자리에서 일어나는 강진혁을 보며 은기영이 슬그머니 물

었다. 하지만 그의 속셈은 따로 있었다. 그가 강진혁을 이리로 데리고 온 이유. 그건 바로 강진혁이 질투심을 느끼게 만들기 위해서였다.

강진혁도 남자인 만큼 아름다운 은하연이 다른 남자와 어울리는 모습을 보면 없던 마음도 생기리라 생각한 것이다. 그러나 그의 은밀한 속셈은 이미 강진혁에게 들통 난 상태였다. 아니, 이렇게 대놓고 티를 내는데 모르는 게 오히려 이상한 것이다.

"괜찮습니다."

"그럼 왜 물었냐?"

"궁금하니까요."

따지듯이 물었던 은기영이 묘하게 말이 되는 대꾸에 입을 다물었다. 분명히 이상하긴 한데 말은 되었던 것이다.

"그럼 가보겠습니다."

"어어?"

은기영이 미간을 좁히고서 생각에 빠져 있는 사이 강진혁은 몸을 날렸다. 그러자 은기영이 뒤늦게 그를 불렀지만 강진혁은 이미 멀리 날아간 후였다.

"후우. 결국 안 되는 건가."

이제는 점이 되어버린 강진혁을 보며 은기영이 중얼거렸다. 어떻게든 두 사람을 엮어보려고 했는데 하늘이 돕지 않는 모양인지 두 사람의 거리는 좀처럼 가까워질 기미를 보이지 않았다.

"이쯤에서 포기해야 하나."

은기영의 시선이 웃고 있는 은하연에게 향했다. 오라비인 은하궁의 옆에서 다른 사람들과 재잘거리며 대화하고 있는 손녀는 정말 꽃과 같이 예뻤다. 그러나 예쁘다고 해서 언제까지나 손에 쥐고 있을 수는 없었다. 시간이 흘러 나이가 더 들면 시집을 보내야 했다. 아니, 지금만 해도 곳곳에서 혼담이 들어오고 있었다. 다만 아직까지는 은부중이 시집보낼 생각이 없었기에 전부 다 거절하는 중이었다.

"저 녀석은 할아비 속도 모르고……."

은하연을 바라보며 그가 입맛을 다셨다. 암만 생각해 봐도 강진혁만 한 신랑감이 없었기 때문이다.

혈혈단신이라는 건 조금 달리 생각하면 데릴사위로 들일 수도 있다는 말이었다. 그렇다는 건 은하연을 먼 곳으로 시집 보내지 않아도 된다는 뜻이다. 게다가 지금보다 미래가 더 기대되는 강진혁을 은가장의 울타리 안에 놓을 수 있었다. 그렇게 되면 천하십대고수가 아닌, 천하제일고수를 품을 수도 있었다.

그렇게 생각하자 은기영은 아깝고 또 아까웠다. 둘 중 하나만, 아니, 은하연만 그의 생각대로 움직여 줬으면 미래의 은가장은 정말 탄탄대로를 걸을 수 있었다.

오대세가를 넘어 천하제일가문이 될 수 있는 것이다. 그러나 이 생각은 그저 가정에 불과하게 되었다.

"에휴."

잠시 후 깊은 한숨을 남기고 은기영 역시 지붕에서 사라졌다. 하지만 그러거나 말거나 연회장 안에서는 연신 웃음꽃이 피어나고 있었다. 몇몇 사람들만 빼고.

第八章
사람을 거두다

　해가 완전히 저물어 세상이 어두컴컴해지는 시각에 강진혁은 홀로 별채를 나섰다. 바람을 타듯 유유히 은가장의 상공을 움직이던 강진혁이 우수를 가볍게 뻗었다. 그러자 그의 손끝에 바람이 잠시 맺혔다가 사방팔방으로 흩어지기 시작했다.

　"저쪽인가."

　진풍십절상의 무공인 신풍비행(神風飛行)을 펼치며 느릿하게 움직이던 강진혁이 찾고자 하는 것을 찾았는지 희미하게 미소를 지으며 방향을 틀었다. 그러자 한줄기 강풍이 불어와 그를 태우듯이 안고는 어느 한 곳으로 데려가기 시작했다.

"하앗! 합!"

마치 바람을 타고서 움직이는 것처럼 너무나 자연스럽게 지붕 위를 날아가던 강진혁이 멀리서 들려오는 기합 소리에 눈을 빛내고서는 존재감과 기척을 모조리 지웠다. 그리고는 바람결을 타고 날아온 낙엽처럼 기합성이 터져 나오는 공터 근처의 지붕 위로 내려앉았다.

어둑한 데다가 기척을 완벽하게 지워서 그런지 공터에 있는 일남일녀는 강진혁의 접근을 전혀 알아차리지 못하고 있었다.

"후우욱!"

"오빠, 이제 그만하세요. 그러다가 몸에 무리가 가겠어요."

"괜찮아. 이 정도는 끄떡없어."

온몸에서 땀을 비 오듯이 흘리던 청년이 정말 괜찮지 않은 표정으로 웃으며 여동생에게 대답했다. 말로는 괜찮다 했지만 강진혁이 보기에 청년의 상태는 별로 좋지 못했다.

얼굴은 금방이라도 터질 듯이 붉어진 상태였고, 전신에서는 땀이 계속 흘러나왔으며 다리는 거의 풀려 금방이라도 쓰러질 듯 흔들렸다. 그런데도 청년은 움직이는 것을 멈추지 않았다.

"오빠……."

그런 오빠의 모습이 너무나 안쓰럽고 걱정스러운지 여인은 두 손을 꼭 잡고서 청년을 처음부터 끝까지 지켜봤다.

비틀!

그러다가 청년이 쓰러질 듯 흔들거리기라도 하면 당장에라도 달려가 잡아주려는 듯 몸을 움찔거렸다.

"하아아……."

청년의 몸짓은 한 식경을 지나 반 시진이 다 되어가는 시간이 흘렀어도 멈추지 않았다. 무공이라고 보기에는 춤사위 같고, 춤사위라고 보기에는 무언가 있어 보이는 몸짓을 청년은 멈추지 않고 계속했다. 마치 지금 움직이지 않으면 죽게 된다는 듯이 청년은 처절하게 자신의 몸을 움직였다. 그리고 얼마 후 강진혁은 청년의 움직임이 무엇을 위한 것인지 알아차렸다.

스으으으.

청년의 움직임에만 집중했기에 보이지 않았던 것. 그것은 바로 열기였다. 청년은 몸을 극한으로 혹사시키면서 체내의 양기를 몸 밖으로 내보내고 있었다. 그래서 땀을 비 오듯이 흘렸던 것이다.

"으으윽!"

슬슬 한계에 다다랐는지 청년이 비틀거리며 한쪽 무릎을 꿇었다. 그러나 청년은 이내 다시 몸을 일으켰다. 서 있을 힘조차 없어 보이는데 청년은 일어났다. 어금니를 꽉 깨물고서. 그리고는 다시 반 시진 동안 행해왔던 몸짓을 이어서 하기 시작했다. 그런 그에게서, 몸짓에서는 살고자 하는 처절한 집념이 절절히 묻어나왔다. 또한 간절한 바람도 함께 느껴졌다.

절대 죽고 싶지 않다는, 이대로 무너지고 싶지 않다는 청년의 의지가 손짓 하나에서, 발걸음 하나에서 올올히 느껴졌다.

"흑!"

그 모습이 너무나 가슴 아픈 듯 지켜보던 여동생이 결국 눈물을 터뜨렸다. 하지만 혹여 오빠의 연공에 방해가 될까 봐 눈물만 흘릴 뿐 울음소리를 내지는 않았다. 그 대신 젖은 눈동자로 오빠의 모습을 놓치지 않고 지켜봤다. 만약의 사태가 벌어지면 그녀가 오빠를 구해야 했기 때문이다. 그래서 가슴 아프지만, 너무나 보기 싫지만 그녀는 이 자리를 떠날 수가 없었다.

자신이 자리를 비운 사이에 어떤 일이 벌어질지 장담할 수 없기에. 그렇기에 그녀는 지켜볼 수밖에 없었다.

"으아아!"

점차 느려지는 움직임에 청년이 악을 쓰듯이 소리쳤다. 그래야만 몸이 움직일 것 같았기에, 이렇게라도 하지 않으면 이쯤에서 쓰러질 것 같기에 청년은 소리를 질렀다. 그러자 몸에 조금이나마 힘이 들어가는 것 같았다. 동시에 잠시 멈칫거렸던 양기가 다시 몸 밖으로 빠져나가는 것을 느낄 수 있었다.

'조금만 더! 조금만 더 해야 해. 그래야… 내일을 살 수 있다!'

으드득!

청년은 이를 악물었다. 얼마나 세게 물었는지 양볼에 근육이 잡혀 볼록 튀어나올 정도였다. 그러나 이렇게까지 했음에도 몸은 점점 바닥을 향해가고 전신에선 힘이 빠져나가고 있었다.

주르륵!

흐릿해져 가는 정신을 부여잡기 위해 청년은 마지막 수단을 사용했다. 그것은 바로 입술을 깨무는 것이었다. 아릿한 고통과 함께 비릿한 피의 맛이 느껴지자 안개처럼 흩어져 가던 정신이 다시금 바짝 조여졌다. 동시에 고통으로 인해 전신의 근육 역시 긴장되었다.

"아직, 아직이다."

눈을 부릅뜨고서 스스로에게 최면을 걸 듯 중얼거린 청년은 다시 몸을 움직였다. 입가에 흐르는 피를 닦을 생각도 하지 않고서.

그렇게 처절하게, 그리고 죽기 살기로 청년은 몸부림쳤다. 이 천형과도 같은 구양절맥에서 벗어나기 위해. 아니, 정확하게는 하루라도 더 살기 위해서.

지극한 고통과 끊임없는 절망을 마주하며 청년은 발악했다. 저주할 시간도 없었다. 좌절할 시간도 없었다. 그러기에는 발악하고 몸 부릴 칠 시간도 부족했다.

"허억! 헉!"

반 시진을 지나 한 식경을 더 악착같이 몸을 움직인 청년이 드디어 목표치를 채웠는지 두 무릎을 꿇고서 가쁜 숨을 몰아 쉬었다. 그런 그의 전신에서 흐릿한 아지랑이가 피어올랐다. 땀이 증발하면서 생기는 현상이었다.

"오빠, 여기 물이요!"

"잠깐만."

처음부터 끝까지 모든 것을 지켜보고 있던 여동생이 기다렸다는 듯이 수통을 가지고 와서 내밀었으나 청년은 단호하게 고개를 저었다. 지독한 갈증으로 인해 누구보다 물이 마시고 싶었으나, 지금은 마실 수 없었다. 적어도 체내에 있는 양기를 더 내보내기 전에는.

지금이 가장 많은 열기가 땀과 함께 배출되는 시기였기에 청년은 물을 마시고 싶은 욕망을 억지로 꾹 눌렀다.

잠시 후 체내에 잔존해 있던 양기가 어느 정도 다 빠져나가자 청년은 그때서야 여동생이 들고 있는 수통을 건네받아 물을 들이켰다.

벌컥벌컥!

마시는 게 아니라 마치 빨아들이는 것처럼 물을 들이켠 청년은 아까 전보다 확연히 편안해진 얼굴로 바닥에 드러누웠다. 앉아 있을 힘조차 모조리 쏟아내었기에 지금 그에게는 한 톨의 힘도 남아 있지 않았다.

"괜찮아요?"

"아아, 힘이 없긴 하지만 그래도 지금이 가장 편해. 고통도 없고.”

구양절맥이 주는 고통은 감히 말로써 표현할 수 있는 수준이 아니었다. 단순히 아홉 개의 대혈에 양기가 쌓인다고 해서 고통스러운 수준이 아닌 것이다.

매일매일을 화산 속에, 용암 속에 있는 듯한 고통을 느껴야 했다. 마치 살이 녹고 뼈가 녹는 듯한 그 지독한 고통은 말로써 설명을 할 수가 없었다.

구양절맥을 타고난 대신 천재적인 지능을 가진 그였으나, 그런 그로서도 설명할 방법이 없었다. 그 정도로 구양절맥이 주는 고통은 끔찍했다.

“흑! 흐흑!”

“울지 마. 이러는 게 하루 이틀도 아니고.”

“하지만…….”

“이제는 적응할 때도 되었잖아? 하핫!”

고통이 조금 가서서 그런 걸까. 청년이 지칠 대로 지친 표정으로 농담 같지 않은 농담을 해댔다. 그러나 그 모습이 자신을 배려한 모습이라는 걸 잘 알기에 여동생은 함께 웃어줄 수가 없었다. 그저 눈물을 멈추려고 애쓰는 게 할 수 있는 것의 전부였다.

“음?”

대(大) 자로 편안히 누운 상태에서 고개만 들어 여동생을 달래던 그가 순간 얼굴을 굳혔다. 반대편 전각 지붕에 한 명의 남자가 서 있음을 뒤늦게 발견했기 때문이었다.

그것을 본 순간 청년은 없는 힘을 모조리 쥐어짜 자리에서 일어났다. 그리고는 여동생의 앞을 가로막았다.

"왜 그러세요?"

"가만히 있어."

느닷없이 굳은 얼굴로 자신의 앞을 지키듯이 가로막는 작은 오빠의 모습에 여동생이 의아한 눈으로 그를 바라봤다. 하지만 그는 설명을 하는 대신에 지붕 위의 남자를 경계하며 주변을 살폈다. 그러나 늦은 시각이라 그런지 주변에서 느껴지는 인기척은 거의 없었다. 있어도 가문에서 데려온 하인들이나 하녀뿐이었다.

'실수다.'

은가장의 안이라고 호위무사들을 물린 것이 안이한 결정이었음을 그는 뒤늦게 깨달았다. 하지만 언제나 그렇듯 후회는 늦는 법이었다.

상황이 이렇게 된 이상 어떻게든 자신의 힘으로 이 상황을 타개해야 했다. 그렇게 마음을 먹자 그의 머릿속으로 수십 가지의 탈출 계획이 떠오르기 시작했다.

"그리 경계할 것 없습니다. 악의를 가지고 찾아온 것은 아니니까요."

투욱.

지붕 위에 서서 가만히 시선만 주고 있던 흑의인이 나지막하게 말하며 가볍게 발을 굴렸다. 그러자 마치 매가 활강을 하듯 흑의인의 신형이 자연스럽게 바닥에 착지했다. 하지만 흑의인의 말에도 그는 경계심을 풀지 않았다. 오히려 더욱 매서운 눈길로 흑의인을 주시했다.

"선자불래(善者不來) 내자불선(來者不善)이라는 말이 있지요."

"그런 말이 있기는 하죠. 하지만 당신이 보기엔 어떻습니까?"

갑자기 등장한 흑의인, 아니, 강진혁은 씨익 웃어 보이며 청년에게 물었다. 그러자 위지명이 날카로운 눈빛으로 강진혁의 전신을 훑어봤다. 그러나 무공을 익히지 못한 그가 아무리 봐봤자 알아낼 수 있는 것은 없었다. 그래서 위지명은 그의 방식으로 강진혁을 알아내려 했다.

"솔직히 모르겠습니다. 어떤 의도로 찾아왔는지."

"그냥 한번 만나고 싶어서 왔습니다."

강진혁은 가감없이 자신의 생각을 있는 그대로 말했다. 지루하고 긴 설명보다는 오히려 짧은 한마디가 진심을 전하기에 더 낫다고 생각해서였다. 한데 위지명은 강진혁의 생각을 다르게 이해한 듯싶었다.

"그게 무슨 뜻입니까?"

주춤주춤 물러나며 묻는 위지명의 얼굴에서는 당혹스러운 감정이 떠올라 있었다. 그것을 보자 강진혁은 그가 무슨 생각

을 하고 있는지 눈치챌 수 있었다. 지금 위지명이 보이는 표
정은 아까 전 은기영이 지었던 표정과 똑같았다. 위지명에 대
해 물어봤을 때 말이다.

"오해하지 마십시오. 그런 뜻이 아니니까요."

"그럼 왜 저를 찾아오셨습니까?"

한탄하는 듯한 표정으로 말하는 강진혁의 진심이 전해진
것일까. 위지명이 진지한 얼굴로 강진혁을 바라보며 물었다.
하지만 여전히 여동생을 등 뒤에 두는 것으로 보아 경계심을
완전히 거두지 않았음을 보여줬다. 그러나 강진혁은 위지명
이 그러거나 말거나 신경 쓰지 않았다.

위지명의 여동생이 예쁘다고는 하나 그가 관심 있는 상대
는 아니었다. 그냥 우연찮게 같은 자리에 있게 된 것뿐이었
다.

강진혁은 자세를 바로 잡으며 위지명을 바라봤다. 그리고
는 천천히 입을 열었다.

"구양절맥에서 벗어날 방법이 있다면 어떻게 하시겠습니
까?"

흠칫!

위지명의 두 눈이 크게 뜨여졌다. 생각지도 못한 강진혁의
질문에 당황한 표정이 역력했다. 그래서인지 위지명은 선뜻
대답을 하지 않았다. 대신 격렬하게 흔들리는 눈으로 말없이
강진혁을 뚫어져라 바라봤다.

“설마 영약을 가지고 계십니까?”

위지명이 심하게 떨리는 음성으로 물었다. 그는 마치 희망이라는 이름의 동아줄을 발견한 듯한 사람의 표정을 짓고 있었다. 그리고 덩달아 그의 등 뒤에 있던 여동생도 눈을 크게 뜨고서 강진혁을 바라봤다.

“영약은 없습니다.”

“그럼 구음절맥이나 칠음절맥을 앓고 있는 여인을 알고 계시는 겁니까?”

고개를 저으며 말하는 강진혁을 보며 위지명은 냉정을 되찾았다. 자신이 너무 흥분했음을 뒤늦게 깨달았던 것이다. 그러며 그는 재차 물었다. 또 다른 치료법에 대해서.

“모릅니다.”

“한데 어찌 그런 말을 꺼내신 겁니까.”

위지명의 얼굴이 딱딱하게 굳어졌다. 기대가 컸던 만큼 실망도 컸던 것이다. 그래서인지 위지명의 음성에는 뼈가 서려 있었다.

“그것 말고도 치료할 수 있는 방법이 있기 때문입니다.”

두둥!

실망감이 짙게 떠올랐던 위지명의 두 눈이 더 이상 커질 수 없을 커졌다. 동시에 그의 표정이 마치 둔기에라도 얻어맞은 것처럼 멍한 표정을 지었다.

강진혁의 말을 들은 순간 자신이 얼마나 멍청한 생각을 하고 있었는지 깨달았던 것이다.

이 세상에서 구양절맥의 치료법이 단 두 가지만 있을 리가 없었다. 단지 단 두 개만 찾아냈기에 두 개만 있다고 생각한 것일 뿐이다.

예로부터 수많은 지자들은 말했다. 사람이 세상에 대해 알고 있는 것은 극히 일부분에 불과할 뿐이라고. 아는 것보다는 모르는 게 훨씬 많다고. 그러니 겸손한 자세로 알아가고 배워 가야 한다고 말이다.

그 말이 위지명은 지금 문득 떠올랐다. 그리고 지금까지와는 확연히 다른 표정으로 강진혁을 바라봤다.

"정말 그 방법을 알고 계십니까?"

"그렇습니다."

위지명이 묘한 표정을 지었다. 천형과도 같았던 구양절맥을 치료할 수 있다는 말에 한없이 기뻐하거나, 혹은 헛소리로 치부하며 무시하거나 둘 중 하나의 모습을 보여주는 게 일반적일 텐데 위지명은 그렇지 않았다. 대신 한 가지 질문을 던졌다.

"저에게, 아니, 본가에게 무엇을 원하십니까?"

심상치 않은 분위기 속에서 나온 한마디는 상당히 직설적이었다. 일단 위지명은 치료법을 알고 있다는 강진혁의 말을 믿는 듯했다. 하지만 순수하게 받아들이지는 못했다. 그는 강진혁에게 다른 목적이 있을 거라 생각했다. 그렇지 않다면 이렇게 찾아올 리가 없기 때문이다.

"없습니다."

"예?"

분명히 따로 목적이 있을 거라고 확신하고 있던 위지명이 당혹스러운 표정을 지었다. 어떤 것을 원할지, 아니면 어떤 것을 주어야 할지에 대해서 나름대로 생각하고 있던 그에게는 정말 예상치 못한 답변이었던 것이다.

"원하는 것도, 목적도 없습니다."

"……"

강진혁의 말을 곧이곧대로 믿기에 그가 보아온 강호는 너무나 비정한 세계였다. 그렇기에 위지명은 미심쩍은 눈빛으로 강진혁을 바라봤다. 그러나 그의 눈빛에도 강진혁의 표정은, 눈빛은 변하는 게 없었다.

오직 진실만을 말하고 있다는 듯 강진혁의 눈동자는 흔들림이 없었다.

"이유가 무엇입니까?"

"선의를 베풀 때 꼭 이유가 있어야 합니까?"

강진혁의 대답에 위지명은 꿀 먹은 벙어리처럼 입을 다물었다. 짧으면서도 단순한 한마디가 할 말을 없게 만들었다. 그래서 위지명은 입을 열 수가 없었다. 맞는 말이었기에.

예를 들어 지나가던 사람이 거지에게 돈을 주는 것은 그냥 주고 싶어서 주는 것이다. 대가를 바라는 것이 아니라. 또한 길을 묻는 사람에게 길을 가르쳐 주는 것도, 비를 맞고 있는 사람에게 점포 지붕을 빌려주는 것도 다 대가를 바라고 행하는 일이 아니었다.

그저 도움이 필요하기에, 나에게 그만한 여력이 있기에 도와주는 것이었다.

강진혁은 바로 그것을 말하고 있었다. 그걸 알게 되자 위지명은 한없이 부끄러워졌다. 마치 자신이 속물인 것처럼 느껴졌던 것이다. 그러한 부끄러움에 위지명은 고개를 들지 못했다.

"치료가 가능하긴 하나 곧바로 실행하기에는 몇 가지 준비할 것이 있습니다."

"필요한 것이 있으면 말씀만 하십시오. 제가 다 준비하겠습니다."

강진혁의 선의를 의심한 게 미안했던 모양인지 위지명은 말만 해달라는 듯이 말했다. 하지만 강진혁은 씨익 웃기만 할 뿐 필요한 물품들에 대해선 말하지 않았다.

"공자는 그저 강인한 마음과 믿음만 가지고 오면 됩니다."

"그게 무슨 말씀이십니까?"

"내일 자시 중엽, 그러니까 자정 전에 별채로 오십시오. 음기가 가장 강할 때 구양절맥을 치료하도록 하겠습니다. 아, 그리고 이왕이면 혼자 오십시오."

아무것도 준비할 필요가 없다는 말에 어리둥절한 표정을

짓고 있는 위지명에게 강진혁은 자신의 할 만만 하고서 모습을 감췄다. 나타났을 때와 마찬가지로 귀신처럼 사라지는 강진혁의 모습에 위지명은 순간 멍한 표정을 지었다.

갑자기 이 모든 게 꿈이 아닐까, 환상은 아닐까 하는 생각이 들었던 것이다. 하지만 등 뒤에서 느껴지는 동생의 숨결이 작금의 상황이 환상이 아님을 알려주고 있었다.

"오빠."

"응? 아."

잠시 넋을 놓고 있던 위지명이 뒤에서 들려오는 여동생의 목소리에 퍼뜩 정신을 차렸다. 그러나 여전히 그는 살짝 멍한 표정이었다.

"믿어도 될까요?"

"그 사람 말이냐?"

"네."

몸을 돌리자 염려가 가득한 표정을 짓고 있는 여동생이 보였다. 그리고 그 안에 담겨 있는 불안도 읽을 수 있었다.

여동생은 만약 일이 잘못되었을 경우를 걱정하고 있었다. 혹여 자신의 오라비가 실망할까 봐, 절망할까 봐 말이다.

"사기꾼 같다고 생각했지?"

"솔직히 그렇잖아요. 이름도 밝히지 않고 다짜고짜 치료해 주겠다니. 게다가 치료법에 대해서는 일언반구도 하지 않았어요."

　여동생은 가슴속에 담아두었던 말을 마치 속사포처럼 쏟아내었다. 그런데 들어보니 다 맞는 말이고, 그렇게 생각할 수도 있는 말이었다. 하지만 그런 말을 들었음에도 위지명은 도리어 웃었다.

　말을 하는 여동생에게서 자신을 걱정하는 마음을 절절히 느낄 수 있어서였다.

　"그렇긴 하지. 하지만 말이다. 난 갈 수밖에 없다. 그가 진짜 사기꾼이더라도 말이야."

　"으음."

　그녀가 침음성을 흘렸다. 위지명이 갈 수밖에 없는 이유. 그것은 정체 모를 남자가 마지막 희망이었기 때문이다.

　어느덧 위지명의 나이가 스물에 가까워지고 있었다. 그 말은 죽을 날이 머지않았다는 말과도 같았다.

　일반적으로 구양절맥이나 구음절맥을 타고난 이들은 이십 세를 넘지 못했다. 간혹 넘긴 자가 있다 하더라도 일 년을 채 살지 못했다. 그러한 기록으로 볼 때 위지명 역시 살아갈 날이 얼마 남지 않았음을 알 수 있었다. 그렇기 때문에 위지명은 이것저것 가릴 처지가 아니었다. 썩은 동아줄이라도 그 끝에 희망이 묶여 있다면 붙잡아야만 했다. 그래서 위지명은 마음의 결정을 내렸다.

　어찌 되든지 간에 일단은 강진혁을 만나기로.

　"그럼 저도 가겠어요."

“너도?”

“네.”

“그 사람은 혼자 오라고 했는데.”

위지명은 완곡한 어조로 말했다. 만약에, 진짜 만약에 불상사가 일어날 수도 있기에 위지명은 강진혁의 말대로 혼자 가려 했다. 하지만 여동생은 완고했다. 그녀는 절대 위지명 혼자 보낼 수 없다는 듯이 눈을 부릅뜨고 그를 바라봤다.

“이왕이면이라고 했으니까 저 하나 같이 가도 상관없을 거예요. 그러니 저랑 같이 가요.”

“후우. 알겠다.”

정말 착한 여동생이지만 한번 고집을 부리면 절대 꺾지 않는다는 사실을 알고 있었기에 위지명은 결국 허락하고 말았다.

여동생의 말마따나 겨우 한 명이고, 만약 불미스러운 일이 벌어진다 하더라도 이곳은 은가장이었다. 또한 호위무사들에게 언질을 해두고 갈 것이니 만약의 사태가 벌어진다 하더라도 여동생만큼은 무사히 구해낼 수 있을 터였다.

그렇게 생각하자 위지명은 마음이 가벼워졌다. 그리고 내일 있을 치료에 대해서만 생각했다.

‘모든 것은 내일 그를 찾아가 보면 알게 되겠지.’

위지명은 강진혁이 나타났고, 사라졌던 방향을 보며 속으로 중얼거렸다. 그런 그의 눈동자에는 미약한 기대감이 서려 있었다.

＊　　　＊　　　＊

　달이 휘영청 떠 있는 야심한 시각에 강진혁은 은기영과 함께 별채 마당에 나와 있었다. 누군가를 기다리는 듯 강진혁은 미동도 없이 별채의 문만 바라봤다.
　"근데 정말 고칠 수 있는 거냐?"
　"예."
　"만년설삼이나 빙정, 혹은 구음절맥의 여인 없이?"
　강진혁에게 설명을 듣기는 했으나 그래도 믿기지가 않는지 은기영이 아직도 놀랍다는 표정으로 재차 물었다. 그에 강진혁이 고개를 끄덕였다.
　"그 방법들은 여러 가지 방법 중에 널리 알려진 방법일 뿐입니다."
　"하지만 실패할 가능성도 있다며?"
　"알려진 방법들도 실패할 가능성이 있지요."
　"그렇긴 하다만."
　은기영이 고개를 끄덕이기는 했지만 여전히 그는 미심쩍은 눈빛으로 강진혁을 바라봤다. 의술에 대해서는 문외한인 강진혁이 구양절맥을 치료할 수 있다고 하자 믿기지가 않았던 것이다.

"오는군요."

자시 초가 막 지났을 무렵에 별채로 다가오는 두 명의 사람이 있었다. 바로 어제 강진혁이 따로 찾아가서 만났던 위지명과 그의 여동생 위지란이었다.

두 사람은 거침없는 발걸음으로 별채로 다가와 문을 두드렸다. 그에 강진혁은 무형지기를 일으켜 문을 열었다. 그러자 두 사람이 냉큼 안으로 들어왔다.

"어라?"

"이쪽으로 오십시오."

분명 문이 열렸는데 열어준 사람이 없자 위지란이 살짝 당황한 표정을 지으며 주변을 두리번거렸다. 그러나 강진혁은 그것에 대해 설명해 주기보다는 두 사람을 자신이 있는 쪽으로 불렀다.

잠시 후 강진혁을 발견한 두 사람이 그에게로 다가왔다. 그런데 강진혁의 옆에 있는 은기영을 본 위지명이 눈을 휘둥그레 뜨고는 소리쳤다.

"아, 안녕하십니까!"

"오랜만이로구나."

"누구야?"

말 그대로 깜짝 놀라며 인사하는 위지명의 모습에 위지란이 눈을 동그랗게 뜨고서 오라비의 팔을 살짝 두드리며 작게 물었다. 그러자 위지명이 고개를 들고서 위지란에게 은기영을 소개해 줬다.

"여기 이분은 은가장의 태상가주님이시다."

"아!"

짧은 소개였으나 위지란이 은기영을 알기에는 부족함이 없는 설명이었다. 그녀는 뒤늦게 옷매무새를 바로 잡고는 공손하게 인사를 올렸다.

"위지세가의 위지란이 천수존 은기영 대협께 인사 올립니다."

"허허허. 예쁘게 자랐구나."

"가, 감사합니다."

과도하게 예의를 차리는 위지란의 모습이 싫지는 않은지 은기영은 부드러운 미소를 지으며 말했다. 그러자 위지란이 얼굴을 붉혔다. 예쁘다는 말에 기분이 좋기도 했고, 천하십대고수 중 일인을 대면하고 있다는 사실이 긴장되어서였다.

"너무 긴장들 하지 마라. 난 단지 혹시 모를 사태에 대비해 와 있는 것에 불과하니까."

갑작스러운 자신의 등장에 많이 놀란 듯 긴장해 있는 두 남매를 향해 은기영이 그리 말하고는 한 발 뒤로 물러났다. 그러면서 강진혁을 바라봤다.

이제부터는 네가 알아서 하라는 무언의 압박이었다.

"그럼 시작해 볼까요."

"그 전에 소협에게 하고 싶은 말이 있습니다."

“하세요.”

이상할 정도로 진지한 위지명의 눈을 마주하며 강진혁이 말했다. 그러자 위지명은 침을 한 번 삼킨 후 입을 열었다.

“제 구양절맥을 치료해 주신다면, 그로 인해 얻은 삶을 소협을 위해 살겠습니다.”

『신풍기협』 2권에 계속…

**이제는 그 전설조차 희미해진 옛 신계, 아스가르드.**
그 멸망한 신계의 전사가 새로운 사명을 품고 다시금 인간들의 곁으로 내려온다.

렘런트라는 이름의 적들, 되살아나는 과거,
그리고 가치관의 차이.
그 모든 것들과 맞서 싸우려는 그녀 앞에 신은 단 한 사람의 전우를 내려준다.

**그는 붉은 장발의, R의 이름을 가진 남자였다!**

**초대작 「가즈 나이트」의 부활!
신의 전사들의 새로운 싸움이 지금 시작된다!**

# 만능서생



때로는 비천한 주방 하인
때로는 해석 못하는 무공이 없는 무학자
때로는 명쾌한 해결사

## 만능서생 용비.

살아남기 위해 독종이 되었고,
살아남아 통[通]하게 되었다.